"十二五"国家重点图书出版规划项目

中国近现代稀见史料丛刊【第二辑】

潘德舆家书与日记（外四种）

张剑　徐雁平　彭国忠　主编

潘德舆等　著

朱德慈　整理

凤凰出版社

图书在版编目（CIP）数据

潘德舆家书与日记：外四种 / 潘德舆等著；朱德慈整理. -- 南京：凤凰出版社，2015.5（2017.3重印）
（中国近现代稀见史料丛刊. 第2辑）
ISBN 978-7-5506-2129-9

Ⅰ. ①潘… Ⅱ. ①潘… ②朱… Ⅲ. ①潘德舆（1785～1839）－书信集②潘德舆（1785～1839）－日记 Ⅳ. ①K825.6

中国版本图书馆CIP数据核字(2015)第049277号

书　　名	潘德舆家书与日记（外四种）
著　　者	潘德舆等 著　朱德慈 整理
责任编辑	王爱荣
出版发行	凤凰出版传媒股份有限公司 凤凰出版社（原江苏古籍出版社） 发行部电话025-83223462
出版社地址	南京市中央路165号，邮编：210009
出版社网址	http://www.fhcbs.com
照　　排	南京凯建图文制作有限公司
印　　刷	江苏凤凰扬州鑫华印刷有限公司 扬州市江阳工业园蜀岗西路9号，邮编：225008
开　　本	880×1230毫米　1/32
印　　张	8.125
字　　数	211千字
版　　次	2015年5月第1版　2017年3月第2次印刷
标准书号	ISBN 978-7-5506-2129-9
定　　价	35.00元

（本书凡印装错误可向承印厂调换，电话：0514-85868858）

袁行霈先生题辞

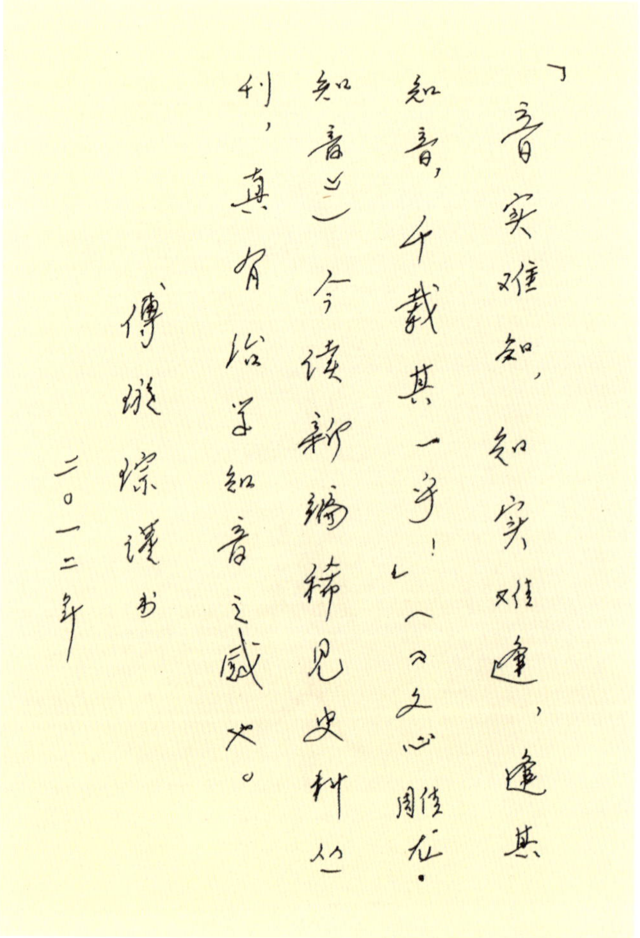
「音实难知，知实难逢，逢其知音，千载其一乎！」（《文心雕龙·知音》）今读新编稀见史料丛刊，真有俗学知音之感矣。

傅璇琮谨书

二〇一二年

傅璇琮先生题辞

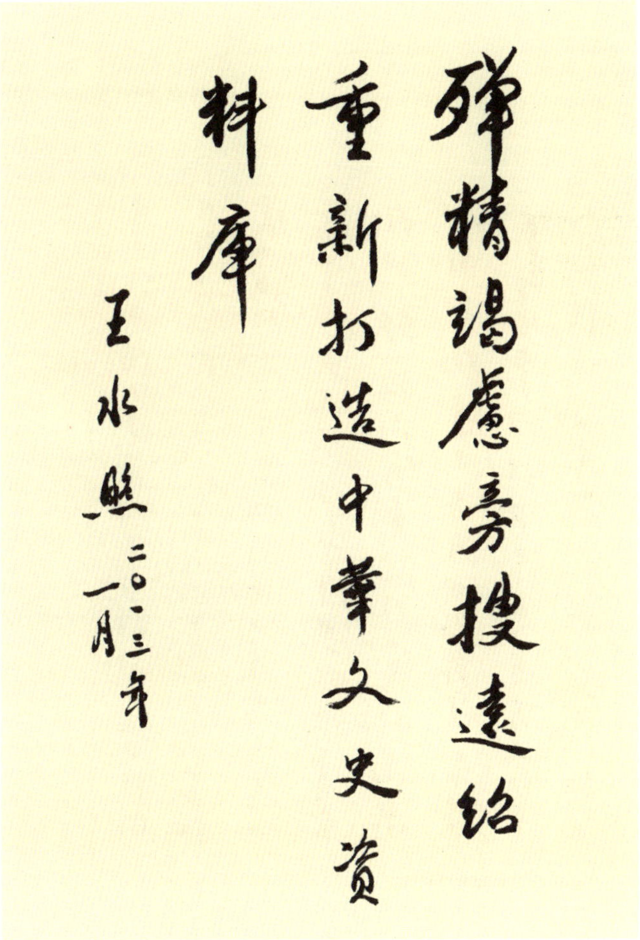

王水照先生题辞

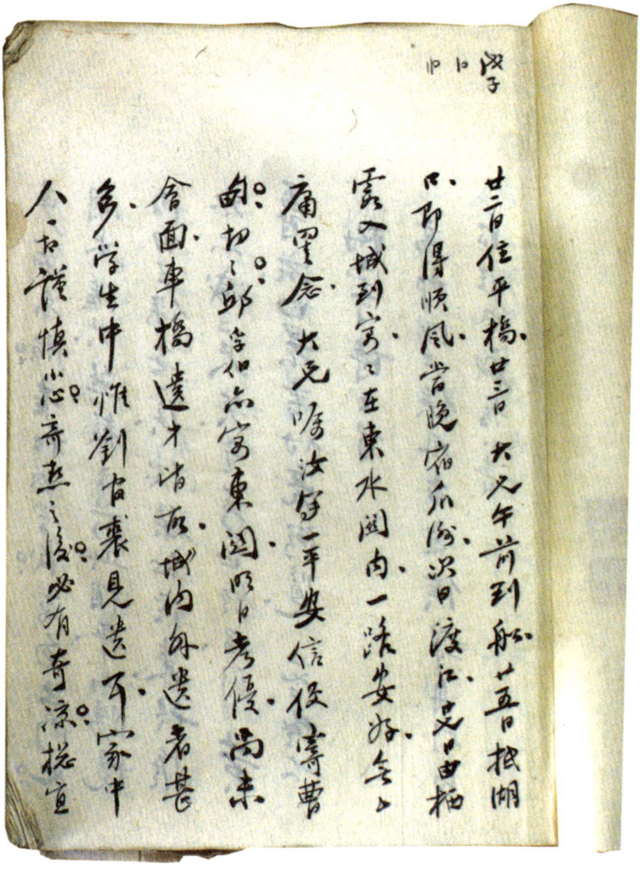

书影一　《养一斋家书》

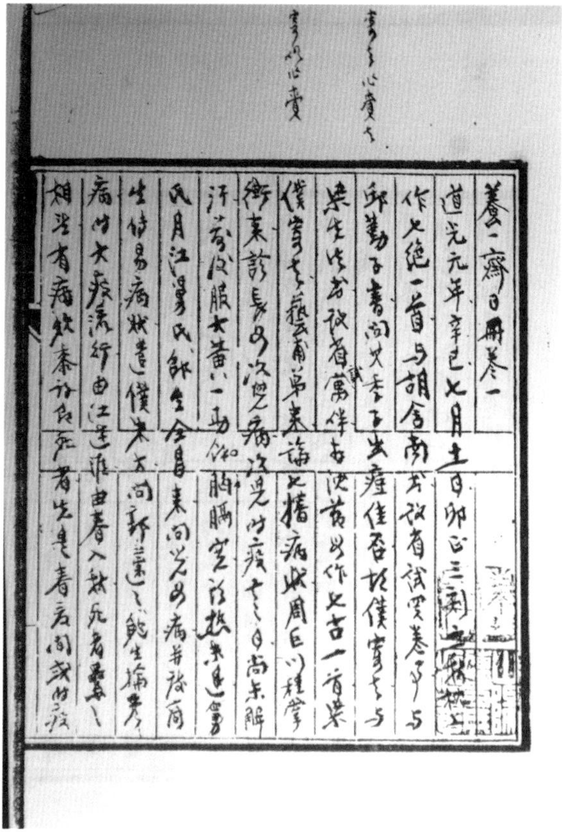

養一齋日冊卷一
道光元年辛巳七月十三日卯正三刻

书影二　《养一斋日记》

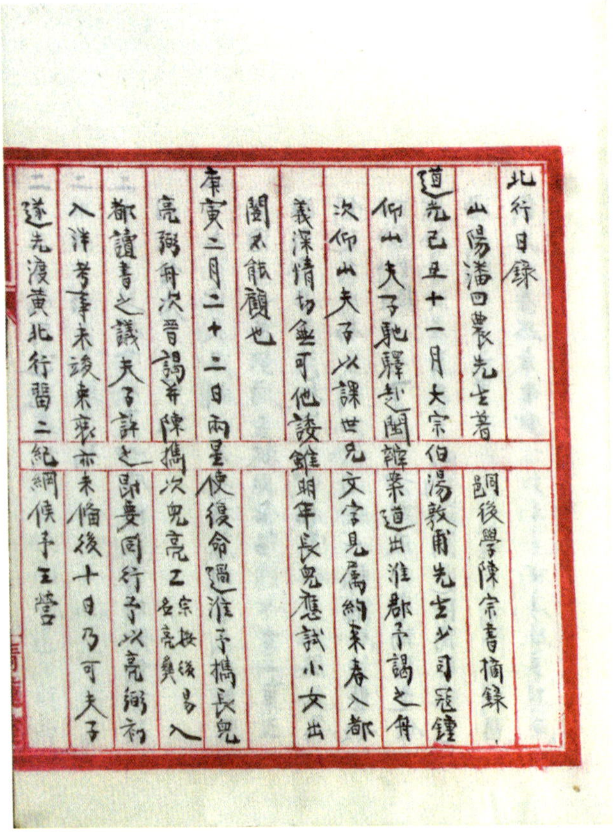
北行日錄
山陽潘四農先生著　同邑後學陳宗書摘錄
道光己丑十一月大宗伯湯敦甫先生少司寇鍾
仰山夫子馳驛赴閩讞案道出淮郡予謁之舟
次仰山夫子以課世兄文字見屬約來春入都
義深情切無可他諉雖明年長兒應試小女出
閣不能顧也
庚寅二月二十二日兩星使復命過淮予攜長兒
亮鄉舟次晉謁并陳攜次兒亮工宗按後易名亮輿入
都讀書之議夫子許之即要同行予以亮鄉初
入泮考事未竣東來亦未偕後十日乃可夫子
遂先渡黃北行晤二紀綱候予王營

书影三　《北行日录》

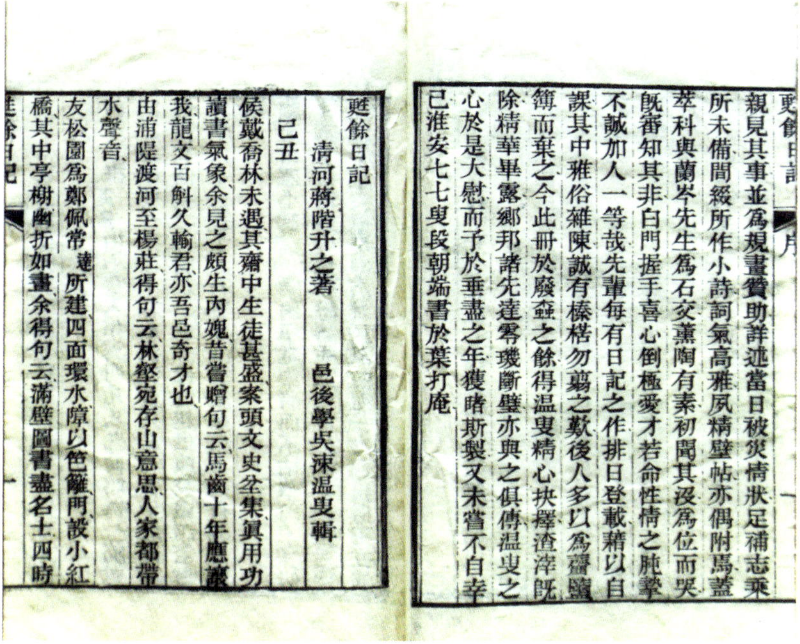

书影四　《苏余日记》

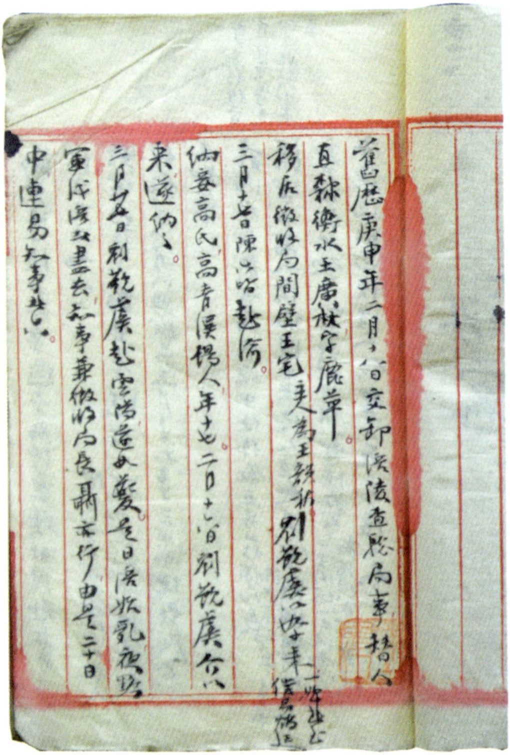

舊歷庚申年二月十八日交卸濮陽查驗局事替人
直隸衡水王廣林字鹿章
移居徵收局間壁王宅 夫人爲王靜軒 劉毓廣之姊來
三月十四日陳[illegible]昭赴滄
納妾高氏高青濮陽人年十七 二月十六日劉毓廣介紹
來遂納之
三月廿五日劉毓廣赴雲南送女夔 是日濮收亂夜[illegible]
軍所濮之盡去 知事兼徵收局長聶宗行 由是二十日
中連易知事者六

书影五　《惶恐零丁》

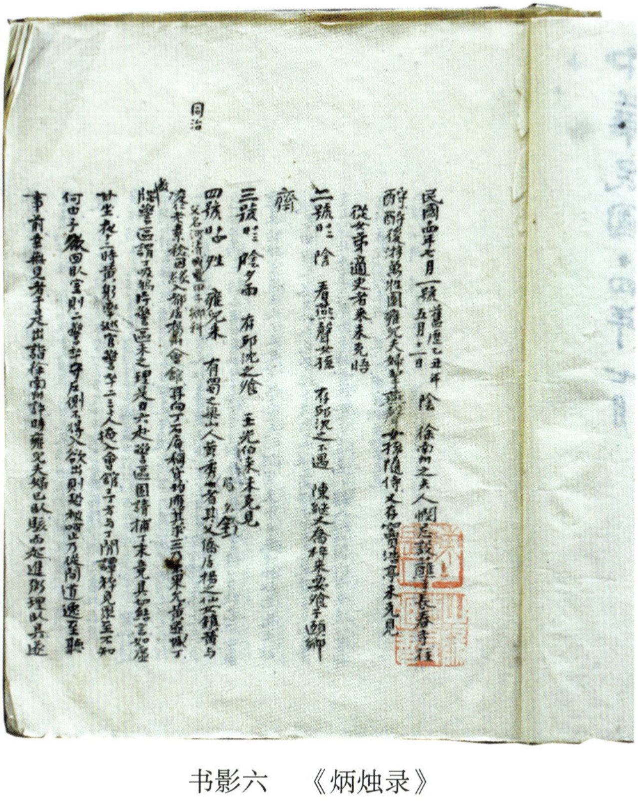

书影六　《炳烛录》

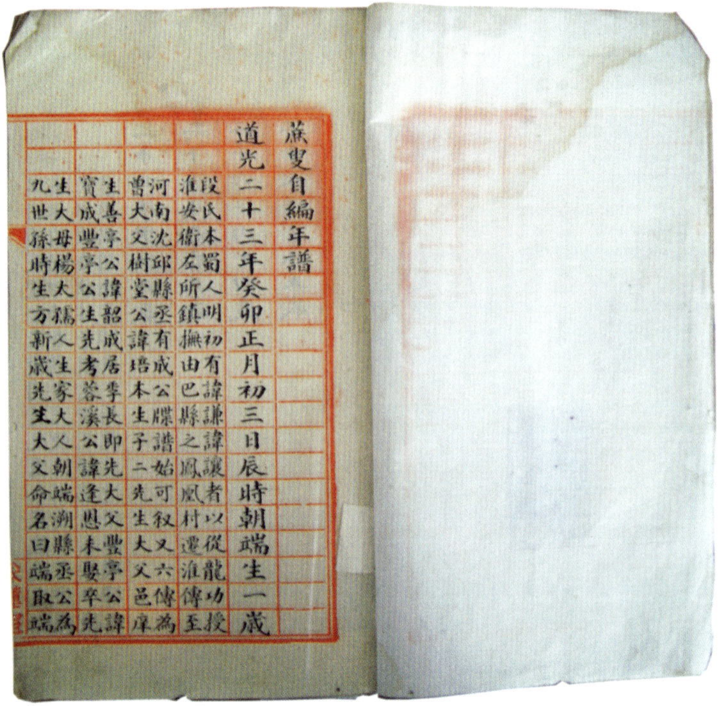

书影七 《蔗叟自编年谱》

《中国近现代稀见史料丛刊》总序

在世界所有的文明中，中华文明也许可说是“唯一从古代存留至今的文明”（罗素《中国问题》）。她绵延不绝、永葆生机的秘诀何在？袁行霈先生做过很好的总结：“和平、和谐、包容、开明、革新、开放，就是回顾中华文明史所得到的主要启示。凡是大体上处于这种状况的时候，文明就繁荣发展，而当与之背离的时候，文明就会减慢发展的速度甚至停滞不前。”（《中华文明的历史启示》，《北京大学学报》2007年第1期）

但我们也要清醒看到，数千年的中华文明带给我们的并不全是积极遗产，其长时段积累而成的生活方式与价值观具有强大的稳定性，使她在应对挑战时所做的必要革新与转变，相比他者往往显得迟缓和沉重。即使是面对佛教这种柔性的文化进入，也是历经数百年之久才使之彻底完成中国化，成为中华文明的一部分；更不用说遭逢“数千年来未有之变局”、“数千年未有之强敌”（李鸿章《筹议海防折》），“数千年未有之巨劫奇变”（陈寅恪《王观堂先生挽词序》）的中国近现代。晚清至今虽历一百六十余年，但是，足以应对当今世界全方位挑战的新型中华文明还没能最终形成，变动和融合仍在进行。1998年6月17日，美国三位前总统（布什、卡特、福特）和二十四位前国务卿、前财政部长、前国防部长、前国家安全顾问致信国会称：“中国注定要在21世纪中成为一个伟大的经济和政治强国。”（徐中约著《中国近代史》上册第六版英文版序，香港中文大学2002年版）即便如此，我们也不能盲目乐观，认为中华文明已经转型成功，相反，中华文明今天面对的挑战更为复杂和严峻。新型的中华文明到底会怎样呈现,又怎样具体表现或作用于政治、经济、文化等层面,人们还在不断探索。这个问题,我们这一代恐怕无法给出答案。但我们坚信,在历史上曾经灿烂辉煌的中华文明必将凤凰浴火,涅槃重生。这既是数千年已经存在的中华文明发展史告诉我们的经验事实,也是所有为中国文化所化之人应有的信念和责任。

不过,对于近现代这一涉及当代中国合法性的重要历史阶段,我们了解得还过于粗线条。她所遗存下来的史料范围广阔,内容复杂,且有数量庞大且富有价值的稀见史料未被发掘和利用,这不仅会影响到我们对这段历史的全面了解和规律性认识,也会影响到今天中国新型文明和现代化建设对它的科学借鉴。有一则印度谚语如是说:“骑在树枝上锯树枝的时候,千万不要锯自己骑着的那一根。”那么,就让我们用自己的专业知识与能力,为承载和养育我们的中华文明做一点有益的事情——这是我们编纂这套《中国近现代稀见史料丛刊》的初衷。

书名中的“近现代”,主要指1840—1949年这一时段,但上限并非以一标志性的事件一刀切割,可以适当向前延展,然与所指较为宽泛的包含整个清朝的“近代中国”、“晚期中华帝国”又有所区分。将近现代连为一体,并有意淡化起始的界限,是想表达一种历史的整体观。我们观看社会发展变革的波澜,当然要回看波澜如何生,风从何处来;也要看波澜如何扩散,或为涟漪,或为浪涛。个人的生活记录,与大历史相比,更多地显现出生活的连续。变局中的个体,经历的可能是渐变。《丛刊》期望通过整合多种稀见史料,以个体陈述的方式,从生活、文化、风习、人情等多个层面,重现具有连续性的近现代中国社会。

书名中的“稀见”,只是相对而言。因为随着时代与科技的进步,越来越多的珍本秘籍经影印或数字化方式处理后,真身虽仍“稀见”,化身却成为“可见”。但是,高昂的定价、难辨的字迹、未经标点的文本，仍使其处于专业研究的小众阅读状态。况且尚有大量未被影印或数字化的文献，或流传较少，或未被整合，也造成阅读和利用的不便。因此，《丛刊》侧重选择未被纳入电子数据库的文献，尤欢迎整理那些辨识困难、断句费力、裒合不易或是其他具有难度和挑战性的文献，也欢迎整理那些确有价值但被人们习见思维与眼光所遮蔽的文献，在我们看来，这些文献都可属于"稀见"。

书名中的"史料"，不局限于严格意义上的历史学范畴，举凡日记、书信、奏牍、笔记、诗文集、诗话、词话乃至序跋汇编等，只要是某方面能够反映时代政治、经济、文化特色以及人物生平、思想、性情的文献，都在考虑之列。我们的目的，是想以切实的工作，促进处于秘藏、边缘、零散等状态的史料转化为新型的文献，通过一辑、二辑、三辑……这样的累积性整理，自然地呈现出一种规模与气象，与其他已经整理出版的文献相互关联，形成一个丰茂的文献群，从而揭示在宏大的中国近现代叙事背后，还有很多未被打量过的局部、日常与细节；在主流周边或更远处，还有富于变化的细小溪流；甚至在主流中，还有漩涡，在边缘，还有静止之水。近现代中国是大变革、大痛苦的时代，身处变局中的个体接物处事的伸屈、所思所想的起落，藉纸墨得以留存，这是一个时代的个人记录。此中有文学、文化、生活；也时有动乱、战争、革命。我们整理史料，是提供一种俯首细看的方式，或者一种贴近近现代社会和文化的文本。当然，对这些个人印记明显的史料，也要客观地看待其价值，需要与其他史料联系和比照阅读，减少因个人视角、立场或叙述体裁带来的偏差。

知识皆有其价值和魅力，知识分子也应具有价值关怀和理想追求。清人舒位诗云"名士十年无赖贼"(《金谷园故址》)，我们警惕袖手空谈，傲慢指点江山；鲁迅先生诗云"我以我血荐轩辕"(《自题小像》)，我们愿意埋头苦干，逐步趋近理想。我们没有奢望这套《丛刊》产生宏大的效果，只是盼望所做的一切，能融合于前贤时彦所做的贡献之中，共同为中华文明的成功转型，适当"缩短和减轻分娩的痛苦"

(马克思《资本论》第一卷第一版序言)。

《丛刊》的编纂,得到了诸多前辈、时贤和出版社的大力扶植。袁行霈先生、傅璇琮先生、王水照先生题辞勖勉,周勋初先生来信鼓励,凤凰出版社姜小青总编辑赋予信任,刘跃进先生还慷慨同意将其列入"中华文学史史料学会"重大规划项目,学界其他友好也多有不同形式的帮助……这些,都增添了我们做好这套《丛刊》的信心。必须一提的是,《丛刊》原拟主编四人(张剑、张晖、徐雁平、彭国忠),每位主编负责一辑,周而复始,滚动发展,原计划由张晖负责第四辑,但他尚未正式投入工作即于 2013 年 3 月 15 日赍志而殁,令人抱恨终天,我们将以兢兢业业的工作表达对他的怀念。

《丛刊》的基本整理方式为简体横排和标点(鼓励必要的校释),以期更广泛地传播知识、更好地服务社会。希望我们的工作,得到更多朋友的理解和支持。

2013 年 4 月 15 日

目　录

前 言

本书提供的几种近代史料，分别是潘德舆、蒋阶、毛元征、段朝端等几位淮上文史名流的家书、日记和自撰年谱。

潘德舆(1785—1839)，字彦辅，号四农，别号艮亭居士、念石道人等，江苏山阳(今淮安市淮安区)车桥乡人。出身于没落的书香门第，十二岁即能诗。十五岁应童子试，成诸生。自十六岁始，历经十三次应考，方于道光八年(1828)，亦即四十四岁那年获江南解元。继之六度参加会试，终未考取进士。道光十五年三月，大挑一等，以知县用分发安徽。四载未得实授，道光十九年七月廿七日郁郁病卒于里第。详见拙撰《潘德舆年谱考略》(中国社会科学出版社 2009 年版)。

四农殁前五月，作绝笔诗曰："五十年来肮脏身，痴心独扫世间尘。一腔热血喷何处，惟把文章示后人。"真实地道出了其平生所为。从十八岁开始，除了读书应试外，他把所有的精力都集中在授徒与著述上，刊行有《养一斋集》二十六卷、《养一斋札记》九卷、《养一斋词》三卷、《养一斋诗话》十卷及《李杜诗话》三卷等。另有稿本、钞本若干，如《养一斋杂稿》、《论语权疑》、批点《古诗源》、《唐贤三昧集》等，散存于国内外若干图书馆。他曾坦言："万族纷有营，嗟我溺文史。竭精不适用，贱不如众技。冥行数十年，蹩躠未知止。犹冀铅椠间，名字永不死。"虽然其迹未登仕版，但是其"冥行数十年"所取得的丰硕的学术与创作成就，如其所愿，已然名垂史册。《清史稿》卷四八六列其事迹于《文苑传》，诸清代诗学史、思想史竞夸其名。

在潘德舆诸多未刊稿中，《养一斋家书》、《养一斋日记》及《北行日录》等三种颇富史料价值。《养一斋家书》是其自道光八年获解元后,至道光十八年或进京应会试,或在座主锺昌家及友人姚莹官署任塾师期间写给儿子亮弼、亮彝(亦即亮工)、亮熙的家信。这些家书历述其交游、见闻,真实地反映了道光中叶一介平民诗人视域中的世态万象,其中不少内容具有弥足珍贵的补史之缺的意义。如记乙未大挑的细节:

廿六日大挑,江苏改期次日,余在第九牌第十八名(共廿人一牌)。挑时,吴梅梁(名杰)先生云:"此系江南解元,必中进士者。"肃王云:"甚好,甚好!"先挑十二人,予在其列。复从十二人中挑三人为一等,予名在第十。肃王云:"谁为解元?"吾应名,即挑一等。又挑二人毕。余九人为二等。

今年与挑者多改年纪,多染髭须。予悉不然,旁人无不怪讶。而予竟得一等,改年纪、染髭须者或并为二等而无之。可知人生一切久已注定,万无可以趋避之理。

记姚莹嗣子姚应昌之乖戾顽劣:

姚生应昌在书房颇安稳,虽高谈,亦无悖戾语。惟夫妇间乖戾之气太甚,乃眷肝厥几死,而伊仍与之呕气。以致石甫兄不放心已极,百般劝戒,不能听从,真可痛恨!乃眷系陈石士侍郎孙女,知书能诗,而又敬公姑,不解姚生是何心肝也?

记道光初年诗坛评骘:

方今诗教日敝,皆由人心日薄。诗虽文艺,而有激顽起懦之功。吾来京师,所见诗人皆妄得名耳。惟一福建张君际亮(字亨甫)的系名手,可以共肩复古之任。惜其福命蹇薄,今年竟不中乡试而归矣(闰九月初三日出京)！予与张君之落拓，皆世俗之所笑。然后世欲求嘉庆、道光以来之诗人，余二人当首称矣(此黄老师语而余述之耳)。此虽似狂谈而非狂谈。盖诗乃天地间自然之理，不容争，不必谦者。特不肯与外人言耳，只可与儿子辈说也。

如此等等，皆前所未有的罕见秘录。至于其教导儿子们如何修身处世、如何勤俭持家、如何读书作文等，则又远非史料所能范围之矣。

《养一斋日记》是道光元年(1821)七月至二年十月，计十六个月间的生活实录。其中记载山阳地区的历史、人物，可补方志之缺失者甚夥。如记道光元年夏秋，江淮一带瘟疫大流行：

时大疫流行，由江达淮，由春入秋，死者累累相望。先是春夏间，或时疫右胁痛，或羊毛疹，汗下，亦皆死。一变为麻症，由手脚麻至心即死，再变而为上吐下泻，手足厥冷即死。又闻摇头瘟、穿心瘟、烂肠瘟、猴子瘟、兔儿瘟，奇名怪症，种种不一。猴子瘟者，得病则欲人痛鞭之，如不见血则死。兔儿瘟者，病人以手足掘地，如兔之钻地为窟。治法，使人握其辫发，就地上倒拖之，背不见血则死。以我所闻见，医者，卖药者，卖棺槥者，卖冥镪者，舁棺者，习阴阳者，皆积有利息，奔走得意，而郡中死者殆以万计矣。

其记车桥文人不定期的雅集活动。如道光元年九月初十日：

鲍生、月江舅来，约至文昌宫小集。因偕至取斯山房，约舅氏、陈竹轩、李郁文、邵立三先往。纪燕亭、韦右箴、刘汇三后至，共十人。予与立三、右箴奕二局，复与舅氏、燕亭、右箴斗叶戏，鲍生与立三象戏。竹轩、郁文为座中应省试者大小六壬,各占一课,皆不吉。月江舅、汇三、竹轩谈诗。予成《文昌宫小集》七古一。酒未终,雨将至,同人议急归。予不欲行,因复酣饮,黄昏乃归。犹过五桥,行兜率院东深树中。老树一株,婆娑甚有致。同人议作七古,限入"亭"韵。后过四桥而南,渐散去。予与月江舅、立三、右箴至汇三斋饮茶,复与立三、右箴奕二局,雨声满窗矣。

另如其记每五天一次诸生课题,道光元年与二年的八月初八至十五日,在江南贡院连续两次参加乡试的详细过程,对于我们认知清代的教育史,也无不具有生动细化的作用。

《北行日记》是四农应锺昌邀于道光庚寅赴京任私塾教师途中见闻实录,记载了从山阳至京城每一天的行经地及其风景民俗,具有清中叶交通史与风俗史的研究价值。

蒋阶(1791—?),晚清清河文士,以擅八股制义名动四方。《续纂清河县志》卷十有其小传:"蒋阶,字升之,拔贡生。工制义,文名藉甚。及识山阳鲁一同,益致力于诗古文辞。著作具有体裁,书法兼河南、渤海之胜。儒素自守,以教授终。著有《七指山人类稿》、《苏余日记》。"

检《苏余日记》之庚寅年,"五月十八日,四十初度。同寓人俱未之知"。既然其道光十年庚寅(1830)五月,年届四十,是知其生年应为乾隆五十六年(1791),介于文学批评家潘德舆和诗人鲁一同之间。至其卒年,暂未得详考,估计该是咸丰年间。其教授地点,未出清河县范围,据《苏余日记》自述,道光九年至十三年间先在潘德舆的门生吴昆田家族私塾,后在渔沟镇之临川书院。

《苏余日记》初由民初清河文士吴涑(1867—1920)辑录刊行,然检吴涑诗文集《抑抑斋集》十五卷,其中未见有关蒋阶的信息。民国二十四年(1935),清河籍学者范耕研(1894—1960)作《淮阴艺文考略》,就蒋阶《苏余日记》,著录曰:"一卷,清蒋阶传。前志未著录。手稿本,又吴氏抑抑堂选刻本。"按语曰:"升之先生撰有《七指山人类稿》,咸丰县志著录,未刊,今未审存佚。先生善书,以楷法有闻于当世。二十余年前,余尝从邑中陆姓家见先生手写日记七八巨册,字迹挺秀,不愧名家。特芜琐太甚,诚不免荠盐簿之讥,置之考证掌故,均无可取。今延陵所辑刻,虽甚简短,皆可观览,比之披沙拣金,有功蒋氏甚大。闻之陆姓谓原有数十册,戚党分携,零落殆尽。延陵所录仅五年事,殆所见亦残阙之本也。倘藏有余册者,亦同延陵所为,精心选辑,则零玑断璧,又奚止一卷而已。先生既以善书著,如能选一二册,以手稿付诸影印,存其真迹,不尤善欤?蔗叟序作于己未,即民国八年也,而文中特称为'后己未','后'字未知何指?岂效法渊明耶?异已!"[1]其所谓"前志",指吴昆田、鲁蕡纂《光绪丙子清河县志》;其疑段氏序所言"后己未","岂效法渊明耶",现在可以证实:段氏自撰年谱,于民国概书甲子,不言民国纪年,即是显例。

关于蒋阶生平及《苏余日记》的流传情况,本人目前所知也就仅仅这些了。

《苏余日记》的史料价值,段朝端序有极精炼的提要:

> 左雨香之多才,卢涵九之耆学,高铁夫之宦迹,陈春台之隐居,吴古音之浩气高吟,方上人之释名儒行,皆足深人仰止。而卢芳谷为机坊崇祀,及以月中竿影验年岁丰歉,尤属创闻。时萃科主渔沟临川书院讲席,岁比不登,水潦暴至,本镇吴氏诸老先生好行其德,出巨金以振之,设粥厂,散豆饼,颁餐具,病予以药,死予以椁,萃科亲见其事,并为规画赞助,详述当日被灾情状,足补志乘所未备。

① 范耕研:《学林》,页129,台湾文史哲出版社2001年版。

笔者以为殆不止此。淮安府署所在地山阳,唐宋明清人文荟萃,经由丁晏、王锡祺相继编纂《山阳诗征》二十六卷及《山阳诗征续编》四十四卷,该地诗歌盛况令人瞠目称奇。清河与之毗邻,域内文学生态若何,迄无系统记录。所幸《苏余日记》保存了清代中叶这一区域内文学生态的剪影,这是一丛弥足珍贵的文学史料。除名家鲁一同(字通甫,号兰岑)为人熟知,吴以諴(字古音)有《古藤书屋诗存》传世外,余如方象山、僧渊如、左雨香、夏云峰、汪鸿庆、卢一枕、刘进南、蒋铅山、蒋麟厚、三舅丁某及蒋阶本人等,皆鲜为人知的诗家,其作品惟赖《苏余日记》以传。

另如其实录亲见渔沟富豪吴以训(字景伊,吴涑祖父)于道光十二年(1832)、十三年春连续散家财,设粥厂赈饥民,忘情投入,奋不顾身,连丧两子,以致作者情不自禁曰:

> 吁!景伊真难为情哉。去年振饥,于三月二十六日收厂,其次子以即夕死。今年于昨日收厂,其长子又以今日死。皆以情势逼迫,志愿未终。岂作善降祥,斯理不可信欤,抑数各有定,天固欲俾数万饥民遭数日之劫,而故死其两子,以中阻其事乎?不可解矣。

其三弟吴以志(字咫闻)亦全力以赴,竟致积劳成疾,赍志而没。升之对此亦不由得感叹:

> 景伊使来告,咫闻于昨日即世。呜呼,伤哉!咫闻与余数年前止泛交,前年张蕴斋死,观其所为慎医药,治丧具,营墓田,厚待其子而善处其家,慨然有古人风,而后知其有真性情、真节概者。及今年借书院作粥厂,朝夕相见,事无大小必商之,其不惜费,不惜劳,不沽名,不辞怨,唯恐饥民不得实惠为憾。此等存心作事,则尤近今所罕见。

世人曾将旧社会之财主富豪概视为周扒皮、刘文彩，失却人性，观《苏余日记》实录之渔沟首富吴氏兄弟所为，当又作何论？不惟此兄弟，且看其癸巳三月二十三日所记：

敬止来商振饥善后事。缘咫闻拟于四月初饼粥厂俱收，距麦熟尚十余日，谷价翔贵，必苦无钱买食。且饥民远来者，或百里，或数百里，沿途无处觅食，仍恐饥死。虽咫闻收厂之日，必仍如去年各给路粮，而人心难厌，得陇望蜀，匍匐哀号，遣之不去。若任其羁留此地，仍觉为善不终。今拟劝本镇商民，各捐钱米若干，俟收厂后补给外籍流民。明白晓谕，庶有业者得以复业，无业者亦可四散谋生。招古音、素修、问扬共议，俱称善。即将此议商诸各家，皆欣然乐助，计可得钱五百千，真快事也。

整个渔沟镇商民在吴氏兄弟的影响之下，对救灾赈饥，"皆欣然乐助"，后人于此究竟该作何评说？

段朝端（1844—1925），字笏林，晚号蔗叟，山阳淮城人。十四岁入县学，科试补廪，但乡试辄下第。后时而教馆，时而进学，博览群书，遍访淮故。光绪五年（1879）报捐试用训导，署仪征教谕、甘泉训导、兴化教谕、海州学正、仪征训导等。还曾应聘为《江苏通志》分纂、《淮安府志》分纂、《续纂山阳县志》总纂。最后因足疾腿病，归里以诗文自适。著作甚丰，主要有《蹄涔小识》二卷、《楚台见闻录》四卷、《淮人书目》一卷、《椿花阁随笔》四卷、《续笔》四卷、《跰躄余话》六卷、《跰躄余话之余》四卷、《凤凰村笔丛》二十卷、《汉书字诂》一卷、《广韵引书略》一卷、《椿花阁诗集》八卷、《椿花阁文集》四卷、《山阳艺文志》八卷、《王褒集注》、《徐集小笺》及徐积、张弨、吴玉搢、万寿祺、周白民等多位名人年谱等。

段朝端的学术成就迄今无人问津，而其诗歌创作成就曾蒙著名学者范耕研由衷赞叹:“蔗叟所为诗,不斤斤家数,而略与剑南相近,能不染同、光间诗人习气,造语用典亦近雅淡,似是一作手。”①近代诗研究大家汪辟疆先生更倾情赞誉:“光、宣间,淮安有一老诗人,而海内鲜有知之者,则段笏林朝端也。笏林晚号蔗叟,垂老以脚疾废,年逾八十犹耽书嗜古,吟咏不衰。有《椿花阁诗集》八卷。其五、七言古体雅健深稳,经籍外溢;近体善于使事,语隐而志微。李审言详、梁公约菼、吴温叟涑,皆与之沆瀣。而温叟诗中,推服尤至,几以韩门之籍、湜自处也。余见其《闵斯曲》……则古质激楚,绝去雕饰,《箧中集》之遗也。《李审言上海信来,许以〈藏书纪事诗〉七卷本借读》……则典雅俊逸,经籍之光,复初斋之亚也。……它日当从全集中再为甄录,俾海内言诗者知东楚尚有此一卓绝诗人也。”②

“卓绝诗人”段朝端暮年作《蔗叟自编年谱》,简要梳理了其一生的坎坷曲折经历,对于研究其诗文创作与学术贡献具有极大的裨益,对于研究苏北清末民初的诗坛互动生态具有极大的裨益。同时,谱文所记录的若干事实,亦足可补诸学术史或地方史之阙。如其载与注释初唐文学家王勃诗文集的学者蒋清翊的交往,蒋清翊注释《王子安集》的始末;同治五年(1866)夏,淮上大雨浃旬,老诗人、曾任四川蓬州知州高士魁竟因此寒暑失调,肝阳大作而歿,足可纠正《明清江苏文人年表》页1334称嘉庆十一年“山阳高士魁死”之误;光绪九年(1883)三月徐、淮、海斋教徒群体异动等。

毛元征(1875—1931),清末民初学者。知识界对其了解与研究不很多,故此不惮烦将柳诒征先生撰《毛君元征传》迻录如下:

---

① 范耕研《蘦砚斋日记》“一九四零年八月十四日”,台湾文史哲出版社2005年版。

② 汪辟疆《汪辟疆文集·光宣以来诗坛旁记》,页547—549,上海古籍出版社1988年版。

君讳乃庸，字伯时，更字元征，别号剑客。晚取韦孟讽谏诗“勤欸厥生”义，自署曰欸生。姓毛氏，江苏甘泉人。毛氏先世居苏州阊门，明嘉靖中爱溪公始迁江都之邵伯镇，清雍正中析江都置甘泉县，镇属甘泉，遂为甘泉人。君之曾祖讳梦文，祖讳凤韶，世有懿德。考讳昌本，县学生。严正廉惠，以学行为大吏上客。妣杨宜人，通诗书，教子有法。君家自凤韶公以太平军时徙淮安，君实生于淮安，操淮安语，习淮安风土。幼慧多疾，不治制举业，而耽读古书，敏于文词；比长厚重丰硕，不甚解世故，论文艺辄汩汩如泻瓶盎。目短视，寻咫间不辨谁某，引书近睫上下循视绝迅，一二过举其辞不忘。以诸生应宣统己酉拔贡试，江宁提学使陈伯陶赏异之，署第一人。寻丁外艰，未应廷试。

君性戆直，不谐俗，然雅负用世志。视世之娓娓者率猎高位，锐欲膺朊仕出其上。清季督部司道犹好士，引君佐治江南督练公所军书，君以此自喜兼资文武也。民国二年，从杨晟之山东，以科长权内务司司长。四年，从陈宦入蜀，管榷垫江，调梁山，又榷涪陵烟酒。川中脊脊大乱，所在被兵。君崎岖楮柱四五年，尽丧其资斧，挈小妻东归。贫不自聊，旅食江介。一时方面抚宪皆墨吏粗官，耳君名，间聘君为秘书，率不能尽君才，君愈益偃蹇。为大言谓：“吾尝分疆寄衡，揖监司，临戎治赋无怍色，乃仰若曹滓沥，循晷趋公，操牍稿、望颜色乎！”绳榻昏灯，僵卧至日下舂不赴幕府。幕府询毛秘书，或旬月不一上谒，以是客大吏许不久辄谢去。家益贫，世变益亟。童骙贾竖腾踔弋政柄，用俚语为官书，益无所用文士，而君亦侵寻衰老矣。避债金陵，居陋巷，彳亍喘偻，与庸保杂作，犹不肯自贬损，摧眉下气、为好语于贵幸。萧然从故人乞贷，市炊饼，键板扉，辑故籍，作细字书，戢之成帙。徒仰屋浩叹，生乃不遭乾嘉盛时，紬绎四库，从徽、浙诸老赏析奇侅也。十九年，客镇江。镇江有伤兵哄官署，官署迫近君旅舍。君震悸，用小妻言疾走上海。久之，贫病交困，复道镇江，归淮安。尽胠家藏书,贱鬻偿逋,槁死围墙巷赁宅中。呜呼,可哀也已!

君博闻强识,于书无所不读。独不喜宋、明儒先书及浮屠家言,谓其虚诞无当。持身虽若詄荡、不桎束迂谨,而中有介然不可夺者。骈散文、诗词遒逸渊懿,淮士无出其右。刊定《剑客类稿》,凡散文二卷、骈文二卷、诗八卷、词二卷,欸生随笔二十二卷,墨脞一卷。尤深于史,棼乱脞遗,史所荒忽者,栉剔沓集,识之尤悉。著有《十国杂事诗》十卷、《十六国杂事诗》十六卷、《后梁书》二十卷、《北辽书》九卷、《辽进士考》二卷、《季明封爵考》一卷、《檀香山岛国志》十九卷、《勺湖志》十六卷。又译出《安南史》、《朝鲜近世史》、《印度杂事》、《彼得传》、《泰西名家略传》若干卷。钩沈撮异,撰录悉有义法。它所著有《补陈书》、《州郡志》、《西辽纪事》,丁乱稿佚,晚亦未能重辑也。呜呼!以君丰才啬遇,使研悦缮性息心之经术,宜亦可淡然以著述自娱也。君既不屑屑自揪抑,高气迈往。膺世变、遘厄塞,良不能无望。而播糠积薪九等表之下中、下下者,崛郁鳞起,益令君无所抒其愤慨,终已不获一展,岂非柄世者之咎哉!

君生于清光绪元年乙亥九月二十二日,卒于民国二十年阴历十一月十五日,年五十有七。配刘孺人。子男五人:嗣孟、嗣雍、嗣曾、嗣开、嗣言,均隽迈有君之风。女二人:嗣昭、嗣光。孙二人。

君与予姊丈徐粹甫雅故,予因获交于君。君初至金陵,馆贵池刘氏。予与刘氏群从昆季稔,过从尤数。光、宣间金陵多寓公耆彦,登临文燕,往往有予两人踪迹也。不三十年,知旧漂零垂尽。君既连蹇不得志,予亦无力以振起君。尝一强君入焦山,商略地志,君已病矣。蹒跚扶掖,渡江登松寥阁,抗声论方志义例,诵述骈溢,盛气盖一座人。一座人咸震耸莫能难。君既不乐山居,馆谷又不时给,展转扶病归,拾敝纸贻书诀予,潦草不可辨。

其后遂不通问。予为君传，仿佛君生平，溯畴曩写心谈艺之概，乃邈然不可复再也。悲夫！①

学界对于毛元征的知晓，大约多因其《北辽书》等史学著作，而于《惶恐零丁》及《炳烛录》两种日记，上引柳诒征先生为其所作小传并没有提及，大约连柳先生也不曾见过，甚至不曾听过。

《惶恐零丁》记录了民国九年（1920）春其卸任涪陵查验局长，转任奉节查验局长后的一系列惊险遭遇，以及离任返淮城后短暂的栖居生活。其中记川、鄂两军火并之因果过程尤详。返淮期间与词人秦遇赓（字湘渔，有《靡施词》传世）、文化学者王光伯（《河下园亭记续编》的作者）、政要郝崇寿（字砚樵，民国初江苏省众议员）等人的交游酬酢，更是我们今天具体了解这些人不可多得的第一手材料。

《炳烛录》记录的时间内容稍为庞杂，主要是：民国十四年（1925）初秋，从次子毛雍在北京生活一个多月的耳闻目睹；之后南下进入江苏省政府财政厅任秘书数月的倜傥经历；附录民国十二年秋、民国十五年春季某月十天在山阳的作为。其中以秘书生涯之见闻最具文献价值。

该录所记交游，有政客，有文士。笔者最感兴趣的是其与梁菼、仇埰、欧阳渐等文化名士的交往。梁菼（1865—1927），字公约，号饮真，室名端虚堂。江都人，光绪间诸生，久客金陵。擅画，尤善绘芍药、菊花，有“梁芍药”之誉；工诗，有《端虚堂诗稿》二卷传世。汪辟疆赞其“诗才甚隽”（《光宣以来诗坛旁记》）。仇埰（1873—1945），字亮卿，一字述庵，南京人。光绪三十年（1904）留学日本弘文学院，宣统元年拔贡。归国后任南京第四师范学校校长，创设栖霞乡村师范分校。执教严格，爱才若渴，词学大师唐圭璋先生即蒙其提携成长。晚年始

---

① 此据作者手稿复印件。卞孝萱先生主编《民国人物碑传集》（团结出版社 1995 年版）卷六《毛元征传》有微误。

着力填词,与石凌汉、孙濬源、王孝煃号称“蓼辛社四友”,著称词坛。欧阳渐(1871—1943),字竟无,江西宜黄人。早岁醉心理学,中年追随杨仁山研习佛学,从事佛学教育,终成一代宗师,熊十力、汤用彤、梁漱溟、吕澂、蒙文通等皆出其门下。截止目前,未见有人为梁菼、仇埰作年谱,欧阳竟无有简谱而已。毛元征所记与他们这段时间的详细交往,必将作为研究他们生平的原始材料。

该录所记传闻,或撮述前朝载籍,或实录时贤转说,真伪杂糅,有些在今人看来颇为荒诞不经,甚至具有迷信色彩,如八月十二号记谭少南与王蕴之所言。但是我们如果置换视角,把它们认作二十世纪初的民间传奇,那么这些记录又何尝不具有民间文学史料的价值?

以上仅就本人兴之所至,对几部文献的价值进行窥斑见豹式的扫描。相信不同专业背景的读者,自可从这些原始材料中各取所需,无待本人继续饶舌。

淮上藏书家陈畏人(1883—1970),本姓史,名宗书,字鉴庭,五岁时过继给姨夫陈纪元之后,改名畏人。潘德舆夫人史氏,即陈畏人曾太姑。潘德舆《养一斋日记》、《养一斋家书》、《北行日录》及毛元征《惶恐零丁》、《炳烛录》等五种,原均藏于其手。陈畏人去世后,所有藏书归其次子陈慎侗(1910—2010)。陈慎侗去世以后,家藏古籍由其后人捐赠淮阴师范学院图书馆。

《养一斋日记》原稿未见,笔者所见系陈畏人抄本,抄本封面左上题“养一斋日册”,右下小字书“壬寅年季夏史鉴庭畏人手钞本,时年八十有一”。日记正文前有潘德舆自序,尾署:“道光元年岁在辛巳立秋日,艮庭居士潘德舆书于养一斋之东轩。”无跋。《北行日录》原稿本亦藏陈畏人处,其复请邢耐寒录副。今稿本与抄本俱存。钞本卷尾有邢氏跋语:“《北行日录》,山阳潘四农先生著,为道光庚寅应座师钟司寇仰山聘课公子入都而作。起二月二十二日,迄四月初四日,凡四十二日,文长八千余言,写山川风霜之苦,抑郁磊落之怀,劳者自歌，日有篇什，为先生字迹。几经损益，涂乙宛然，中多蚕蚀，元本藏畏人许。又先生次君亮彝撰《先府君年谱》，畏人录有副本。春日与天然怀铅暂过畏人斋，日写数页。畏人每以黄山竹炉煨苦茗相待，断续经旬，克始蒇事。畏人更参以遗集勘校，复就正仲谷丈，欣然商兑，多所发明。邢耐寒跋。”

《养一斋家书》原由四农次子潘亮彝（字符钦，号廉亭）辑录，传至其侄潘兰璘（字伯彬）之手，后由陈畏人假以抄存。陈畏人于抄本之尾作跋：“茶前酒后，曾向潘表叔伯彬先生请问，曾太姑丈养一公留京在外，焉能无家书与表伯辈而存诸家者乎？先生应之曰：‘有！’吾即要求赐阅，又应之曰：‘可。’后余之车省墓，值先生返里，又面请以此，云：‘容日找出，带到淮假尔。’未几，践诺。余得而展读，庆幸何如？原信大都用八行书，皆公随手亲笔。分装两册，是廉亭太表伯粘存者也。间有诗词，有已刻，有未刻。阅来爱不忍释手，然又不可久留，是以于旧年携带钞录，亦成两本，原册仍还先生珍藏。惟因遽写，不免舛误，且诗文一道又属门外，敢乞诸有道为吾正匡为幸。癸亥二月十四日鉴亭史宗书识。”

毛元征《惶恐零丁》，系作者稿本，朱丝栏笺，页九行，无序跋，封面右中署“剑客”，左上题“惶恐零丁”，隶意楷书。收藏者陈畏人居中小字题“民国九年庚申　畏人补书”。《炳烛录》书于普通笺纸，页十二行，无序跋。加封，右上题“乙丑夏五”，稍左下署“诶生”，左边居中题“日记”。扉页右上题“中华民国十四年七月”，稍左下署“诶生”，左边居中题“炳烛录”。根据署名剑客、诶生，结合日记时间，覆按《毛元征传》，我们确定其作者就是毛元征。

段朝端《蔗叟自编年谱》，誊清于采莲室红格稿纸，每页十二行，行二十字，计八十二页。封面由其门人陈邦彦题“蔗叟师自编年谱”，下署：“乙亥秋仲，邦彦题。”今藏淮安市淮安区图书馆。

蒋阶《苏余日记》，1919 年吴涑抑抑堂刻行。但当时印数不多，一般图书馆已难觅其芳踪。故今亦与上述诸本合并，以飨读者。

本编虽力求修旧如旧，但按照今天的古籍整理规范，对其中一些异体字、同一词前后书写不一、较长段落进行分节等问题仍不得不进行技术处理。惟有关人名的异写，如吕子骏—吕子俊、秦湘于—秦湘渔(虞)、郝砚樵—郝砚翘等，仍一如其旧。个别避讳字，如玄妙作“元妙”等，亦存真以供考索。干支纪年后添附公历，乃为读者方便对照计，非原稿所有。

整理前人稿本、抄本，是一件费力不讨好的差事。其杂乱、潦草、涂乙，都给整理者的辨识平添诸多繁难。限于学殖，本书中误识或仍存在，期待方家不吝赐正。

朱德慈　甲午秋识于淮阴师范学院图书馆

养一斋家书

潘德舆　著

戊　子(1828)

致亮弼(七月廿七日)

(七月)廿二日住平桥。廿三日，大兄午前到船。廿五日抵湖口，即得顺风，当晚宿瓜洲。次日渡江。廿七日由栖霞入城到寓，寓在东水关内，一路安好，无庸挂念。大兄嘱汝写一平安信便寄曹甸，切切。邱孚伯亦寓东关，明日考优，尚未会面。车桥遗才皆取，城内外遗者甚多，学生中惟刘官裘见遗耳。家中人一切谨慎小心。奇热之后必有奇凉，总宜多穿衣服。杏、松放学后，万勿出门也。湖水浩大，然较之前此稍平，山阳境内田可保无虞。据琴沚信来，论淮水亦减二尺矣。主考正锺昌，副黄爵滋。四农书付亮弼览。廿七日灯下。

致亮弼(十月七日)

(九月)初一日向晚开船，次日宿扬州。初五日泊江阴。当夜大风，头风为之大发，次日即愈。午后填亲供，见学台。学台平和谦逊，殊不见其执拗处，外间所传，殆未足信也。初七日雇船往苏州。祝炎洲、方云壑两表弟雇船往常州。到常州时，方往溧水，祝独回淮。一路来，气谊甚浃而笃，别时殊惘惘也。家内事一切纷拏，每一念及，心如牛毛，不知若何经理。第一烦懊者，卢房东未去也。此事至多不过十数金，否则听之。听之又不成事，可与大兄决此议也。远近报单，最难周密,我前此所开底本,亦未足据。可更与亲友斟酌详细,即早为特送便寄,切切。朱卷未刻,履历未曾酌定,然三文一诗大可先刻,免致时日稽迟。汝曾到邱孚伯处细问取来交与曹伯玉否?且此刻城内书店必已纷纷有此,买一部交曹大兄亦可耳。刻工务要明净精工,不可草率,为嘱。我大约苏州住二三日,江宁大约住三四日,连行程须二十日后方能到家。开贺及明岁动身事毫无筹划。且捱将前去,看事势何如,以定章程耳。汝诸务稍清,便当到馆。是初四日,夫妇偕归否?松子万不可让之出门,寒暖饮食,务要小心防范之。晤鲍三兄时,说我感谢无尽,胡三兄前亦望道谢。汝姑母已归否?可寄信催之。我回来或走泾河关,未可定也。我回苏表兄处报子,以及元敬等处,须元敬自归方妙,试与酌之。本家报子,汝想已酌定,命惟子分送也。杨先生曾已请来否?药完便宜早合,不可迟滞。新寒初至,家内人总宜多穿衣裳,不可大意。十月七日父书付亮弼览(江阴城外寄)。

己　丑(1829)

致亮弼(二月十六日)

二月十六日,四农自京邸书,付大儿亮弼览:

予自(正月)廿二日开车,至二月十三日晚抵都门进寓。寓在前门外石头胡同恒升店内。一路大致平善,然初次坐车,不免驰骤颠碰之苦。自入山东境内,旅店饮食,无一物可以下箸,以致牙痛胃气相因而来,勉强支持,惫亦甚矣。尝在旅店中语祝三弟、方四弟云:“吃前此所难吃之饭,睡前此所难睡之觉,走前此所难走之路,捱前此所难捱之病。此事不能不到,不能再到。”祝、方以为中肯之论。现在到寓以来,牙痛已平,胃气亦渐就痊可,家中人可以放心。一路使用,除车价外,共享大钱贰拾贰千,已属过度。寓中房饭每日主仆二人要三百文,菜蔬荤腥自备,并点心、灯烛一切每日要四百余文,尤觉经费过重。然皆他人所同,不能独从俭约也。同寓只潘、祝、方三人,卢五弟亦寓石头胡同，在同一街中准提庵内。伊前约同寓，予固不安。伊妹丈陆君亦未相延，无插入之理。河南王立轩兄尚未来都，不知熊老师允赠之项若何？会同年事尚未经济，又不知与否？心绪甚茫茫也！

十五日见锺、黄两位座师，皆推奖过度，以名下相许，不免惭愧。仰山夫子已派知贡举差事，闱差三月初六日起，至四月廿外乃毕。请老师时，并不能到。陶文川大兄已会数次，伊家计闻亦艰窘。芝龄侍郎处，予往拜，伊回拜，均尚未晤。齿芬奖借处甚多，亦自愧甚也。予自动身北行以后，无三日不梦还家，醒时怅怅，不能为怀，然亦勉为排遣。其所以能排遣者，以内顾有汝，足支一切，吾故无忧也。汝宜较吾在家时格外勤谨，家祭墓祭，早晚门户，家中人衣服寒暖，妪婢小心与否，均宜时刻照料，不可大意。汝母身体素弱，饮食不可刻苦，衣服不可骤脱绵裘。两妹穿衣，总宜略受温暖。杏儿身虽较健，然亦宜自加保爱，不可粗卤直前。松儿腹泻旧疾虽渐痊可，然稚年无所知识，家中人尤要格外爱护之，切切！汝旧疾十去其七，然此病总要脱净根株，方能放心得下。服药固不可间断，饮食起居尤须加倍珍爱提防，不得独犯禁忌。汝妇身体较之往年健旺许多，然亦不可自恃，不可过任劳苦之事。大女身体羸弱已极，予每一念及，心辄摇摇，总要他自加保爱。所服丸药万万不可暂离。汝姑母现尚在家否？予嘱其春夏间勿遽往塔镇，未知能听从否？总要劝他针线少作，略自顾惜些方好。四弟家内打算无多，身体又弱，心思丛杂，何以能当？予劝其少解心思，保身为第一义，眼前权且将就，以大爷及我处分润过日。如我竟小有升腾，夏秋间不妨另为酌议也。我家食用应酬，一切总宜节省，前此汝所携还者，曾有运用否？

汝自己读书，宜切实记着，典章尤须用心，虽近日文体尚清，然遇用书题，万不可以白战了事。至时文一道，总以圆、紧二字为真正法门。看书要“圆”，取题要“紧”；运笔要“圆”，构局要“紧”。长句散调，不可多用；俗字凑字，不可偶用。现在县考与否？心甚记挂。考事原无捉摸，总要自家努力，不可入场视为儿戏。小楷要日日写，时文要按课做,不可当日不完卷,不可与朋辈闲谈,闲一日便荒一日工,考期甚近,不可忽也。郭相廷资质清厚,然勤苦用功时甚少。除每日教小学生外,自己总要勉力向前。念门户之衰颓,惧光阴之迅速;计年华则已冠,闻学业则未成。得不儆戒鞭策,日夜向前耶?更嘱者,相廷早晚在书房中,一切都宜谨慎,日里原无闲杂人来,然衣裳书册,总宜照看,晚间灯火更要小心。杏儿年已十五,更不可与之戏言妄语。杏儿如不肯用功,相廷不妨正色责之,使之努力,切嘱,切嘱!杏儿书固宜熟,讲贯尤不可缺。使能渐明书义,及虚实字眼义理,不患其不能文也。鲍升士、辅士现在造诣若何,日日相见,汝总宜互加勉励。晤周子澈时,亦望传示吾语,嘱其讲诵加工。

予自廿二日宿渔沟时,作诗三首。嗣后每日必有题壁诗词,凡此行二十一日无日不作不写也。但以此假借破旅愁耳,看书、写策工夫尚未一日做着。年纪如许,疾痛又多,此次不中,下次万难再来。言念及此,毛发皆竖。功名原有命运,而心胸竟难淡忘。实吃苦太重,穷达交关,只争这一回耳。北行两三日,尚饮曲酒一二杯,后胃气陡发,在路直涓滴不饮。到京在文川处,饮绍酒,自谓可以胜之,而饮不及醉,夜间头已大痛,当即立愿并绍兴酒亦不复饮矣。酒如痛戒,病必少减,家中人可以放心也。

此字由淮安差局递送,字到家中只给二百文,家中难于给付。字带到云衢处,嘱伊代给,汝续还可也。差局寄书回淮甚易,但家内信,吾难遽得若何?里中亲好如卢大弟、二弟、鲍三兄、四兄、八兄,邵处四、六两兄,及诸邵生徒、胡二兄、三兄,陈竹轩大兄及汇三、景洛、浣江,予以初到,心绪未定,不及逐细写信致候。诸人如问及时,略述书中大意告之可也。胡三兄、鲍三兄可先告之,并为道谢。大爷已赴馆否?予亦不及写书转寄。有便人去,可说我好。二太太、七太太前均说请安。两位老人心事不佳,总要自己保爱也,见时望道此意。八四子来时,亦嘱其加紧用功。五爷想未来家,可以自了。元敬想仍在泾口五田店内,嘱其一切平心和气为要。史大太太精神甚好,必盼望我家信，汝可亲到榻前略述大意，使之放心，说我请安，切切！

予自顾身体太弱，不中则四月望前必归；中而归班候选，必然改教，则六月便归；惟侥幸词馆，乃八月归耳。寄语汝弟妹等，勿苦念我也。北行诗词甚多，尚无暇誊稿。兹录其清白易解且短简者数章，示汝及相廷等，可知旅况矣。纸不尽意，累累如许，尚觉其少，容续寄可耳。然写此字由未末及戌初，汝宜时常取阅，不可一览遂收藏之，不再览也。

邱琴沚大兄前札来云，到京寄家书时可便寄数行，由淮转达凤阳。兹来信一函，望觅便人寄去，或程治平处，或学内官封，均无不可。

致亮弼（五月十九日）

五月十九日，四农书付亮弼览：

予于二月十三日到京，十六日即写信廿余纸，托差局寄淮上，想已收到。昨范巷吕处有信云，祝三弟信已收，则我信亦必寄到云衢处矣，汝到云衢处一问便明。予于二月廿二日由石头胡同恒升店内移至南横街陶文川大兄家内，缘祝、方不肯住店，定住会馆，吾则断不住会馆，故到伊处住也。后数日，卢五弟妹丈陆君丁忧南归，卢五弟亦复到文川处，与我同住。祝、方自住会馆，与陶宅对门，朝夕在文川处。我等极承文川盛意，可感也。三月初六日进城小寓，十六日午刻，由小寓复到文川家。

三场一切均平妥。头场文字，我觉其浅，人觉其高。以寸心衡之，似可获隽。仰山夫子既已知贡举入闱，交卷时阅予文毕，未置一词，不便置词也。树斋夫子阅予文云："出房则必中。"此不甚惬心之词。要之科场有数，予自只以文还题，得失付之度外可也。次艺尤觉自负。二、三场无不着力，经文较去年为胜，策写至卷尾一行。若幸获隽，当在前五名耳，未知命何如也？现在都内推重者甚多，予实未敢奔走，所带诗文，都以草稿，不能呈人览正，俟徐图之。

场后便思买物及托人写条幅对联，而据陶文川大兄云，此地托人写对子条幅甚难，略有名声，总要再三推托，且延至数月而后得之。予殊不耐此也。《筼萧诗集》拟请仰山、树斋夫子作序，而仰山夫子入闱，至四月廿外乃出闱。予思作序事甚重，即不中，五月初乃归，必候序成也。予在此精神甚好，家内不须悬念，但予不得家信，实实悬切之至，无三夜不梦见家人。汝可将家信写成封好，托范巷吕三爷觅入京便人寄来。伊侄吕虚白现在陆宅，与予朝夕相处，甚为相好，吕宅带信甚便，汝问吕三爷亦可乘便也。其它有可带信处，总要访察为妙。

县考闻在二月底，现已考毕，汝取在何处？府考的在何时？此事予甚悬切。邱祥仲已来应考，孚伯曾送来否？均到予家否？府考如近，即不必归凤阳，便到车桥住予家中，再入城应府考可也。邱大兄家内一切好否？汝入城应试，郭相廷亦应试。家内二小子读书能如常否？能不出门乱行否？总要嘱家人严行约束之。今年天花甚多，车桥尚不多否？松子尤不可出门，总以安稳在家为要。相廷初应试，尚游刃有余否？相廷、子澈取在何处？姑奶奶连月在家否？汝曾请来否？四弟有生意否？七太太、史太太精神若何？大爷有信来家否？府考想必归也。鲍四、三、八兄，胡三兄，陈大兄想都好，晤时说我致候。汝与相廷文字送胡三爷看，必能直言。汝辈能领受不倦否？大堉取在何处？大女连月精神佳否？未发旧恙否？大女丸药均不可离，汝之丸药亦不可离也。汝母、汝两妹、汝妇总非结实人，宜各自保爱。

予在此精神既佳，资斧亦尚足敷衍。王立轩于前月底来，熊老师寄来二十金，予已买小毛袍褂矣。团拜请老师事，约在月底。场前未作诗，无可寄。惟三场卷子写毕，题壁一诗，尚得意，附示汝等。云衢会已应否？家用尚可敷否？余情缕缕，更俟续寄，汝亦速寄家信来，切切！

庚 寅(1830)

致全家(三月初七日)

道光十年三月,予将入都,亲友为余此别二年,临行嘱以"无多饮、无多谈、无多忧、无多费"。予既识于心,因念儿辈家居,远违教训,乃书别后所当戒者于一纸,使常常观省而爱护焉。

月朔祭;生辰祭;忌辰祭;修墓;拜墓;清明、七月半、冬至、除夕、端午、中秋祭。以上尤宜敬谨无忽。

每晚锁大门,关中门,照料灯火,提防盗窃。毋赴博局;毋夜宴,二更必归;毋引客来家闲谈;毋出门与人闲谈;毋好借人什物;毋借与人珍藏书文;毋论人优劣;毋论人文字优劣;家用账必日记;出入账目、还钱、借钱宜随手记录;每日必看读书文,一日间不能全有事,有余力则当看读;庆吊毋缺情礼;毋为小事与人争辩生事;毋贪凉受病,不可受热,不妨常稍受暖;医药尤关紧要,不可混投,必求医董、曹二君可也。

松子毋许轻出大门;松子可读晚书、讲故事、讲四书、作对。桂子宜用科场功夫,下场必归。妇女毋常往来宴会;妇女毋许看灯、看会、看戏;妇女毋久还娘家。

男仆不用;女仆勤谨则用,否则去,不可姑留。嫁女勿过百金,大门宜常闭。教馆宜尽心,不可旷馆。

又总结二句:内外端正为我全脸;寒暖保重免我挂心。

三月初七日午刻,四农书于传恭堂。

致亮弼(四月廿九日)

四月廿九日戌刻,父书付亮弼览:

我于初四日抵京,初六日即写信一函,托清江浦汪家同事汪牧亭兄携归。想由俭卿处转交,本月底汝当收到。现在一切光景,一言难尽。总由身体不健,故此地饮食起居都难合适。若在他人家,可以旋至旋归,老师家如何可行?只得勉强支持。逐日原无大病,还要应酬谈笑,然十分豪气消磨八九,饮、读、吟"三乐",无兴趣及此也。

老师现又放云、贵办案差使,闰月朔日起身,临行仍谆谆见委,看来惟俟老师归时,我可言归。然老师差使不定,或放抚军,或又审他省案件,今年未必遽归京城。我若支持不来,冬令亦必归矣。好在老师将行时,我已将"病若难支,便要回家"的话面禀,老师答以"身如太难,自当归去,否则仍要相托"。去留固自未定,尚有二三分可主张也。此系大局,细话问陈文学可知。来年左近馆局务须早留意。方云壑、邱孚伯话都已向老师提及,邵佩兄事实无银两可代捐监。我若今年不归,方好多付修金。现在去留摇摇、进退两难之际,何能说此?邵银七十五两,尚存箱内未动,伊可另托人补带七十余两来,方可指耳。至邵佩捐贡事,问部内人,据云需银二百两略出些头方可。若学院报部误书世昌之说,则绝无其事,丁容圃亲在部中查看故也。邵银既不能济家用,家内若何打算?日用尚难,何况嫁赀?想来想去惟有借债矣,奈何之?我在此捱上前去亦可,但家计身计如此,心何以静?邑中劝我来者,都属上好意思,但不知北方馆局者居多,我亦断不怨人,只是自家福薄多磨,又无眼识,轻躁易动,殊可悔恨。今乃知止泉舅氏一札,真解人也。事已到此,功名利益都可淡然,只是人情难却,只好自家加意静耐,养心养身,徐图归计,家内人切勿为我焦虑也。

汝旧恙未发否?总要一切小心,服药勿间。汝母膀子好否?汝二妹健旺如常否?汝三妹未发肝气否?汝三弟夜间安静否?汝三妹、汝三弟小孩子家,尤不可焦心,一切细话不可告知,只说我秋冬可归耳。汝妇未发恙否?汝姑母未归塔儿头否?饮食好否?四弟家计稍有起色否?精神好否?史太太、二太太、七太太精神总好否?郭相廷、周子澈县、府试何如?常作文章否?元敬侄在鲍府合适无疑。五弟有信来家否?念念。鲍三兄病体大好否?胡三兄改教事,丁容圃已办了,贡照已托人带归,想收到矣。我现在兴趣不佳,实无心多写书札。大兄在馆好否？八四子亦佳否？望说我请安。又如卢大、二表弟，胡二、三兄，鲍府诸兄，邵府诸叔侄，黄二兄、李六兄、陈大兄，周木斋、郝镜渠、丁俭卿诸兄，王景洛、岳天、藻吉、刘汇三、张浣江诸友，总要说我好，说我道候。邱勤兄看定宅子否？我现在亦无心情写信，汝寄信去，说我平平而已。

我由离家至今五十日矣，未接着一封家信，心甚悬切，汝需早寄信来，每月寄信来觅的人为要。家内大小事总须寄书写明，切勿含糊，使我生疑。科考等第，进学何人，更要写详细些。我想此行之不适意，或由吾父母墓前面误栽棘刺之故。此系三九子误听，汝务必亲到墓上看视，将前此所栽棘刺数十棵尽行拔去，并墓后吾意亦不栽矣，可一律拔去也。切嘱，切嘱！邱孚伯问覃恩事，已托汪幼清兄代查矣。周木斋托觅顾南雅字，已托吴鞠通丈矣。杨三爷托觅松中堂字，亦托之幼清矣。至邱信托李托汪，嘱寄蔡观察信，总不送来，曾面托幼清及李二兄，然均未有信来。据幼清云，与蔡不十分契也。陈文学在路及在京一切，甚仗他照应。三子到底拙，亦可将就。亮工无病，未甚读书，亦由兴趣不佳也。杨广明眼药买五百文，可送邵大太太处；陈文学如有托捐者，可嘱伊秋间早来。切切。余物俟续寄。徐开业二兄之侄，闰月底必归，再有信去。家乡麦事何如？粮船想通畅。我在此将就得过，只要家内一切保重平安。渐渐住久，或可安帖，家内人切勿为我焦虑添病也。纸短意长，一切小心在意而已，切嘱，切嘱。

学正今年不考，秀才不捐监而借照入闱，万万不可。若托人在部监中先请照出来之事，非有至好不可。现在部监中皆无此人，不能办也。容圃云云，可说与邵六兄乔梓知之。

此书仍不必与宅外人阅，切切。

致亮弼(闰四月廿八日)

闰四月廿八日，父字与亮弼览：

前一次书托李芝龄先生亲戚汪家同事周牧亭四兄带回,前四月底当收到。后一次信托陈林之侄陈文学赍回,并有钮子五副、眼药七罐、带钩一副,想于本月廿外收到。此刻我身体渐佳,饮食渐可将就,面色亦转,不似前此疲困,家内大可放心,不必焦虑。

前此曾禀明仰山师云,体如万不能支便思回里。此刻既可支持,只得照常教馆。然心神恍惚不定,时萌归念,时为留计,不能作主,总看精神此后何如耳。又一想到身子既不甚健,而此事于家计又属不宜,明年倘仍在京,何以为家中度日之计?况今夏嫁女,花费已属空乏,徒为报恩情谊(功名付之命矣,吾颇不计及此)起见,而我之身家付之度外,若何,若何?似此则秋冬之归,又在必然之数矣。此刻第一焦切者,出门之后,至今未接一封家书。汝未寄耶,抑人不确耶,抑道途有水(直隶倒口子)阻耶,抑家内有不如意之事?汝秘而不闻,恐吾损心神多焦切耶?吾每次书中皆写现在实景,不必虚词,反劳汝等疑虑。汝寄吾书,务必如此,家中大小人口,稍有头痛伤风等,必告吾知。若有甚于此者,务亦实说。我现在因未得家书,反生无数焦思。汝务早觅的人,勤寄书来。一月一书,不嫌数多也。且汝恐吾忧,而不写实语,恐吾不能归而徒忧耳。然吾之归,不必因汝之书也。

现在汝又逢科考,又将嫁妹,又无多钱,百事千难,汝之心神亦惫甚矣。每一念及,清泪如绠。吾不解吾之境遇,何一窘至此?身如春蚕,家如悬磬,而家中及京中诸友犹有说我是好境遇者,人之不相知至此。汝嫁妹期已近,是设何法,借何人钱?每念及此,心又如焚。均望汝支持,并望汝早寄书以慰我也。汝母连月好否?汝两妹好否?汝三妹将出室而父不在家,心中悲切何如?然此亦世间所有,慎勿为此伤身致疾,是所谆嘱。汝三弟好否?不必想我,只要不出大门,多穿少食肯读书耳。吾昨为汝弟兄三人算命,都言将来可中,在汝等自勉之也。郭斗、周炯近诣何如?科考能进固佳,否亦不必作恼,只要功夫不懈,不怕功名不来。科考一毕,汝便要再寄书来,详写何人进学及汝等第。

邵佩兄捐监事,第二次信已写明,汝想与伊谈及,伊意云何?邱孚兄各事,吾亦写与汝矣,均望照会明白。此番吾寄亲友札极多,如鲍、邱、胡、丁、卢、邵及大兄等札,诸札未封口分送之,先望封口也。字到望即分送托寄为要。伊等如有覆书,望附入家书,便寄京来。又有仰山师寄毛秋伯先生信、寄方云錾信,均望分寄。闻江南水大,未审吾邑何如?车桥一带麦已收否?秧渐栽否?米价何如?均望写来。邱孚兄科考何如?房子定否?汝信中亦须提及。汝连月服药未间否?旧疾未发否?总要时刻留神,不可以为大好无事也。汝妇好否?未发旧疾否?四弟家计何如,生意现稍充润否?元敬常在鲍府庄上否,抑时在槽坊也?大妹未归塔儿头否?汝三妹将嫁,务留汝姑在此照应一切,要紧,要紧!汝姑针线过紧,亦须常常劝之少息。

我现在京与丁容圃、徐敦五两兄颇相得,亦甚蒙其照应。此字托徐君开业之侄名锦堂者带回,想无错误。闻大沟巷丁韫翁家要送银来,汝到彼打听,以便带信前来。汝二弟在此颇好,但心思不定,不能用功,亦不忍过责之也,三子也好。

史太太精神好否?可便告以归期不出今年,不必远虑。旭初、朗山等均望道候。汝文字及郭生文字均送与胡三兄阅,阅毕亦可时呈大兄阅也。京内风气都云项水心为利器,吾谓其锋芒太过,多不纯语,然亦可见"文患平庸软熟"矣。汝考毕作文,务宜刻炼,炼意炼词,总非出锋不可耳。附言及此,心境尚不暇谈文也。一切保重谨慎为要。　父字。

致亮弼(五月初三日)

五月初三日,父字与亮弼览:

第三次信写成,已托徐君丽川带回矣。徐君尚未行,故复寄此,缘昨天到丁容圃处,闻伊家带银信来,脚子路上遭骗,五百金骗去二百金。闻已经报官,丁韫翁亲到滕县领银。昨由河下差局寄一信来,无银两,惟空信耳。我因想家内信久不到,或者无便人、确人,何不亦由河下差局寄来?此局在河下罗家桥,但去百文,托伊局递至京中天元差局,转送丁容圃寓,便可交我。此事凑巧,可七八日便到,否亦不过廿余日,断无迟阁之虑。每月带信,皆可由此。他处若有的人,不妨另寄。大抵旅人专盼家信,视为奇宝,不可不知。

我现在身体稍佳,心绪如旧。每自叹曰:"身计家计,两无善策,何其窘也;为己为人,两无善策,何其拙也;合时合古,两无善策,何其庸也!"放翁诗:"俗事不教来眼底,闲愁那许上眉端?"我正与之相友。东坡诗:"身随彩丝系,心与昌歜苦。"正是午节我之真境耳!方老四昨寄信来,又四月十一日发,廿八日便到,伊何不照会汝一声,问带信来,殊可闷闷。汝何不照会伊?此后托其觅河漕便人也。今覆方一函,望即便交。汝若寄信来,信中写我客况,总要浑婉不露,不可径直,恐主家先拆看。或我将来归时,汝尚不知,犹带信来,主家必拆看也,切嘱,切嘱。余详前信中。父字。

致亮弼(七月初二日)

七月初二日,书付亮弼览:

六月廿八日晚,得汝六月九日书,得悉家中大小安好为慰。并悉镇中进学四人,邵生、韦生皆素系能文者,此进学颇慰予怀。刘生之进,大快伊祖父意,王生诗才素佳,足知学宪有眼力也。但邵处一人未进,以及朱玉则、张芳谷、陆仲雪等皆不得意,殊为郁郁耳。科试何日毕事?小友、招覆全案究未见,汝未取一等方案在何处?念切之至。缘只接到第一次、第四次家信,第二、三次家信何以转不到也?望仍去问明为要。喜事两件已过,汝开贺究属何日,是日共几席,汝大伯来否?一切支撑都费汝心、汝母心,我竟置身事外,每一念及,不胜感慨。然亦事之所有,无足云者。但天气热,我又不在家,汝三妹必多悲郁,其身体尚无甚病否?念及伊,使我心如摘去,然我辈容易排遣,伊小女子总要母、嫂等细细慰之劝之,方无病郁耳。切嘱,切嘱!

今年嫁汝三妹，我身羁异方，心实难过。明年冬嫁汝二妹，吾必归家，不受此段思虑，一也；汝二妹之嫁，事多于此，汝万不能一人照料，二也。会试之中不中，全不系明冬留不留。命果当中，壬年可来；命果不中，留亦无益。安能舍骨肉必当做之重事，而为一己不可知之虚名哉？今年则既受人托，自不能不了人事。旋来旋往，只顾自己儿女，于理不合。若为我一身名途，殊可不必耳。汝阅余与琴沚、俭卿书，自了然于此矣。今年归期，此刻难定。身体既健于前，则归实无词。俟秋杪冬初，再看身体光景。

至客中景况，仍属一切难处，并未好些什么。我用耐心法，渐能将就耳。两世弟功夫颇不甚苦，无甚进步。秋凉拟切实规之，以尽我责。传闻明年有恩科乡试之说，以正作恩也。壬年又系乡试正科。旨尚未下，此亦部中人拟议之词，然未必尽妄，汝须加紧用科场功夫。胡三伯明岁仍馆车桥，汝必拜从为是，郭生亦然，周炯亦当拜从卢竹楼大弟也。喜事过，秋冬大好用功读书，为明后年计，不得谓人必进学多年乃可中也。文章总以“紧、快、圆、足”为要，不必“设色贪调子”，但双句不可少。要双，又要快，气却要“圆、紧”，本是墨卷老诀不待言。“棒棒擂鼓心，针针在血道”，是古来正法，是今之风气。闲冗要少说。

两件喜事在一时，共享钱若干？望寄知。家中人尚未受热否？松子腹泻三日后，精神如常，甚佳。手足何以至今犹动，药未常服耶？饭量褪否，伊尚有心思耶？董大兄如来镇，可问伊常动不碍否？如曹伯玉亦可问。伊今年念书何如？望写信来提及。总要少出大门为妙。郭斗、周炯不进学，不必烦恼。总要工夫到，工夫到自然人不负、天不负也。一公明年馆事何如？汝姑母尚未回塔镇，足见爱侄女之心，感甚，感甚。伊处秋禾何如？秋收毕仍可来我处，望信来提及汝大伯曹家河田，闻挑下河，田可变膏腴之产，此刻已挑成否？黄二兄处六十金借来，迟还亦可，早还亦可。若代觅二分之利，恐有不稳便处。须得十分稳人借或可耳。丁处所会之项系何乎？来札未明。

汝二弟现按课作文，尚未十分清，只要不间断，自当有益，三子亦如常。锅焦面甚佳，此地无此物，有便人望带一大些口袋来。笔亦不合适。袁赞勋选、钱纯熙选、金瓯笔望带来。铜笔管及红格子，汝二弟亦需此物，可亦带来。予《养一斋排律》及《养疴集诗选》(专选陶、孟、韦诸公)，均望觅确人寄来，切切。夏间陈文学归，所携带钩钮子等已收到否？伊秋冬如来京，可将以上种种付之来矣，能早有便人则更妙也。邵佩兄所托捐监事，未代伊办，伊以为何如？此后仍寄银来否？汝务将此事写明。户部为假照事，现方严讯，凡捐者不可不托的实人也。汝馆中无事，须带常看报，看报自知也。

此地日用及应酬、车子钱，实浩繁不可支，奈何，奈何！秋冬尚要买皮衣，钱从何来？身稍可支，念及费用与家计，心思又多如牛毛，总之心无一时可舒，而俭卿嘱劝寻乐，吾不解乐从何处寻也？鲍三兄身体陡健于前，闻之喜甚，望代我道谢问好。胡世兄、马世兄入泮事，汝皆未提及，想都抱屈。胡三兄必然悒悒无似，望代我道候。云衢叔侄，见时望道候。卢念兹弟前送我城外，意颇拳拳，明年有佳馆否？月江舅氏馆事及宅子定否？止泉舅氏处我有信一函，望托周木兄觅便转寄为要。琴沚信可托盛老师也。四弟行事不佳，究竟若何办理？我处分润之项，历年如此，现在虽拮据，断难裁去，仍以给之为允，但不能多，不能尽早给耳。此意可亦与伊说也。五弟来岁尚在吴处否？元敬在鲍处合适否？汝大伯明年馆事仍旧，甚好，前有禀函，此次亦无多话，望代我请安。二太太仍在曹甸未归否？七太太精神好否？史太太精神好否？均代我请安。汝馆事若何？亦望早寄知。每月得暇便写一封家书，托河下罗家桥差局寄京可也。府山学长招覆案、山阳小友进学案，前未接到，仍望再寄一纸来。

家中奴婢仍旧否？无大弊，仍以旧人为是也。秋间，黄、淮水势大小，仍望寄知。刘汇三有信来，足见关切之深，望道候，并道贺。

致亮弼（八月初十日）

八月初十日，书付亮弼览：

前此已寄六次信，想都收到。第六次信由京师差局寄去，七月底当收到了。汝所寄信共五次，我都收讫。接第次五信，知家中喜事一切办理尚属停当。我接丁俭卿、邵佩阶、胡舍南及大兄信，俱称汝办事井井有条，才调裕如，为之喜动颜色。吾虽远出，得汝勤谨明白，诚可放心矣。然人之处事，于誉言日至时，更要加倍沈潜，终始如一，方无渗漏倾跌之处，不可以为人既夸赞甚多，便泰然自以为是也。

我在馆中日夕看书，觉得古今人之好恶不齐，前后不能一轨者甚多，汝不可不儆惧也。大抵圣贤英杰做事，终身不过办理"智、仁、勇"三字。芝麻大事，也非"智、仁、勇"不成就。此三字，又只是个"仁"字。盖智以寻求此仁，勇以做足此仁而已。其所以并立为三者，盖仁而不智则愚仁，仁而不勇则柔仁，愚、柔反害正事，故必分而为三，使初学分头去下力耳。汝当时刻用心，体认此三字，此外无工夫也。若读书、作文、应酬世务，皆在此三者中，非于此三者外，别有一番做作也。

我终身为人，心慈气降，不敢放胆，不敢害物，似于"仁"字有点相似。而其实聪明泛用，做事不得到底，"智"、"勇"二字全无，以致昏迷散杂，侮辱困顿，相因而至。此似仁而实大不仁也。汝之所当引以为戒也。汝于"智、勇"二字，似略有点点；于浑厚缠绵处，又似略差些，此"仁"不足也。故此三字，当时刻分求合做，先剖为三，后浑为一，方见做人之妙也耳。然此段道理甚精、甚大，我父子皆庸人，何能企及？不过苦心用功，大致有些，以求免于下流之归而已。若概以为迂谈，则将何所底止乎？

汝近日做事，一一渐肯从厚处去，未尝非进步。此后更要加紧鞭策，主脑在仁，收成在勇，入门在智。我看天下人，最是一个"明"字难，真明白，未有不仁且勇者。若机变之明，原非明也。如我今年入都一事，未尝不是长厚处奋往，但时、地总未细看分明，以致前退均难,非太不明白耶？噫！《中庸》以智、仁、勇为“三达德”,而《大学》统之曰“明德”,策之曰“明明德”,可知古人亦是明字上用全力量矣。汝英年便有办事小能,又肯循谨安分,我实喜门户之不衰,故二千里外,呶呶相勉,非以腐话消遣笔墨也,勉之,勉之！

喜事用百金,亦不多(借少霞六十千,何如办法,我尚未知)。家中人均未受热,尤属可喜。松子手足痳时犹动,此疾何日乃痊,心甚悬切。汝当写信与曹伯玉、董玉昭两兄,问其究竟何时可愈？依我所见,此必系肝经血分不足,古医六味地黄丸,原为婴儿先天起见,俗医每谓孩童无不足之理,皆大谬之说,不足为信。我今年小病,请鲍太史馨山(名文淳,编修)诊视,伊亦闲谈及此。其人医术甚佳,过吴丈鞠通远矣。如松子药,须长吃,仍照玉昭所订者。伊一味用补阴静药,大致似不谬也。其不能见效者,或等分不足,或此病由先天肝虚,不能急切得效耳,非由药之门径有误。只看服之半年,并无坏处,便是其得门也。又松子每日两遍大解(此是脾虚),近日何如？补阴多润药,于脾家不宜,此中要有参酌。如董、曹二位偶来镇时,便可与之细谈,并须将我此札取出与他们看,再酌一方可耳。总之,药不可妄投,不可轻易间断。如汝旧症虽少痊,根株似未拔净,药虽可以减去等分(此等分,言服药时,非合药时),然每日当照旧吃去才是。三女出门,竟未受热,可喜。鲍三兄札中,言其贤淑,已露一斑,阅之感慨欲泪,又喜此女能不负我之教也。总要劝他保重身子,不必想我。

家计之窘,我时刻在心,然竟无如之何。汝第五札言我当将家计申明,以定去留。不知老夫子久往云南,此话无人可谈也。若俟其归,非至明正不可。至明正而谈,则归亦无益。不如俟至秋天,了毕此馆之事矣。总之,此事误于去冬之轻诺,至业已来京,则当照常做毕,不问利钝。吾前此所以欲归者,实缘前后四月间,每食必吐,惧成膈症,故不恤议论,当面直谈。后渐略平,自宜徐待。至入秋以后,此疾全然不发,故必宜静守此局,以了此事,方不负知己一片谆托之盛心耳。若此局局事既了,我仍着科名而不遽归,此是嗜欲,不关天理。

如大兄信中所云“破釜沉舟，不能再举”；胡三兄信中所云“此来不为一事”；丁俭卿信中所云“策足立名，勿萌归志”，皆是就科名外物上讲，非予意云云也。科名外物原不妨讲，要看时看事，如我之衰如此，何必营营？明年我之二女出室，孤男贫女，经营布置，如何遥隔放心？纵使汝之才力优于我，使我无内顾忧，我之心怎生舍得下也，况留京亦未必中乎？前辈诗云：“有身贵适意，穷达安足论？”此二句真良言也。我读书四十年，此而不知，真与木石无异矣。他人相劝者，总是爱我美意。我胸中一番意见如此，殆亦可各存其是也。

家中之窘，勉力节省去。看明年或另有机会，亦未可知耳。明年正科不待言，后年开科之说，尚未必然。本月初旬无信，想未必有科也。六、七月间，传有春乡秋会之说，更不确，皆谣言耳。汝可写信与丁俭卿，伊问及此故耳，照会无此事也，然后年未必有科，明年正科，场前当加紧用功。科考不取，还要录遗。尤宜按课作文，小心防失为要。前写信令汝拜从蔗坪，今蔗坪馆事仍旧，汝当以拜从为是。可偕郭相廷一同去拜先生，即在九月、十月间，以备三冬用功也。拜时可云奉我八月之札示，切切。我下月再写信与蔗坪托之。

至用功之法，四书大小字当痛理细看，经书则一部看毕，再看一部，不可多而杂，反无用。如汝此刻可先看《左传》，经、传皆看，以经为主；次看《礼记》；次看《周礼》。看时不必求记，只要求懂，懂自能记。此古人要言，吾今乃知之。《左传》、《礼记》、《周礼》三部，每日不断，明年场前当看一遍毕。《礼记》即看陈澔《集说》，《周礼》即看《周官精义》，《左传》即看《杜林合传》，皆从浅近入手。初学原不必求博雅，却要一字不丢，即《丧服》也要看。看与读不同，何必删也。更要能当闲书看。假如看《左传》，能像看《三国演义》，必然能入心记得了也。时文可将启、祯、国初墨卷三样对读，总取锋芒未透发、理路明畅者读之，幽怪平轻之文可勿读也。我所选制义百篇（邵承志处有文目），《五科墨硎》约有百四十篇，亦够汝读了。我看仍要细选，选不必他人，即就此中汝择其悦心者便是。前汝寄来诗、词各一首都收到，阅汝《满江红》,为之泫然。词诗都欠炼,这也罢了。因汝要改,故批出寄回示汝,至改则不必矣。我也有二词附札后示汝。词可缓学,当先学诗。将《古诗源》、《唐诗别裁》先看一遍何如?我意看书胜于读书,盖看能求解,长见识,读则多不入心,故往往与不读无异。

邱孚伯想已归署,前寄来锺老师及汤宗伯两信,已代致矣,恐未必有济也。伊屡问貤封事,我前此诸札皆已言明,八品不能貤及祖,此言不止一次,汝岂未与孚伯言耶?兹来芝龄侍郎寄琴沚一函,望便寄去,大约为邱托蔡观察事。蔡到任后,未寄信与李,故李亦难以信托。兹李已寄一通问候信与蔡,俟蔡复信到李,李然后以信托也。可将此原委写信与孚伯知之。家中人大小平安,最可喜。然暑退新凉,总以多穿衣服为主。汝姑母若归去收获,今冬仍可来镇,我不在家,汝姑母即在我家常住作伴,甚佳。能如此,则今冬除夕前乃可一归,明年春初又可来矣,岂不大妙哉?周炯、郭斗用功何如?我另有字寄他们。郭生总要少出门应酬世务,日日读书教馆为重,可以我此语语之。书房无人,灯火一切,郭生总要小心。渠现在一人睡耶?有人作伴耶?此后望写信来告知也。

我前此贡照,据部中人云,可以不缴,然必好好收藏。秋收毕时,大致好丑仍要细写来。黄、淮水势亦写来。三子家信亦收到了。杏子暑天小有啾唧,今已大愈,汝母不必焦心。伊现在颇求通大义,不常焦切思归也。伊另有字附后。大兄处我无信,汝可将此两次信大意告知,恐不以为然也。家中妪婢未换否?朱三曾在此帮撮忙否?常在门前伺候否?虽细事,亦可看人情也。汝一切待人,务宜从宽,不过宽中有泾渭,不可将精明之态露于面目也。此最是养福处耳。前嘱寄笔来京,勿忘却。卤砂膏药容俟后一次寄去。每月总有书归也。四农。

致亮弼(九月廿六日)

九月廿六日灯下,书与亮弼览:

前已发七次家书，七、八两月系由京中差局寄去，未审已收到否？汝七月初二日书，吾于八月初十日接到，此后未得一信，心甚悬切，不审寄书何以如此之难？如由河下罗家桥差局寄来，似可每月必得也，何以不为此耶？抑汝有小疾未得暇耶？回肠折转，总要汝常常寄书耳。

家计之绌，我前此书中已谈及矣。汝姑且勉力支撑前去。今年十一月，老师必归，看与之细谈家计，未知能代有打算否？岁内必有信示汝也。至身体既佳，则归家之说，万难提起，断不能以家计之绌而归也。外边老师命门生教书，多不出束修。今不但有束修而已，且每月至廿五两之多，乃京城中所无有者。是即旷典异数，在京华为第一等馆矣，尚能以家计不足辞馆哉？明秋之归，万万无疑，我前札已详言之。汝更观此次与蔗坪书、与少霞书、与大兄书，更为了然矣。天下每有此等参错不如意之事，只好顺其自然，不能谓要归则今年归，今年不归则明年亦必不归，而专等会试也。此等议论，乃大老官身由自主者，非我辈耳。

家中人口秋季无病否？小病服药亦要谨慎，切切。如有疾病，每月必寄书来，不可含糊不说也。松子手足摇动否？服药未间否？三女到鲍家，尚未生他疾否？总要叫他小心谨慎为要。前八月间书，命汝及郭斗从蔗坪先生受业，想已遵行。我此次有书托伊，可面呈也。汝现在稍理书文旧业否？郭斗及周炯功夫如何？汝须常常勉郭生、周生，不必避嫌。我前信给周、郭二生，想已收到。邵佩兄两次信，我都收到。伊云八月节后有人进京，伊必寄银捐贡，何以未到？四弟家计之绌，较难于我，每年十千不能减，不可减也。不能减，以伊家景况之难堪；不可减，以此系完我先人之事耳！汝当深体此意。汝疾未发否？汝母精神较当初何如？汝二妹前有血疾，近日何如？汝妇亦未发疾否？

吾现在精神甚佳，但须发多白耳。近作《秋夜十声词》十首，《秋柳》诗四首，写与汝阅，可知近状之苦，汝看毕，可与蔗坪、少白看，再寄少霞,年底仍将此稿要来,存汝处为要。杏子身体亦甚好,书文书法均未见大长进。人尚不生事,我现在用度之繁,汝可看我与大兄书便明。我每次所书亲友信,汝均赶紧分送否?此次胡、黄、杨、丁及大兄信,总望早寄。家中秋收如何?闻说甚好,然不济用也。今年皮袍、皮马褂必当另办,不可省此费用,致受寒冷。我现在为汝二弟买皮袍马褂,亦以京中早寒而又酷冷,不能不为之耳。总之我不在家,大事小事汝总要谨慎,又不可自刻省,得其中平最好。

邱大兄连月有信来否?如到河下,晤邱二兄时,说我奉候。汝姑母回塔儿头否?今年归家后,冬季肯再来否?抑明春再来也?汝来信务必提及。黄二兄处借款秋后还否?我止道谢,未提及还期也。王景洛及刘汇三、邵府诸生等,不及作书,晤时总要说我问安。鲍三兄处,说我道谢,并说请史太太及七太太福安。问四弟好,四弟生意稍有起色否也?五弟曾来家否?元敬未归家否?郭生在书房,火烛一切要小心,出入要有时,不可多与外人谈笑也。每晚伊一人独居否?

明年科场,不能不去下,须按课作文,文章总要明透为主,而调则以多双为妙。词藻可略,意思要多,然典制题万非书卷不可。每日经书总要到眼到口,切切!前命汝将排律诗寄来,何以不见寄到?兹寄去卤砂膏药百张,暖脐膏药六张,查收。卢大叔、二叔明年馆事若何?见时说我候安。

致亮弼(十一月十八日)

十一月十八日,父字与亮弼览:

十月间收到汝九月十八日信,并湖笔一管、红格子排律等件。锅焦面至今未收,此物甚佳,来力云"在大车上,随后便到",究竟何人之大车耶?此脚系丁府遣来,望写信与俭卿,问明寄知为慰。我当即写一信与此脚带回,汝已收到否?家中人大小平安否?又月余不接信矣,心之悬切,何以释也?

我与杏子在此，精神甚好，家中人可以放心。但每日费用繁多，年内结账，不无支绌。即可敷衍结账，若家中所用丁处会项百金，及我在此所用邵银二十余金，未识何时可还，奈何？今年共收馆金贰百两，除在家用去七十外，携来三十余，并此地暂借邵银二十余及馆金百金，共享可五十余金，此事亏空已极矣。明年算至九月初，若馆金再亏，除还丁及寄家外，邵项及我之食用何着？若不寄家，我又将若何？大约此事算至归家时，首尾两年，要拖欠百五十金债了。远行离别之苦，饮食起居之艰不算外，尚要拉债如许，真可叹耳！且馆事止说到场前，场后再留，自为会试起见，与馆无干，并馆金亦无之矣。岂不更窘耶？我本读书呆子，不应来此热闹中寻活计。一着错，满盘输，此之谓也。明年归家，后年又未必有馆，此后境界，日窘一日，可想而知耳。人生真是有数，今年在此算命，均云财空事烦，亦一怪事。或者老师回来可以协济。然京官十有九穷，伊家一切都不甚充足，恐亦未必有大济也，只索守候时令，吃苦待之耳。明年回家，我意只合开门收徒，永远不出大门寻饭吃，忍饿在家而死，终胜作旅人，况旅人犹不免穷困耶？时值岁暮，诸事烦扰上心，故为此愤语，然亦实在情形也。

汝自为家事忧愁，精神佳否？汝三弟不焦远人否？伊肯安稳读书最好，不必教之焦远人也。汝二妹未发旧疾否？汝三妹在婆家一切适意否？汝妇亦未发旧恙否？汝及汝三弟总要带长吃丸药否？唐人诗云："长贫惟要健，渐老不禁愁。"今日乃知此二语之妙也。家中岁底若何拂拭，若干亏空，务望详细寄知，以慰远怀。家信一月一寄，每不能如期何耶？汝及子澈、相廷等常作文否？汝文可略寄数篇与吾观之，以决明年下场与否也。卢大、二表弟明年馆事皆当仍旧，是否？元敬明年仍在鲍处否？史太太、二太太及七太太均好否？胡三兄、鲍三兄晤时望道候。兹来阮五先生处信一函，内有古文序一篇、祝寿诗一首。方四弟信二函，望即觅确便寄去。阮信犹宜急递，伊方等此序刻也。邱大兄处有消息否？伊合家好否？心绪平常，懒作书与之,恐提笔愁更来也,如有书往,可即以此言寄耳。大兄处望请安,四弟处问好。前寄去卤砂膏药收到否?前问郭相廷一人在书房与谁作伴?惠征侄能来此住宿否?家中婢妪仍旧否?汝均未答此。汝今年共收吾几次信,望写来。此地今年尚未大冷、未雪,亦奇事。杏禀帖附后。

家书写毕,得诗一章,附寄命儿子亮弼、从侄元敬、惠征、郭生相廷和。

亮工有《题烟雨课畊图》诗附去,汝曹曾有题诗否?何不寄来我一览?

辛　卯(1831)

致亮弼(三月初二日)

三月初二日父字付亮弼览:

予于正月半后写信一封,送差局寄淮,此刻汝当收到。二月未发信者,以身体一切如常,又无他事故也。然望家信甚急,以今年尚未接到一封,仍是去年腊月接汝十一月信也。不解汝信何以每次迟滞,使人心悬悬如风中之旌也。大沟巷丁韫翁处,于二月半后命乃郎进京,想必有信矣,然此刻尚未到也。河下差局竟不能带信耶?他处抑有可寄者否?

家中去年支绌之至,今年又焉得佳?我现实无项可以分寄,看四、五月间耳。但愿家中大小平安无病,我便乐矣。汝现在按课作文否?前命汝寄课文数篇来,以定下场与否,万勿忘也。文章近无甚风气,大约常醒题字,多用双句,又能紧透、圆熟,自然出色命中耳。松子及郭相廷工夫何如?松子先不要生病为第一义,每日读生书其次也。两女及汝妇均健旺否?汝母今年精神未觉衰否?我胡须觉白者更多,居然一老翁矣!九月必归,相离不过二百日,然数之尚遥遥也。在此地算命相面甚多,均云壬辰不得中,或云癸巳,或云乙未,然断不能得翰林也。果如此，又何必应试哉？故归计盖决也。杏子诗文仍未清溜，身子甚好。三子亦无病，但一切有倦色，殆思归乎？

自今年以后，据闻一连四科，汝务宜用功求中为要。每日即有事，读生文、念经书、看《四书》均不可废。今年经筵题目，“居敬而行简”二句，“机事不密则害成”一句，未必即拟题，然可作也。见胡三兄，说我道候，并问二、七太太、史太太及大兄、四弟、大妹等近安。鲍三兄亦望道候。金瓯笔仍望带廿枝来。邵处贡照俟丁处人归带回。外寄王景洛信一封、卢蓉湖大舅挽诗一首，望分送（卢诗可托胡世兄转寄也）。

致亮弼（三月廿九日）

三月廿九日，父字与亮弼览：

予今年只寄两信归，此则第三信，合之仍每月一信耳。汝腊月、正月、二月信，予都收到。又见丁冠云二兄及陈文学，细问家内，皆云大小平善，欣慰无极。陈文学在家兑会百金，来京索此。予竟茫无所出。去年岁底修金百五十数，除还邵佩兄捐贡项下七十余两，余竟为还日用之费。陈文学云至少亦需五十，于是现到丁容圃处暂假五十金给陈文学。另欠容圃买衣及杂项尚有三四十金未还，支绌拮据，一至于此，奈何，奈何！此秋季之所以必归也。陈文学于四月半后方归，到家当在端阳节后，汝可以五十金还之。余六七月间，当再寄五十金归之。邵佩兄贡照，四月必交陈文学带回不误，望照会佩兄一声。余在此眠食如昔，但心气不免怔忡，白须益多，余则照常应事，不必远虑。

接汝与松儿信知，坟已上矣，祭祀坟墓最宜敬谨承之。汝之小心畏惧，当不致遗漏疏忽也。汝寄来文、诗各一，果系自己原本，较前此颇有进益，阅之甚喜。然其中疏处亦多，予故另作文一、诗一示汝。然亦信手写去，不足言楷法也。月课文、诗外，尚有他题。其中如《黄河故道考》，予记家中有一大册页，于黄河故道极详，可查出作一考据。《春秋无例论》,须查顾宁人先生《五经同异》中,吕大圭一段议论最佳,如无此书,不作亦可也。前命汝多寄时文数首来,何以忘之?据大兄云,汝时文有进步,今年自当赴省应试,自当与大兄同船同寓。但录遗极可虑,场前须多作文、诗,多写小楷,要紧,要紧!观汝小楷,毫无进益,大抵未尝临帖也。时文必须按课,临场当三、六、九方是,诗亦然。四、五、六、七月,如能作文三十篇,诗三十首,每日写小楷四五百,录遗可获名耳。且果如此照常做去,即今年不中,明年、后年皆有科,安知不可侥幸万一?若不用功而求中,是不耕而求粟,不钓而求鱼,有是理乎?贫家之钱,颇非易得,不得中又何必往也?余筋力已衰,官途万不可到,到亦不足为,专盼汝等进步,不可以中式为分外事,而不下苦功以求之也,切嘱,切嘱!

今年经筵题前已开与汝矣,曾做文否?拟题亦无甚必出者,理题双扇要多做,总要功夫熟,不必问拟题也。墨卷文所以异于名家稿子及考卷者,稿色淡而散,墨有光而聚,考笔轻而局碎,墨笔重而局整也。其最要则专在能透题、圆题耳。汝试于此数条(即光、聚、重、整、透题、圆题),昼夜研之。今日风气又要常醒题字,要双排多,亦不可不知也。经书不能念,可常常检看,策亦要常看,不必求记,多看自能记得些,常多看自能记得多也。怀挟断不可为!汝素不为此,岂可忽然失节乎?不怀挟得不讲看书乎?《八铭塾钞二集》、《名文春霆集》、《墨鹄约刊》、《五科墨硎》,汝案头有此数部文乎?可日日常看,其读者则数十篇、百篇足矣。但吟咏遍数要多耳。

松子颇肯念书,余闻之狂喜。身体尤属要紧,须教以保爱,勿贪凉、勿多食、勿乱跑为要。手足摇动究未甚愈,此是先天肝虚,须教以勿忧勿嗔怒也。相廷文有起色否?子澈文闻未有大进,奈何?前夜梦子澈入泮,大喜而寤,此心中一不了事,故形诸梦寐耳。汝姑母、汝二妹、三妹、汝妇精神皆佳,是大可慰事,贫不足患也。汝二妹前此感冒已愈,此后勿再受凉矣。鲍辅士近诣有进步否?念念。史太太虽不能起床而精神如常,亦可慰也。范、严两姨侄佐鲍府生意,想都勤谨当行，望道候。

此次朋辈书极多，汝于城内书札可均托俭卿也。以托差局寄归，不便分为二函另与俭卿耳。各札均未封口，汝可细读一二过，封好分寄。相廷与杏儿诗颇有进益，汝诗亦清真，但不免浅率，可多看古唐诗也。余缕缕俟陈文学归再写。汪幼卿已补御史，锺老师现调马兰镇总兵、内务府大臣，此后信面可写“内务府大臣”。

致亮弼（四月十八日）

四月十八日，父字付亮弼览：

前有信一大包，内札十余，并汝文、诗卷子，交差局寄淮，此时当已收到。兹陈文学回里，邵佩兄监照、部照二张交伊赍去。伊欲讨赏大钱三千文，吾已写在邵佩兄信中，想不肯却也。然佩兄遵照此赏与否，汝下次寄我信中可一提及。陈文学归时，汝可设法以银五十两与之。前此伊初到京时，吾实无处措办百金，暂假丁冠云五十金与之，现在尚未偿丁。我连日以当衣过日，专候午节束修拂拭一切。去偿丁五十外，其余又需二三十金以还零债，即午节送百金，亦一散而几罄耳。不知此用度用何法遣也？

老师现调马兰镇总兵，进入甚少，一切穷话更难提及，如何，如何？我现在身体如常，心气怔忡稍觉好些。每早晚做八段景工夫，亦可笑也。闻汝腮边一小疖，又口后陷深分余，须得橡皮膏药。此地无橡皮膏药。今寄去橡皮四块，汝可叫药铺烘干，碾为细末，摊小膏药数张，轮换贴上，自当长肉痊愈也。

两世弟文笔前此尚早，不过大段清楚，工夫殊欠得多。我来年余，不无进益，然贵介用苦功甚难，究不能加工打磨圆净。今年秋试，一半想望而已。且以八字论，尚未必今年得售也。今年吾为汝占课，可得副车，如属信然，亦大快事。汝务于场前将一切心事放下，专力八股。据老师云，凡应试者，后场空些不妨，只看头场文笔，务以“圆透、不平”为要（皆老师语）。汝文笔尚不甚平，恐其不圆不透耳。圆是机调上事，透是理路上事。机调要熟，非日日读文不可；理路要足，非多看前辈文及经书不可也。考差题："夫志，气之帅也"至第一个"气次焉"；次题："各恭尔事"三句；诗题："水流心不竞"得"以"字。黄老师又是第一，今年必放试差矣。江南正考官未知拟定何人？或云张公鳞、龚公守正有分，不过以侍郎测之耳。二公皆浙江人，必喜词华矣。如理题切勿尚词，拟题传者有"愿无伐善"二句，"孝慈则忠"二句，"子路问事君"至"勿欺也"、"君子义以为质"四句，"恶不仁者，其为仁矣，不使不仁者加乎其身"。此等题皆可出，然亦未可定也。"居敬而行简" 二句，系经筵题，曾作文否？

松儿读书肯自勤勉，甚好。总以安其心神为主，现不必以苦功为先也。每日能念廿行，只念十五行，只要不间，能时时为之讲解最佳。汝下场时，可托相廷教之。相廷连月有进益否？汝每日归家时，可与之谈谈文艺，伊未必以为多事而不肯受教益也。汝下场又须得廿金，然却不可不去。现在已结船伴、寓伴否？总需择谨慎平和者，望下次书来详言之。汝姑母闻于二月间必来家，现在想已在家。汝下场时，万不可不请汝姑母在家也。汝母及汝两妹等想均安善。汝下场即可将家中小厮带去，虽年纪小些，好在结伴者另有家丁，汝省得又雇他人，并可省家中作费。卢五表弟去年会试所带喜儿，不过十七岁，况乡试哉？汝大伯今年想必下场，汝当随行为要。邵东卿嘱买京顶，余连日并此钱亦无之，俟秋季携归耳。盐城徐芸楼大兄(名景常，乙酉孝廉)于三月坐船回淮，约五月底、六月初可到淮。伊如从车桥过，必到我家，告知我在京一切。汝可款以便饭，留之过一宿，菜须六七样方可。我在京颇承伊照应，交情甚重也。

我今年必归，昨已托渠关说盐阜书院事，未审如何？总之，我今秋万不能不归。至于归后若何打算，吾不能自知，总以在家授徒为长策，断不远出矣。人生衣食多少，自有天定，安能预计哉？若会试，则看自己精力、银钱何如，吾亦不再受他人一两元券也。锅焦面及黏米已收，炒米未收到，有便望仍寄来。勤子处有信否？蔗坪、西垣处均望道候。史太太、七太太处望请安。书不尽意，更容续布。另外李、卢诸信，即望分交。杏儿、三子皆安如常，勿念。

致亮弼（四月廿日）

四月廿日，父字付亮弼览：

十八日字已写成，将交陈文学带回，缘陈文学尚等贡照未行。今日又接汝信，得悉家中一切平善，甚慰。今年共接汝肆次信矣。炒米篓，丁三兄托盛世兄带来，我尚未接到。镇中汪姓兑会之说，万不能行。我在此处一切艰窘，并陈文学所会百金尚无从措办，此外更何能许人耶？急急回之为妙。高三兄秋季入京，伊馆可以将就坐去，但未知能荐我否也？我今写信托丁三兄，亦姑为此说耳，恐人不能信也。人不信，亦甚好，我此后实不愿远馆也。

汝姑母已来家，甚好。二麦被雨损伤，必须秋收丰稔方好，闻之不胜悬切。汝大伯每次下场，都云未定，临头断无不去者。如必不去，亦须痛劝之往，不可游移。至汝之下场与否，吾前此意颇未决。及阅汝《古之人所以大过人者》一篇，颇有笔致，故四月初旬信，即要汝赴试。今日又阅汝文三篇，就中竟有可以入彀之作，老夫阅罢，不觉神飞色动。今年竟萌妄念，纵今年未必得之，照此不间，不过两三科内必得乎矣！勉之，勉之。前寄汝信，论文不一条，总而计之，不过曰排律偶、曰醒题字、曰圆、曰透、曰不平五者而已。汝便从今年五月起日夕加功，熟读多做，做至七月初旬，尚可得廿篇。未必中，亦未必不中，何可不应试耶？

录遗甚可怕，亦不必过怕，只要写作匀圆而已。汝小楷近想未写，然不可不写也。经筵考差题，前札已写明，拟题亦无甚必出者，策题犹难拟（盐河漕、西城善后事），亦大略当然耳。排律大半风景题，每课须做八韵。做文之日，总宜文、诗速完。是日仍能读文，则更妙矣。至下场功夫，不可带盐，不可怀挟，二层最要最要。录遗策题写“策问”二字，与科考同。大场写“第一问、第二问、第三问、第四、五问，第

一、二、三、四、五皆小写,勿写“壹、贰、叁、肆、伍”字。若添注涂改,则写“壹、贰、叁、肆” 等字矣。其添注涂改之式甚详,汝临场买卷时看上谕便知,吾不及详写。若不懂可再问人也。添注涂改最宜留神。题字尤要紧,《春秋》题下“某公几年”,尤易漏写,漏写则剔出矣,勿忘,勿忘!

汝此次寄来三篇,胡三兄已阅过否?我意殆未阅过也。汝将此次三篇批改细细揣摩,举一反三,便可知无数法门。汝可于七月初八日动身不迟。出三场便归,不必留连也。在南京仍宜作文,可写数篇与止泉师阅,以定趋向。至在家中,于胡三兄所批改者,亦要反复研求,不可大意。大场诗必要末路颂扬抬头,五策首尾两道抬头足矣。当用书题则必用书,勿一味白描。但用书之中,须有议论(此“议论”二字,即是今日风气)。若理题则勿贪书卷,勿骋议论,要切当、透快耳。论文亦写不尽,姑就所见书之。余容续布尔。

致亮弼(六月廿六日)

(校理者按,前原缺)不解家中带信入京,何以若斯之难也?家中人连月平安与否?汝下场与否?无日不在心中旋转,盼家书如旱望雨,岂不喻此怀耶?予虽九月必归,然此六、七、八三月中,尚欲知家中消息,切勿怠缓而不寄书也。江南正考官系申镜汀先生,副考节君瑞玉。节系仰山师教习门生,其人不甚讲学问。场中文字,汝宜一律尚清,惟典题则不可清耳。镜汀先生前为江苏学使,风气汝当大概知之也。文字总以多排偶、挑剔题字为主,前已屡言之矣。炒米一篓,俭卿已托盛世兄带来,昨已收到。予及杏儿、三子总好,无庸挂念。

九月必归,仰山师及两世弟均以为可。盖场事一毕,三世弟便随任到马兰镇去,二世弟在家治理家务,伊兄弟在两处,本难于延师也。前闻陈文学秋季必来,汝可嘱其早来,约八月底便到京方妙。此地用度一律简省,总不足用,又未知秋季送束修多少?盘川一切尚未知充裕否也?闻家乡水势甚大,雨泽太多,秋成尚无碍否?务望早寄信来。此地今年奇热不可当，予往往彻夜不能寐，已有月余不雨矣。

家中人今年未受热否？松子夜间摇动略愈否？每日在书房否？汝赴省，松子可随相廷读也。车桥今年下场者几人？大兄、开丽兄弟、卢表弟及胡三兄皆下场否？闻我家祖茔石碑倾倒，此于阖郡风水似有关系，竟未重树否？四弟生意若何？七太太、史太太精神都照常否？汝到省以后，一切须宜小心在意，过江船上及场中格式，尤宜细心。汝到省寓何处？与何人结伴来去？均望于七月中照常写信带回淮上，交陈文学带来，切切。余容续布。廿六日六月。

致亮弼（七月十二日）

七月十二日，父字付亮弼览：

本月连接汝五月、六月两次信，知家中一切平善为慰。“金瓯”笔廿枝亦已收到。汝下场闻尚未定局，此事吾亦不能相强。何者？江宁水势大涨，贡院亦在水中，陶制府奏请改期九月（此亦江南奇变也），则情形可知。兼闻高邮湖失事，张河台又有处分，则自宝应以南，运河与湖水必然一片，行舟殊为危险可虑。况洪泽湖水闻至两丈二尺，淮城朝夕可怕，人心必然皇皇，兼之上下坝全开，山阳纵无大水患，而倒漾之水于秋成实有伤损。种种危疑，汝之不下场亦属正理，此吾之所以不相强也。然改期九月，则八月初动身尚不迟滞，或彼时水势大定，人心亦定，秋成均可托稳，行舟亦属坦途，则多结伴、雇大船而往，亦无不可也。此需汝察看情形以定行止，吾不能于两千里外遥断之矣。总宜审慎，不可率尔，切嘱，切嘱！若录遗仍在七月，住居省城，须至两三月有余，又兼水势未定之时，则定宜不下场矣。

汝四月独无来信，五月信中忽提邱勤兄病势渐好，余殊骇然。及昨接邱勤兄手书，乃知渠于春间患肝风，约曹伯玉往诊，现虽渐痊，而手挛尚未痊可，观其手札可见。阅之不胜忧虑。予今覆札，劝其早归，似于理路不隔。然诸事拮据，归而无噉饭处，又将奈何？反复思之，病虽好而未甚好，仍以归为得耳。汝以为何如？余月来身体照常，惟京师今岁奇热不可当，每日皆不能安帖。至束修一事，除午节送以百金外，他无所得，此地作用及逋负不知若何料理？再看中秋节送否？不能催并不能要也。无论所得多寡若何，九月半前断无不治装之理，十月初旬便可抵家也。连日心中仍盼望家书，以江南、淮南水势浩大，实可忧惧。汝须将六、七两月江淮水势情形细细开写明白示我。勿以为吾将归里，可不必寄信也。汝大伯定于下场，可喜。现在水势如此，尚定于去否？

刘汇三催《寿诗》，实无心绪做此常套子诗。若寿联，则已寄一副归矣，伊仍未接到耶？昨卢念兹表弟入京见访，留之两宿，细谈家乡一切，但不知家乡现在情形耳。以彼在粮船教读，四月初即由家起身，彼归家当亦在十月初，以水路迟也。杏子诗文略有进步，工夫不得密致。三子亦好。邱勤兄处有信息，望于下次札中提及。兹附寄邱信二封，望速觅便邮寄。汝妇闻伊父病势，尚未焦切成病否？汝二妹喜期已定，甚好。吾归后亦均无可酌改也。松子手足全不摇动否？念书何如？元敬侄诗收到，蒙伊怀想，劝吾缓归，可感，可感！刘汇三、邵东卿等皆同此意，皆可感也。然皆不知吾现下身体及居处饮食情形，并生计一切耳。卢念兹初议亦与元敬、汇三、东卿同，及到京来我寓两日，细看情形，亦以予今秋之归为大是矣。予岂天下之呆人，绝不知会试一事专好花费，好往返跋涉者哉？汝可第将此一纸持与元敬、汇三、东卿观之，余容续布。

郝镜渠诗亦收到，刘汇三诗甚恳切，现匆匆不及和也。

致亮弼(八月廿六日)

八月廿六日，父字与亮弼览：

七月廿八日，丁容圃丁内艰回里时，曾写一书，与伊同行沈君带回，想已收到。昨日接到汝七月七日信，知家乡水势甚大，家中薄田数十亩均不可保，水已到文昌宫之东，镇中尚恐上水，阅之殊深忧虑。生计艰难更不待言矣，奈何，奈何？我此间旅费甚重，岂但不能分寄，尚恐临去时逋债不得全清。现定于廿八日赴马兰镇，去谒仰山师，道谢一切并辞乃事。彼时或有为我打算处，亦未可知，然不可必得也。汝今年与汝大伯直不下场，事属无可如何。且水乡道途甚险，不去倒也省我忧虑。家内艰窘，且防盗贼，不去甚是。

两世弟闱中文字平平，不能决其必中，且看旗人官卷机缘何如耳。老师命我举荐代馆之人，意欲我明年春再来接续，吾意以不接续为是。现拟荐镇江张君（名培寿，乙酉江南解元，其人甚平正）续此席事，未知老师以为何如也？吾定于九月初六、七日从马兰镇回京，十五日前后起身南归，已约定孔君继鑅同行（孔系圣裔，其人年三十余，善诗，与吾投契之至，系赴北闱者。伊中亦归去，故得结伴。其父现在江苏宿迁为巡检，故伊亦往江苏也），一路可信其照应无忽。陈文学不来亦可，若汝谓至马兰觅人送回，殊不便也。今年共八省大水（贵州、四川、湖北、湖南、江西、安徽、江苏、浙江），民生嗷嗷，流亡满道，此变为数百年所未有，不独吾一乡一邑已也。以吾一家言之，不归固难，归去又何以为计？念及此，殊为短气。然通塞困亨自有天命，吾第以吾所当行者而已，他不暇问也。

渔沟馆局，据汝信云，候吾一到家即可定局，果如此说否？如此说则丁俭卿信诚可不寄与也。家内虽艰窘，然保养身体一切更要小心。汝母、汝姑母、汝弟、汝两妹、汝妇，均宜善护，衣食珍重。不到四十日，即可相见矣。吾此书覆后，不再发书。汝于九月间亦不必寄书来矣。杏儿、三子皆好，毋庸挂念。大伯处六月书吾已收到，现匆匆不暇作书覆之，望道念。四弟、五弟处亦然。余不一。

壬　辰(1832)

致亮弼（二月廿三日）

二月廿三日戌刻，父字与付亮弼览：

初二日开车，当晚住众兴，因湖路难行，皂河又无夜渡之舟，遂走山路。一路中石道崎岖者数日,尚无大碍,于十九日申时进南西门,寓南城杨梅竹斜街永恒店。四主四仆,每日大钱九百文,各人自己唤菜,零用又约百余文,共日用四百文。在店食用不多,但路费重耳。

仰山夫子甫调仓场总督,旋因马兰事未交卸,而东陵饽饽房失火,此事虽奏,而御膳房熏焦未经奏明,降四级调用。现在来家闲住,候补四品京堂,境界苦恼之至。我之事体,不必言矣。若何,若何?据仰山师及二世弟光景,仍要我留京教读。此事虽未谈,而情景是要如此。我意仍以回之为便,盖身体既不便,且在京费用甚重,于家计亦无补也。昨日已要我将行李搬进宅内,我以本乡同伴约定为辞,亦因彼处饮食未便,且场前不能静坐故也。老师情意甚谆,然于我身家无大益处,反复思维,惟指望侥幸一中耳!不知命运何如也?汝在家一切颇能谨慎,我亦无大忧虑。然来源匮乏,巧妇难熬无米之粥,中夜念此,辄傍皇不安。

汝三弟胃气时痛,我来时尚未痊可,逐日在心盘虑,未知现已大好否?幼童服补药,殊不成事,刻削药又不可乱吃,此事殊费神。董玉昭、曹伯玉医道尚平稳,如久不愈,惟延此二人细诊视也。下堂屋房间已东西腾移否?此事必如此做,书房万万不便也。汝二弟须约束在家勤读,年光如矢,今年十八岁了,再不苦读,何以成人?即汝今年亦要按课作文,以备下场,不可因贫而旷课也。处家接物均以和蔼为先,切勿忧愁孤冷,使人望之却避。

我在此身体甚好,可以一切放心。汝二妹、三妹总要劝之不必忆我。如不中,五月初必归矣。汝母形躯、精神较前总衰甚,宜自己保重,不必忧虑度日也。坟上宜修理者,宜加靠者,汝须加意修理。本月初十、廿四日,考妣忌辰生日,想望遵嘱办祭。客中追忆,头颅如此不能显扬,殊堪痛哭椎心。然今年不中,长途跋涉,实不能堪,明年亦不能来矣。惟俟乙未科或一来耳。终身境地竟止于是耶!现在精力虽可,心绪实万难。诸兄弟朋好不耐写札致讯问,传语平安可也。五弟自沭阳邑回否?如事体不就,将奈何?五弟妇处,我家虽不能多帮助，然小赒济，万万不可少，否则冻馁死矣，我将何以问心乎？汝须善体此意也。大兄、四弟均望问好，汝姑母想在家中，亦望问好，并请七太太安。余容续布。

致亮弼(三月十六日)

三月十六日未刻，父字与亮弼览：

前月廿日外有信一封交差局寄淮，未知收到否？连日甚盼望家信，不解何以不来。去年我寄京信，于十一月底托丁容圃交淮城差局寄京。今年我问沈小庾，据云正月十八日方收到。如此迟滞，实属可恨。望便问丁容圃，向差局稍诃斥之可也，否则将来寄信，任意担延，不如不寄矣。

我场中文字不甚惬心，亦无大谬绝望之处。三场妥帖可许，无操胜券处也。头场初九日戌刻以后，发头疯，至寅刻方退，精神怯弱之至。今年不中，明年断断不来，惟俟乙未大挑来耳。题是平正，实难出色。寓中人文字亦鲜有得意者，然中不中亦未必凭文也。

锺老师降调闲住，殊不得意，托之写书，未必有益。我归去境地难支，竟无可告诉也。锺宅仍要我处馆，然为饮食难如意，断断不就，只好以疾辞之。现在尚未谈也。家内窘态，不问可知，不中则五月初便到家。闻米价已至五十矣，奈何？甘心守穷，无他策矣。汝母精神好否？汝夫妇均好否？松子胃气已愈否？刻刻记念，甚望家书也。汝二弟、二妹、三妹均好否？汝二妹在下堂屋，已挪至东间房否？书房断断不可挪也。

汝今年必当下场，现在必当用功，检点四书经书，按课作文。文字必以锋芒透露为先，平庸万万不出色也。汝二弟更宜用功，每日必写小楷，必读生书，逢课必作文，此三事汝当日日督之也。松子胃气究竟是实是虚？服药务宜小心，不可任意一偏，要紧，要紧。郭相廷连月用功否？时光迅速，距考期甚近，不可不静细成熟。汝姑母在家好否？周子彻前月廿四日来否？七太太、五奶奶家若何光景？五弟究竟有事做否?每念及伊,心殊怦怦。外来大兄处信一封。

致亮弼(四月十三日)

四月十三日,父字付亮弼览:

我连年奔走,家计不足,并无暇内顾,只为名途寸进,竟同画饼,可叹,可笑!本拟不中即归,而仰山夫子面谕课读者三次。我以疾辞,旋又为长书一函,力言多病不能留京之故,托须介庵转呈,仍不能辞绝。于昨日告辞时,复再四攀留,我仍不允。复谕以只留至秋闱前,教两世弟数月,亦胜于他人数年。情辞谆笃,万难再却,遂允定至八月方归,夫子为之长揖而谢,真属可感之至。此刻既不能归,家计如何打算,遂向夫子暂挪五十金,托俭卿先为带回,以济家中急用。未审家中连月大小平安否?

前收到汝二月信,家中甚好,为之甚慰。月来又未得信,必甚悬切。容圃寄信,不免稽迟,此后仍托俭卿可也。吾已面嘱俭卿,催汝信入城即付河下差局寄京矣。松子胃气发否?服何人药?汝须写明为要。闻五弟现有事做,每年可得十八金,确系如此否?汝下次信仍望写明。我家中日用连月若何部署?曾借木斋钱否?汝下次信亦望写明。我夏间虽不能归,汝兄弟当好生用功,不可怠废。今科汝必当下场,不可再似去年。原知未必即中,而进学三年,两次不下场,殊无此理,切勿省钱偷安也,至嘱,至嘱!文章虽无人阅定,然作文则不可间课。我所以欲四月归者,原为汝等无师,故汲汲旋里。今为仰山师所留,不能遂意。汝等当原谅我不得已之苦,自己鞭紧用功,下场者下场,应考者应考,不可稍存怠玩。贫家出头日子全仗科名,我已半生落拓,全靠汝等兴奋,当深体此志,方为孝子。

《文章法门》,细看、熟看。《举业秘要》所录群语,自然明白。参以近日风气,总括数语,大抵醒豁、排偶、洗刷、紧透耳,忌晦、忌单、忌冗、忌浮。刻刻按此求之,不待师友而自明。必欲求他人质证,可寄之土楼,与汝大伯看耳。若王景洛、鲍邦士亦可共参者也。总要自己用功，徒恃他人亦不中用。下场结伴则须拣择耳。亮工年已不幼，文字甚卑，务宜日日用心，用苦心读生经书，读生古时文，皆每日要务。作文则宜多想思路，使波澜层迭，始佳。用笔宜求圆爽，不可拖拉夹杂，不成片段。读文先将庆历廿余篇及陶庵廿余篇滚熟讲明，次读《国朝小品》卅余篇，予去冬所选者。挨序读去，总要解明题旨。次看用意用笔，不可含糊以为熟也。每课务宜作文、作诗。汝须督其当日即成，不可延至次日。小楷亦宜用心写，错落草率皆亮工之故态也。虽有佳文，郡县试亦不能取矣，况文又不佳耶？戒之，戒之！亮熙只宜痛读经书、古文，如已开讲，时文亦可读。明文八集中，启蒙可读也，但必先能作短论数十篇，方可作时文耳。郭相廷连月用功否？有进步否？汝下次信，如下场与否，及文字与谁参看，及亮工、亮熙、相廷等工夫，皆要写明，家信不嫌其繁碎也。

我与仰山师约定秋间归去，他人总以为非。果至八月，不数月即又会试，归诚可笑。不知我身体甚难，只身久留，恐不能支，万难勉强。又家计如此，京馆万难多润，仍以秋间归去，明年觅馆为长策。若仍图会试，恐又系子虚，何必累身家而吃白苦也？秋间之归无可疑者，儿女辈可勿忧也。汝母精神甚难，勿更多焦郁。汝二妹挪至下堂屋东房，尚一切便当否？汝三妹泄泻、发肝气否？汝夫妇未发旧疾？总要自己小心保护。汝照常服药否？亮工素无疾，亦宜爱惜身体，不可大意。亮熙多疾，我常放心不下，更宜谨慎，胃气虽好，亦不可乱吃生冷，读书多喊叫伤气也。

家乡米价甚昂，麦事如何？我信到时，当插秧矣，均望写书告知。大抵八月前每月必望汝一次书，当三次得书也。姑奶奶未归否？可道我问好。七太太、四爷及四、五奶奶等均望请安问好。远来二千里而失意者原多，如我尤觉窘乏困顿，心绪之恶，殆无与比。大爷及诸亲友渐懒寄书，说我道候而已。邵佩兄处托买梁广明眼药可转交。又买来《小学绀珠》一部，我寄与亮工、亮熙同看。又《会墨》一部，我寄与汝看，均望查收。余意缕缕，俟续布。

致亮弼(六月初五日)

六月初五日,父字与亮弼览:

昨日信已写成封好,今又为此札者,专为汝下场结伴事。汝大伯痰恙忽发,有两月未到陶馆,非痰火迷惑,天下岂有两月不到馆之理?清明时寄我信,自陈已有痰意矣,可叹,可叹!明年馆事必解,视此光景,今年未必下场。若下场,汝必与之同伴,一路照应,全仗汝力。然此担子亦甚重大,是否可与汝大婶商议,劝汝大伯不必下场。有恙人过江过湖,颇甚耽心也。若痰恙已好(恙好也要留神照应他),汝定与之同伴无可疑。吾函内有覆汝大伯信,汝即投去可也。如痰恙未痊而较甚(恙未痊断断以不去为合理),则汝必往曹甸,托亲友婉劝不去为是也。明年院考,陶处馆事既懈,他处更不能请。一家生计,岂曹河田所能养赡乎?汝大婶及八四子亦知汝大伯有痰恙乎?否乎?下次来信,务将此恙愈否及其家光景开写明白。至汝结伴事,总看汝大伯恙退与否,临时斟酌在汝,吾不能遥断矣。审之,审之!

致亮弼、亮工、亮熙(七月廿八日)

七月廿八日,父字与亮弼、亮工、亮熙览:

前月底托同年苏州胡若卿(名清绶)寄信一封并白银廿两,带回淮城,交雷老师转寄车桥,此刻想已收到。如未收到,可写信到县学雷老师处细问,断不误也。数日前接到家中六月十三日信,知家中上下皆好,为之欣慰。第来信未免太略,于家内各人均未提遍,此后再寄信须详细说。又,如亮弼有信来,亮工、亮熙均宜备红单帖,各人亲笔写请安帖子,方是道理。我亦可借此看尔等书法进否?亮熙亦宜如此,亮工可知,此总不忘了。

鲍八兄之子抡标新娶亲,忽即夭逝,可为悼叹。见鲍八兄时说我致候。见鲍三兄、胡三兄,亦说我已收到两人信了,致意候问。此刻亮弼想已动身赴省,亮工、亮熙在家总宜小心谨慎不可贪顽,不可出门,不可荒废读书工夫。亮工当照常写信,托俭卿寄入京中,切切!

亮弼究与几人同伴下场？大兄究系真病否？能下场否？亮工须切实写来。此后亮弼录遗取在何处？录遗题目及头、二、三场题均要详细写来。

我本拟八月下旬与高紫峰同归，缘老师于本月初忽给头等侍卫衔，放科布多参赞大臣，科布多乃西北蒙古地方，距京师六千二百里（出长城六千里），地极寒苦，老师殊不得意，此番一人远行，为两世弟工课极不放心，特以此再三相嘱，务留京至明年会榜后，我感其厚意，怅其远行，若定然拒绝而归，殊非师弟相爱之谊，遂慨然应允。是夕老师饮酒极乐，谓座客曰："四农着实可感。渠今秋不归，吾两儿得以多受教训。吾为之大乐，今夕虽醉死亦不恨也！"予闻此言，为之感激欲涕。现在老师及两世弟情意拳款之至，孔宥函忽受业称弟子，时常往还论诗文，其诗甚佳，文特可中耳。予在此颇不孤寂，家中人可以放心。第远念家中，境遇窄窘，尔弟兄三人无人教训，不免怅怅不欢。但愿尔等勤苦读经书古文，虽无师传而门径不能错。若不肯读经书古文，则根柢不立，虽有明师，亦无益也。时文则亮工权读庆历、国朝小品，参以陶庵文廿余篇便足。至出门从师之说，俟秋闱榜发后再议，彼时予自有信归议论此事，此刻仍宜在家静坐读书为是也。亮弼六月十三日信来，绝未提及家乡瘟疫事，恐吾焦心，不知吾久已知之。昨闻陶制军与老师信云：江、广地方，瘟疫流行，死者数十万人，呜呼痛矣！外间如此，我家竟能获福，大小无恙，真大可喜。然我心悬悬，何能绝无疑虑？故此后信宜勤来，信宜详写，不必稍有掩饰也。

汝姑母处大小平安否？四弟、五弟处均平安否？昨接鲍三兄信，知涧河断流，栽秧甚迟，连日曾得雨否？秋禾大致何如？务望写信详述之。郭相廷连月造诣何如？汝等及相廷小楷务求方正紧密，宜每日写也。亮弼嘱买排律时赋，迩来京师殊无佳选本，不足寄。俟高紫峰归时，吾可买排律一部寄汝等耳。总之，读经书、四书、古文、文选诸书为要，此等无益之物，只可随时取阅而已。大约近日试帖时赋都尚清空、圆转，不以堆垛为能，知此即足矣。大兄为何事恼我？八四侄何以出外月余乃归？汝等下次信来，务详细书之。此问汝母及大儿、二儿、三儿、大儿妇、二女、三女好，余容续寄。

致亮弼(九月廿八日)

九月廿八日，父字与亮弼览：

自七月廿九日接到汝七月七日临下船时之书，至今未得家书，悬切已极。我于六月底发一书，七月底发一书，八月中旬发一书，八月底发一书，汝皆已收到否？六月底之书，有银廿两，托苏州胡同年若卿(名清绶)寄至县学雷老师处转寄，七月底、八月底之书，由京中天元差局寄，八月中旬之书托高紫峰回淮便寄，并有书六本，帖三张，皆托高也。吾每次家书皆说家中寄书太迟，而迟滞愈甚，是何故耶？闻山东道中雨水太多，行人阻滞，书之迟或由此耶？

月初闻洪泽奸民私控黄河大堤，河决入湖者十分之七，现在钦差穆大司空往勘此事。此变殊出意外，河、淮分涨，已不可支。况河、淮合一，下流何以克当？虽五坝齐开，湖水未必减得许多。我闻此信后，昼夜焦切不安，愈盼家书矣。纵河堤动工合龙，而湖底此番淤垫，湖水日高，将来开坝必成常事，淮郡田产何以收成？且去年奇荒之后，今年坝水一下，秋禾未必能抢割，是荒后又荒，米价不知贵到何时？饥民必更多多，一家人口不受淹，亦必受饿。念此至神魂飞越，骨肉惊颤矣！我为仰山师谆留，不能即归，即使眼前归去，亦无长策。惟俟明年榜后南旋，决计移家，或江宁或泰兴，决可避水之地。顷寄书止泉母舅及铁珊表弟，皆为此事也。泰兴陆家(卢之婿，其家颇富)颇有延吾教读之意，此事一举两得，最为便当。看淮安大势断断不可居！非吾之好更张也。然此事究系远图，现在何以打算，务望汝将现在水患情形及秋收分数、米价涨落一一写明寄来，以慰我远念。即使光景不佳，亦断断不可掩讳些许。果系难居及难以支撑，不妨从直说来。我在此教馆，亦非大事，可以告此苦衷，急急归去想办法也。若明年会试，尤不关大利害，不必为此瞒混。若为此瞒混，汝则不知轻重人矣。至水势果大而至虞，则汝在家中，即为一家之主，该迁居与否，即可自断，不必候我，而以不敢专断为词也，慎之，酌之！

家中大小人口连月安否？都望详细寄知。杏、松二人前令其各写红单请安，一知其有病与否，一勘其字迹长进否？非循故事也，此后断断不可少。汝不在家，杏儿何以不能写信来耶？汝场后归来曾坐定用功否？明年馆事若何？鲍家去一学生，馆事、馆金皆能如旧否？此事吾颇挂怀，如鲍家有异议，他处有可就否？南榜久已发了，我此处尚未得《全录》看，心中惦记甚多。即如杏儿出门附从事，亦俟榜发方能定议也。淮郡县府考在九、十月间了，现在已考否？杏儿曾与考否？心望家书如农之望岁，远人孤寂悬念之苦，汝辈当体贴也。大兄病势渐好否？有馆否？四弟生意若何？五弟未归否？妹妹处庄稼若何？周炯馆事若何？邱大兄有信来否？伊身体若何？必回淮寻宅子否？兹来卢四太爷处信，望写字专托周木斋，由周惟谦处寄，或加封由雷老师处邮寄均可。丁三弟信为起文事，最系紧要，不可怠玩。寄后并宜时常写字催问之。杏儿附从事，予下次信必有斟酌，俟接汝信后，及看《全录》再定可也。伊总要自己用功，不要人催便好了。松儿胃气发否？汝母亦未发臂痛、早间泄泻病否？汝省下回来，身子强否？此问汝母、大儿、二儿、三儿、二女、三女、汝妇好。余容续寄。

二、七太太前便致意请安。胡、鲍、邵等长兄道候。

孔宥函顺天乡试中式一百廿一名，今年只中此徒。二世弟不中，殊无意味。伊现在照常在馆写字读书，尚可嘉。三世弟现甚发愤用会试功夫，明岁当可望也。

致亮弼（闰九月十九日）

闰九月十九日，父字与亮弼览：

本月初三日接到汝九月初一日信，并亮工八月初八日信，并汪同年、卢五表弟、丁俭卿、鲍邦士四信，知家中大小平善，汝南行虽患痢而得速愈完场,来去风浪平稳,为之欣慰。但闻胡三嫂辞世,殊深感悼。又闻任浦还、周生世锡皆殁于外乡,尤可悲叹。时酸之恶如此,吾家中大小平善,真可庆也! 汝弟信写于八月初,何以与汝九月信同一函寄来? 观此则知俭卿处送信至差局不甚速,否则是差局接到信,亦不肯随时即递来京矣。此事望寄一函与俭卿言之,面谈亦可,此后信方稍快也。

据汝信,家乡秋收尚有八、九分,是大可喜事。秋雨多些,尚不至霉烂生芽否? 米价稍褪否? 春间所放之银租均一律收齐否? 汝明年馆事仍旧否? 郭生相廷亦仍旧否? 秋收成毕,债稍还去些否? 鲍生昨书来,云看到我家信,此后家书惟汝母、汝弟兄姐妹看,切不可与他人看也。鲍生文颇有风格,第排偶未免太多,太多则伤气,偶句亦不甚的确,其弊因经术不深。此事最难,总要平日伏案也。未能从诗、礼、乐内,讨出兴立成真义故也。二千里寄文来,不便抹之贬之,故原文亦不寄回,止写一信覆之而已。

汝今年病中草草完场,故无佳文,此后须好好用功,不可似前此懈怠间断。看韦君坦之用功之苦,而即有效验,可知此事虽有天分,全不足恃,必须人力胜耳。用功之法,经书是第一义,每日须读经,读《国语》、《国策》、《史记》、《汉书》为要。汝不能读,即常看亦妙,但须加遍数看,连注解看耳。汝两弟现在无他事,专以痛读经书为主。若腹中无经,终身受累也。汝二弟从先生事,前此汝意欲令伊随郝三弟去,吾所以迟滞不断者,恐郝或今年秋捷,则半路而归,何必多此一举? 又逢秋闱之期,去也不过一个月即归,旋赴县府考矣,故今年仍在家读书为便也。明年之事,如郝仍旧在花尖,此事伊既愿行,汝大可与谈,如伊允定明年可收,则汝写字来,吾冬间必写信与郝专托之也。总候汝信来说定,吾方写信托之耳。此事举行,必非大兄及胡三兄之所愿闻。一以舍近求远为怪,一以舍亲求疏为怪也。汝试酌量汝弟在家,果能认真读书作文,日渐有益,则此事不行亦可。汝更与汝母、汝弟通盘商酌可也。大兄在陶馆,是何时分手? 明年馆事何处？下场虽不中，而痰气大好，甚慰，甚慰！开丽弟兄馆事有着否？开吉明年仍在邵家否？周炯馆事仍旧否？汝姑母中秋节后来家否？汝二弟县试曾取覆试否？院考真在十月否？均望寄知。

汝每日须写小楷，须读看经书，须念时文。念时文可将《八铭塾钞二集》选出痛读！《天崇百篇》亦可择其平正者读之。每日纵有事，总须时文不离口中。今年不中，不过二年，又遇科场矣，岂可总到临时抱佛脚乎？今年顺天乡闱搜检极严，斥革枷号者十余人，外省此后亦必渐严，经策须预为玩览也。我此番在京身体甚佳，毋庸挂念。前八月两次书，九月一次书，汝此刻将当接到矣。汝每月必写信来，汝两弟必寄请安红单来，切切！此问汝母及大儿、二儿、三儿、二女、三女、大儿妇好，并请七太太安，问四弟、四弟妇好、五弟妇好。余容续布。

致亮弼(十月廿六日)

十月廿六日，父字与亮弼览：

闰九月接到汝九月一日信，自此以后又五十日未得家书矣，心中悬切之至者，第一为河水决入湖中，恐湖水复有溃决之虞。刻两番星使南下，总为南河事。虽无决口信，然河工之艰难万状可知也。刻湖水必当退落，家乡今岁可保无虞。然此后惊恐能定耶？吾八月下旬信、九月下旬信、闰九月中旬信，汝均收到否？诸信中问家中人平安及秋成事，种麦事，杏子考事，杏子附从郝三弟事，吾明年会试托丁三弟在本地起文事，至今未接家信，皆悬悬也。

吾连月精神照常，每日必看书写卷子，惟眼边红烂将近一月，眼药、洗药均不愈，现在以黄连人乳洗之，未审能有效否？囊窘不可言，小皮袍面及小马褂面不能换，带破穿着。灰鼠皮套难于御寒，更无钱买新套也。明知家中窘迫而无银可寄，心中愧赧伤叹！连年境遇何一窘至此，天耶，人耶！大兄五十寿辰，无物寄回为寿，汝想必亲往叩祝也。黄二兄、鲍四兄、八兄均今年整寿，汝必能送礼矣。杏、松连月念书作诗文有进益否？院考是在今年否？昨阅江南闱墨，殊平平不称人意，汝辈但着实读书，使文字饱满便可中矣，切勿自惰荒经为要。周子彻、郭相廷功夫何如？此二人不入泮，皆吾未了之愿。见时望以此语告之，俾其日日用功也。汝及周、郭二生明年馆事何如？今年秋收毕，所还何债？均望写信来。大抵家信宁多而冗，毋简而略也；宁密而速，毋疏而迟也。所以体旅人之心者在此矣！闰九月间，我有信寄卢四母舅及邱大兄，汝已托转寄否？我起文事最要紧，务频问俭卿也。

此信未写成，次日到李芝龄侍郎处，问伊过淮时，水势若何？据云，淮城现保无虞，但扬州以北，宝应以南，一片汪洋，皆由洪湖不能容受河水所致。湖水浩大异常，上五坝所泄之水，竟使高宝湖、运河会合为一湖，故伊在扬州以北，湖口候风至廿日之久。照此说来，盐阜一带田庐尚属可怕，不特高、宝、兴、泰而已。又山阳倒漾之水亦必大于往年，吾乡流亡必又多，种麦事竟成高阁矣。倒漾之水车桥尚无虑上平地否？下次有信来，望将水势详晰言之为要。邵处有"奔牛"眼药，点烂眼最妙，鲍处"毛店"眼药亦然。两种可要四、五歪子来，贯入信封中寄我，切切！此处"梁广明"眼药于烂眼不甚合宜也。十一月间有顺而确之人，可寄三十金回去，此刻实无可托者，又不能漫托差局。不独无银可寄，寄亦不便也。郝三弟处本要写信与之，缘杏子事未议定，不便措词，候汝信来再讲。此问汝母及大儿、二儿、三儿、二女、大儿妇好。十月廿九日续书。

孔宥函于廿日外又来京矣。伊云有报纸一张，从桐营司处便寄车桥，已收到否？

致亮弼(十一月廿一日)

十一月廿一日，父字与亮弼览：

自闰九月初旬接到汝九月一日书后，至昨日方接到汝又九月廿七日书。七八十天心思悬切何如，昨暮方稍慰也。自十月以来，精神甚好，只眼边微烂，后用黄连、蕤仁、人乳擦洗三日而愈，喜慰无极。忽于十一月初三日接内阁信云，仰山夫子于十月十四日在科布多病故(后闻卒中心痛一时，即殁)，合家号哭震动，我亦悲不自胜。平生知己，此为第一人，而竟已矣。写至此便流涕，真痛绝也！更伤其远在绝域，旁无亲人，年未五十，中途顿折，尤足断人肠耳！自此日以后，无日不泪，无夜不忧思展转。旅居恶境，无以复加。眼见伊家从此不可支持，五世叔及两世弟皆不足以撑拄门户。丧中未毕，而饔飧无来源矣，奈何，奈何！

现在馆中毫无一事(子翼甲午尚不能与乡试，子启至乙未乃应会试，书文事竟要高搁)，大可南旋。而会试在迩，又觉归去无以对人，只好隐忍姑留，意在搬出另居，两世弟仍牵留不放，只得暂留。然触目伤怀，万不可在此度岁。且喜孔宥函业已来京，伊劝我同寓，一切用度，伊亦云可以代借暂垫。虽承其意如此，究竟此后一文无出，借债留京，将来何处归偿？境界至此，真觉寸步维艰，一日而肠九回矣。十三日以后忽患牙痛，每日服药无效。昨服四物汤，而后稍痊，盖肝经之伤甚矣。至此又不免强自排遣，以为保身之法。明年会试想无中理，归期所幸不远。明年同乡来京者，除新科以外，只俭卿一人，益可见会试之难，留京之更难矣。馆金今年仍拟寄卅金回家，前信中亦说及此，此刻竟不能。何者？本月初一日，伊处付五十金，不得不留为度岁还帐之用(前后共收过百八十金，寄七十金家去，我处百十金，此刻尚存四十金耳)，此后伊断不再付矣。非伊家情短，境实难堪也。此我之运气，能怨人耶？

老师灵柩约腊月底方到，我定于腊月底搬寓，俟搬寓之日再写寓处居址与汝，以便寄信也。我在此强自排遣，且为打算，料不至于落拓难归，家中人不必为我过虑。至汝信所云止泉母舅以我饮酒谈诗，豪兴太过，为大不然。此实长者爱我，然亦由于铁珊之不识我，故以此禀于母舅，而致劳过虑耳。盖饮酒之不可过，我知之；谈诗之不可过，我实未知之。数月以来，酒不多饮，较前此方半饮辄醉，醉辄病，因以知气体之大减于前,而谏我者之为爱我。刻立定主意,烧酒只饮三小杯,黄酒只饮十小杯,并铸一银杯,铭此语于上以自警,汝亦可知吾用意之苦矣。至谈诗似亦末事,可以不为者,而实不然。方今诗教日敝,皆由人心日薄。诗虽文艺,而有激顽起懦之功。吾来京师,所见诗人皆妄得名耳。惟一福建张君际亮(字亨甫)的系名手,可以共肩复古之任。惜其福命蹇薄,今年竟不中乡试而归矣(闰九月初三日出京)!予与张君之落拓,皆世俗之所笑。然后世欲求嘉庆、道光以来之诗人,余二人当首称矣(此黄老师语而余述之耳)。此虽似狂谈而非狂谈。盖诗乃天地间自然之理,不容争,不必谦者。特不肯与外人言耳,只可与儿子辈说也。然外人来与吾谈,吾必告之正道古法,而不肯诓谝,不肯吝惜,此之吾所以为吾也,此吾之所以救世也,何为豪兴哉?铁珊不识吾,不识吾诗。见吾于诗高谈雄辩,遇亨甫则尤无不尽,乃以为狂,以为怪,此未见唐时李白、杜甫醉吟吹台时故事,故大讶耳。凡读书人不可小,不可俗,汝曹慎毋沾沾嗫嚅处。但知米盐出,但知青紫以了一生,此等人虽活于世,犹行尸也。今日世态多故,名事废弛,皆由此辈多多,以阴默为高静,以圆融为老练,酿成多端患害耳!言及此,可为长叹痛哭也!吾犹效之耶?虽不醉亦不能不狂也,不能不谈也!不谈政事是也,不谈诗不能也!此吾之所以为吾,此吾之所以救世也,何为豪兴哉?此番家书可与杏、松二儿细讲,并可与郭生细看,不可徒阅一过,竟收藏不再看也,但不必与外人看耳。

杏儿附从事,究未见汝覆信谈及,大约可不出也,在家须痛用功。痛用功无他,读经书也,看史鉴也,看古文也。此三者每日皆不可废。余均随身量,以次及耳。时文无他能,只是要理路明。今于经史、古文不曾究心,何处讨"明理"二字?欲读时文,予前所选者略备矣。只要能解其理法,不在多也。杏儿县考,学案何以竟在前十名,何以覆试不到底?何以汝信又不详写?均不可解。杏、松二儿连日功夫何如?皆下苦工夫否也?我境界苦穷如此,全仗儿辈升腾,汝等万不可不日日用功也。

杏儿明岁娶亲事，在汝母之意，以为亲家母不在之后，伊家无人，早上来为是，亦未尝无见。但有三难：我现在手底拮据已极，明年何处得此一种费用？一也；娶亲之后，便须伊夫能生活之，试问杏儿后年可以出而教馆，取钱养其妻否也？二也；又此媳尚未终母丧，而竟废礼，夺人之丧，就我之吉，可乎？不可也。三也。此事吾亦不断定不行，果明年我侥幸一中，又杏儿竟能入泮，又胡三兄处竟有催我处速娶之意，则此媳期年丧服之后，容或通融可行。此事且俟明年春夏再酌可也。如寒底行此事，虽夏初酌定，不为晚耳。

大兄明岁无馆，若何，若何？今年曹河田产何如？汝姑母身体健否？度岁时以安康吉祥为主，不必思念我，各怀忧郁，切切！不过百五六十日，便相见矣。腊月仍有信归。此问汝母及大儿、二儿、三儿、大媳好。余容续布。

李六兄丧偶可悲，望代致候，前书想致之矣。杏、松儿请单帖，每信必要有的，此次杏儿字仍是歪斜，何也？每日不写小楷耶？

癸　巳(1833)

致亮弼、亮工、亮熙(正月十一日)

正月十一日，父字与亮弼、亮工、亮熙览：

岁转新春，想家中诸人安吉胜常为喜。我自客腊移寓以后，精神甚佳。现在与孔生同寓，无事颇能看书写字，惟盼望家书，不胜悬切。自接汝闰九月廿七日书后，至今未接一札，焉得不悬悬也？汝十月间必有书来，何以十一月、腊月，六七十日尚未递到？真不可解，梦寐为之不适，无论日间矣。吾十一月、腊月寄去书，家中收到否？客中景况，前两月书中言之颇悉，想能谅我不寄银钱之故矣。去年自仰山师大去后，渠家所送馆金只足了岁底之用，现已一文无有，惟恃孔生暂挪及李芝龄侍郎处青云会项耳。熊老师处未审能有所寄否？旅况萧条，至此而极。今年若不中，身家皆万万不可支也，奈何，奈何！古人云:“穷极则通。”天或不忍吾之疲老困阨,而予以一第乎？家中岁底之困,不言可想,今年又将若何耶？

汝辈岁考又在即,曾略略用功否？我想天以贫穷困人,总是炼人志气,逼人用功。若汝曹连年遭此清苦之境,而泄泄如息,绝不奋力诗书,以求学问,是辜负天心,此后更无进步矣。亮工近二十,尤宜着实用力经书古文,时刻不可去手,方能开拓心胸,增长笔力。若朝夕但吟诵时文,而四书、经书、古文一切高阁,那有长进见识？必欲看时文,方望溪《抗希堂稿》可常常看也。亮熙今年十四岁,经书古文亦当切实求讲解,不止背诵为能也。能懂一部《诗经》,则四书义理可以会通;能懂古文结构,则时文亦不难明矣。亮工、亮熙读书固属紧要,尤忌与无益之友相接,闲谈戏谈皆足坏人心术,误人终身趋向,不可不远而避之也。

我今年中与不中,夏季必归,汝辈不愁无看文章之人。但恐经书、古文未曾用功多看熟读,无受教之地,此数月中须切实努力也。亮工应考不算甚么大事,只进场作文耳。何可因考误却用功也？郭相廷、周子澈今年必须入泮,乃遂吾愿望。望以此语转致,以督其用功也。八四侄今年文字可入泮否？吾亦甚望之也。丁俭卿今年会试否？吾甚望其入都同寓,又抚咨必候其携来,又青云会项均需伊照会,故盼之尤切。伊来京后,汝寄家书可托雪衢叔侄送至河下天元差局,须叮嘱之,使不迟误。汝若在城,可亲至河下,送至差局尤妙。至正月内书,即托俭卿等寄来,不过十八九日必到,较之差局迅速多矣。

大兄及开丽、开吉均无馆耶？为之悬念不释也。亮工、荣锦、子澈、相廷去年府考覆试否？今年廖学宪何时临淮？均望告知。此问汝母、大儿、二儿、三儿、二女、三女、大儿妇好。附颂二太太、大兄、大嫂、八四侄、七太太、大妹、四弟、四弟妇、买侄、定侄、五弟、五弟妇新禧不戬。胡三兄、鲍三兄前祈贺节道候！孔宥函有诗一首寄亮工,情辞肫切,可感之至,览之当自励也。

致亮弼（三月十七日）

三月十七日，父字与亮弼览：

二月廿四日余有信一函，托差局寄回，汝此刻当收到。汝二月廿七日信，余于三月初十日收到，知家内大小平安为慰。我连月精神尚好。虽自二月廿日接家信后，心绪凄郁已极，不过小小病了数日，旋即痊愈。刻已照常完毕三场，文字虽不逮古人，较之时人尚有一二出色之处，或可有望。然命运大率平常，恐未必称意也，听之而已。不中自归，无可疑议，大约四月底可相见矣。

正月接汝信，知汝去年生一女，为之喜甚，此即抱孙机也。此女乳名甚么？如未起名，可名良儿，十月良月也。接汝二月信，知房子已与邵处说定，共钱三百廿千文，又地钱七十千文，是仍照原价，彼此两得其平，事甚妥当。本月初七日，郭婿移居新宅，我家于三月初七日移居（我家新宅，堂屋对过，板篱万不可少，须早办成也）。从此分居，心甚凄然。然两家自便，省多少葛藤。汝无事可频至汝二妹处，望其家计盈绌，及能持家与否？不可付之不问也。

今年不考，大可着实用功，以求明年进学。时文第一要内有意思，第二要词句圆妥。只此两途用功也。荣锦处吾前寄信与之，汝已寄去否？遭此大故，似应认真改悔从前浮惰之习，着实用功矣。其曹家河田烂贱而不能即售，可哀，可哀！伊家生计，此田之外尚可有支持者否？每念及，心辄如割矣！邱大兄精神渐减，闻之令人忧虑，秋后卜居何处？合家全归耶？抑家眷归而伊独归耶？吾现在得李处青云会项廿两，及家中所寄廿六两，可敷衍至四月。第欠孔生四五十金未还，且归去盘费仍无着耳，俟另筹之。此问汝母及大儿、二儿、三儿、二女、三女、大儿妇、孙女好。汝姑母、汝大伯母及四弟、五弟处，并问好。余容续布。

甲　午(1834)

致亮弼、亮工、亮熙(十二月初四日)

十二月初四日,父字与亮弼、亮工、亮熙览:

予于十一日一更开车,一路未遭雨雪,行至廿七日抵京南西门。当晚进城入寓,寓南横街圆通寺观中,与稼轩同住。寓共八九间,尚喜宽绰安静。予筋骨虽瘦,尚无病痛。耳中黄水,路上尚发一二次,到寓已好。脚气亦好,疮口全平。现在寓中饮食与家中不殊,每饭可饱,酒亦未逾限外,精神平正清适,家中可以放心。一路车夫支付多二千余,傅姓送来颇极劳苦,赏钱四千,万不可少,共享叁拾余两。北边银价太低,每两止兑一千文,不无折耗耳。家中日用拮据,只好节俭耐守,无法可想(处家人总宜和宜耐),静以待之而已。

盐事万不可堆,前据吴景翁云,可想见情景一切。年内务必卖去,偿清前价,以免纠缠,以存体统,以省折耗。若恋而不舍,既伤自己局面,或另借还此,则利利滚去,恐明岁折耗更多,发本救本,自来贻误者多耳!此刻汝想到河北还清,不劳谆谕。予之谆谕者,仍恐汝有游移也,切勿游移,为嘱万万!家中书来,第一将此事写明为要。店中姑且混去,如不可为,便可早分,量可而进,知难而退。吾前已屡向勤籽言之,想不讶也。

孚伯所托汪事,前到幼清家,初见匆促,又座有他客,殊难遽提。次日伊来回看,予又他出未遇。予想此事汪、吴交易,不过三千之数,恐汪即允说,吴亦未必行也。吴即能行,此事终非我辈读书人家所宜做。以读书上进之人,为帮人生意之辈,究竟不宜。将来看待一切,恐不尽如意耳(孚伯所问京职事,告病教官可以就此,望将履历开来。其用费尚未问清,至捐貤封祖父母事,已托人问去,容再寄知)。更与孚伯言之,如不得已必欲予说,汝可写信来,予亦勉与幼清一说可也。朱君宗传事,予已与稼轩言,稼轩不甚想允,不得已始为余写信回家禀明。盖朱君为人，在渔沟一带，不甚为吴家契重也，恐此事未必有大益耳。总之，向人言帮衬事，最难最难，予生平所不喜。观朱君事可知一切矣。邵立三事，景翁等业已透知底里，提亦无益，故在渔沟绝口不言，到此处谈，更为哓哓可厌而鞭长莫及。此等苦衷，惟知者谅之。汝将此大意告之立三可也，谅不谅亦听之而已。

汝在家切勿出门闲谈、小赌，总以读书文、课两弟为切实要务。亮工、亮熙务要伏案勤读，虚心听乃兄之教。予年已半百，须发皤然，进取之事，大致可想，惟望汝等用心本业，振兴门户。现在家运甚衰，予又老而无用，汝等若不勤读，以求出头，一家人口将来靠谁撑撑耶？文章一道，在家教训不一而足，总以肯读经书为本。至作文之法，汝宜紧而足，亮工宜清而畅，亮熙宜明而贯。亮工、亮熙尤宜求笔意圆爽而有书卷气，最忌冗杂枯涩，须按课督其作文、作诗，不得间断！郭相廷文字现无人阅，欲与汝点勘，前请予嘱汝，予似未尝说及，殆匆遽忘之，汝宜细意与之批出。其文大率不切题窍而气欠畅，须用心于题窍通畅二字。大抵少年文字气象总要光昌畅达，不可求细而又失之于幽淡也。亮熙如时文不能常作，可间一课命之作论，以舒其气；如能作文、写字、作诗，可以完卷，明岁县考可出而观场也。写字是一要事，亮工、亮熙皆不可间断。亮工可读润泽之文，如《八铭初集》，可选其腴润者。亮熙现读陶庵诗及庆历文，共读二三十篇，即可选《国朝小品》与之读。亮熙古文选尚未全读，仍当照常读去。亮工读《庚辰集》排律。亮熙陶、杜诗必当读也。

陆生安荣已家去否？明年从何人？鲍府西席定否？见衡士、辅士，说我悬念此事。见鲍三兄、胡三兄、邵六兄均说我致候。陈竹轩外症现已愈否？此事颇烦，耿耿不去怀，老人支不起此症也。若何，若何？汝母每早汤水，每晚藕汁、童便不可不吃。昨晤一友云：以四物汤煨乌骨鸡而食其肉，可医老妇女吐血症。如吐血可以此试之。汝丸药亦不可不常吃。汝妇已满月，现在稍健壮，脸面复原否？汝二弟外似壮而内实弱，汝三弟亦然。汝将督其勤读外，饮食起居须更教训防护之。又,两人切不可乱看闲书(如《情史》之类,不知从何而来,可恨,可恨),汝须查问之,切切!汝姑母想已归去,可嘱其早晚服丸药两次。汝二妹、三妹可常常来家走走。二妹切嘱其勿常焦虑。我家收会事,想已办妥收齐。此项若再入日用,或以入店用,将来变成大略事,切不可不防此,切嘱,切嘱!

此信收到时,若系跟我之人送到我家,可多赏数百文。一路未遭雨雪,到京见雪不甚大。此地望雪甚亟,想家中亦甚干旱,火烛一切更宜小心,晚间须汝自查点。早间汝宜蚤起,以督一家之人。此问汝母及汝及汝二弟、三弟、二妹、三妹、汝妇、汝二弟妇好。祠堂租事若何?秦、惠二人均已退否?借项还若干?均望信来。家中及友人所嘱买物,容续寻便寄,现在心绪未定,不及买也。余续布。

致亮弼(十二月廿四日)

十二月廿四日,父字与亮弼览:

初五日发一书,托渔沟送来人傅姓携回,想已收到。家中未见信来,殊深悬切,想是托俭卿送入河下差局故耶?此局寄信最迟滞,然舍此,汝又无寄信处,试更与俭卿札商之。我在此精神甚佳,耳疾时时举发,右耳常流黄水,闭塞内鸣,颇惧其聋。月半后连服郭羽可、程镇北药数剂,刻黄水已止,亦不大鸣,渐有痊意,可以无虑。现在每日静坐核理《诗话》,廉峰欲为我付梓,已催二次,不得不赶紧办此。明岁必挑,必有乡科。挑已见明文,家乡来者必多,汝可以分两次带信来,灯节前必有人来也。稼轩相待甚好,已作文四篇、诗数首矣。汝弟兄功课何如?我心日夜为此盘算,日用之不敷,犹在第二层也。何也?学业不振,则穷无了时也。时文须揣摩五字:圆、紧、双、亮、足,最忌瘪瓜篓耳。汝两弟工夫自我出门后,尚不怎惰否?生经书要念,熟经书要理;生时文要讲,熟时文要熟。何日可偷闲耶?汝母未发血症否?汝妇已大旺健否?过年诸账挤逼若何?措置堆盐之账已还清否(必宜还清)?店尚可开否?汪、吴之交不合,邱孚伯话断不可谈,汝览吾与邱信便知。鲍宅先生何人？相廷、辅士未发病否？陈竹轩病势何如？鲍邦士病已愈否？前嘱汝弟兄抄《座右名言》，已抄成否？此书天理人情世务总在其中，汝弟兄断不可忽也。八四侄月来安静否？吾真无法教伊也，奈何，奈何？亮熙现念杜诗否？必须日日念也。亮工脸尚黄否？总要一切保重，不可吃水烟、吃酒，要紧！良子、大恩子总好否？家计一切总详细写来。此问汝母、汝及汝两弟、两妹、汝妇、汝弟妇好，余容续布。

稼轩在京，多有向伊挪借之人，伊颇以为苦，亦不能概应，并有托余关说者。余看稼轩岁底颇窘，又说者太繁，亦不愿关说也。据稼轩云，伊家今岁动项甚多，颇费周章，此话未必尽假。如邵立兄之事，则真以不谈为妙也，望便中语之。在路及至京亦作诗词十数首。兹将平阴一作抄示汝等，可贴之木果轩中。其诗“穷达”四句最着意。汝辈总要知“耕读”二字滋味，吾便有望矣！

胡三兄、鲍三兄、邵六兄，均望见时道候。

乙　未(1835)

致亮弼(二月廿三日)

二月廿三日父字付亮弼览：

余于到京后，已寄三信归家，想均收到。正月底、二月中旬连接汝三次信，知家中人均安好，欣慰之至(手卷收到，人云实系元纸，非明纸，子昂书无疑)。但生计不足，今年毫无进入之钱，大是可虑，每一念及，辄为忧闷。此事本在意中，亦非接汝信乃知之，接书更知其详，弥为悒悒。

然无恒产而有恒心者，惟士为能。此际更须痛下功夫，把捉“俭用安贫”四字。此自古儒先以之谆谆教人，除此更无别径。趋别径而妄为，贫不能救而品已先颓，岂复成诗书世家门望耶？去年盐事，我意必不为此，而汝等必欲为之，亏折廿千余尚属小事。此等弃儒就贾之事,实累素风(外人以为常事,吾实不解)。汝等犹以为胜败乃军家之常耶?此后当力戒之。西坝盐事,幸免亏折,还清吴项,真是可慰!此等险事,真令人怕后思怕。非承吴家厚爱,不能脱然也。此后与吴处当一事不相关托,以免竭忠尽欢之讥。我在此寓绝口不与言钱,即去年盐事,亦不谈及。至汝信详写结局时事,乃将前后说与稼轩,申明感谢之意,并代邱处道谢。至明年吴代邱办盐事与否,孚伯托我致意,我亦已言及,然不便再促之写信归矣(且俟榜发言之)。汝所托荐馆事,我直不谈,一层是无益,一层是喋喋不休,可耻可厌,非我辈所宜出也。汝于此等处当细思以求进步,勿谓乃翁为迂。外间人种种可羞,吾身不忍为,耳不忍听,目不忍见,何可使吾子孙为之耶?

俭用安贫,非吃苦不可。世间岂有安乐而能立品者?俭用安贫之外,只有"读书"二字,可以求困里之亨。汝弟兄三人若不加紧读书,则书味不深,何以安贫?每日所见之人,无非势利机械之徒,愈趋愈下,愈滚愈圆,而本心日薄,人品日卑,究竟贫穷不能免得,何为也哉?盐事既歇,只好教馆。教馆大小皆可就,只要安静勤谨,可以前进。汝之馆局所以不振者,皆由外边说汝"甚有干才",不知此四字便非读书人本色,便大与教馆不合式。此后将"教馆"二字,认真做一二年,自有人延请。即不然,安坐读书作文,则大小场得意,亦可一家转关。我年纪不大而精力不足,日渐衰惫,全仗汝三人好生读书,汝等泄泄不前,吾谁恃耶?言至此,可为浩叹!

吾今年科场亦未必有得,报罢即归。归而谋薄田数亩,移家就之,为野老以没世。多盖草房数间,为开门收徒之计,终岁可不峨冠著靴。课徒之余,治畦种树,皆可行乐。三餐不足,则两餐、一餐,断不开口告人也。此是吾归根立命之计,岂托之空言者?汝等只要想此境界方好,想此境界亦惟读惟耕耳,无第三法也!汝现在宜率两弟早起勤读,切勿令之闲游。县考正场毕,即可归,惟在前三十名乃可覆试,否则无此经费也。车桥人可谈者方可与之多谈,否则不如杜门。读书最静最恬,少交游,省口舌,亦一适也。

陶大兄、陈大兄先后溘逝，我闻之流涕数次。老友凋零，真可悲痛！挽陈诗三章，另纸书之，汝可持与邵六兄看阅，再与陈三世兄收藏。陶挽诗尚未下笔，容稍暇为之。四弟家计万难，奈何，奈何。我家如此，伊更可知，真是不堪涉想。世上无如吃饭难，信然，信然。真是一筹莫展也！

寄归各信，汝阅毕封口，即望速投。家信甚难早得，汝惟寄渔沟托吴景翁觅便较好，河下差局万不可靠也。此后寄信，汝三人各写一红单请安，以验各人字迹进否。写字、作排律是京城人习气，然此习气亦不甚坏，不解家乡人何以不为？若钻刺、走声气，家乡人却肯学之，可笑，可笑！周甥、郭婿、锦侄三人功夫何如？若此泄泄不前，吾忧虑深耳！吾在此精神如常，可勿忧虑。下月初、下月尾仍有信归也。

大挑在四月初一、二、三日，江苏于初一日挑。挑得一等，必改教职，二等最好，未知能得否也？今年恩科乡试，汝此时务宜勤读，勿至临头乃用功也。汝母未发病，甚慰，甚慰！良、恩二小子亦佳，为之喜见于色。此问汝母、汝、汝二弟、三弟、二妹、三妹、汝妇、汝弟妇、汝子女好。四农书于京寓寄倚青堂中。

致亮弼（三月廿一日）

三月廿一日，父字付与亮弼览：

不得家书，又几一月，心里悬悬。闻家乡米价甚贱，麦苗甚好，可喜之至。第家无进入，虽有丰年仍旧拮据耳。我在此精神甚好，三场完毕无误，文章颇觉得意，究恐高不入时。若天理不差，吾文自当入彀；若时风大靡，恐难供吾转移耳。廿六日大挑，未知有二等望否？稼轩文亦可中，未知福命如何？师弟同登最好，有一人亦稍稍生色，两人均落，殊无味耳。命数已定，妄想无益也。

家乡现行府、县考，亮熙曾与考否？心甚悬念。亮工考事，高低何如？周、郭二生有前列者否？鲍衡士、辅士前列否？均不免挂念也。前有信寄鲍三兄、胡三兄，想已收到。鲁兰岑信来，未接我去年信,大有怪意,奇极!望问丁俭卿,我信托何人寄去耶?四弟仍旧作陆、陈生意否?五弟仍在吴处,尚安稳否?荣锦侄迩来做人如何,稍安帖否?汝母、汝姑母今年总未发病否?今年必有科场,汝务帅两弟用功,不得怠惰。我不中,则四月半前必起身南归。如挑二等,则月半后起身,五月初可到家。汝今岁馆事,究竟在家与否?尚无的信,心最悬切。陆生所欠馆金,可以遣人去要,伊家尚非不敬斯文者。邵处膏药实属难寄,我归时必买,如中则必托人寄归也。

家乡同试之人,文俱可望。孔生宥函竟不等榜先归,彼为家中不放心起见,以致心跳成疾,怔忡之象,留之再三不听,亦怪事也,或归后疾可愈耳。如中,则下科补殿试矣。此札即托孔生寄归,此信到时,榜上信可得。吾挑得二等,则有信回去,否则不寄信。汝等榜上信再寄信来可也,否则亦可不寄信来矣。此问汝母、汝姑母、汝二弟、汝、汝三弟、汝二妹、汝三妹、汝妇、汝弟妇、汝子女好。

致亮弼(三月卅日)

三月卅日,父字付亮弼览:

廿六日大挑,江苏改期次日,余在第九牌第十八名(共廿人一牌)。挑时,吴梅梁(名杰)先生云:"此系江南解元,必中进士者。"肃王云:"甚好,甚好!"先挑十二人,予在其列。复从十二人中挑三人为一等,予名在第十。肃王云:"谁为解元?"吾应名,即挑一等。又挑二人毕。余九人为二等。

廿九日挑取河员。共一等者六百人,挑取六十人:三十人南河,廿人东河(山东),十人北河(直隶)。予未得与其列,深以为幸。盖分发河工,今年即往,此后不能会试,又兼先补县丞、州判等,殊非余之所乐也。予不挑得河工,亦不愿改教职,教官本非余之所乐。且予意决于盖印等争较,则苜蓿一职,万不足以糊口,何苦为之?本意大挑改,而榜下即用不改。然大挑既改,则榜下万不能不改矣。知县原不易为,然舍却知县不做,则是全以无为自弃,亦非中正之道。予平生颇以济人为念，今有知县不做，天下尚有济人之事乎？况此次挑得，出去尚有三四年，进退由我，无人牵之必行，相度精神未为晚也。预先改教职，亦四五年方选到。同一坐候，不如候知县之稍有用矣。山阳前此一等改者纷纷，予深不以为然。然家乡人闻之，必以余为不量其力，不知余只是听其自然。今年与挑者多改年纪，多染髭须。予悉不然，旁人无不怪讶。而予竟得一等，改年纪、染髭须者或并为二等而无之。可知人生一切久已注定，万无可以趋避之理。今与之以知县，而自己先改，是不复听其自然矣。且俟予之不合时宜，上司改之可也，此刻主意已定于不改。吴稼轩、孔宥函、王景洛亦多以为然。家乡人闻之而以为然者，惟一郝镜渠耳，故予另有书与之。淮郡与挑者凡十二人，挑得六人（潘德舆一等，查瑞清、徐登鳌、邱鼎元、祝融峰、卢麟珍五人皆二等）。主挑王、大臣则肃亲王、长龄、奕纪、吴杰、宝善、赵盛奎也。四月为领照事，不能遽行。俟不中后，再发书归，约五月初可理归装矣。

家中人口平善否？本月未得家信，殊悬悬。场后所发信，已收到否？本京江苏报房必有人报到家中，至多以四千钱赏之足矣。彼不为一人往也，家里大门外，可用黄纸书“大挑一等，分发知县”八字。大约初四日引见，初十日掣签分发也。家乡现行府考事，亮工考试高低何如？闻县考案首姓周，车桥邵立兄二子在前廿名，然否？亮工、亮熙工夫何如？万万不可以怠废间断矣。我现在五十余岁，尚不敢偷安，勉力前途，以求稍有用于世，汝辈可泄泄耶？此问汝母、汝姑母、汝二弟、三弟、汝二妹、三妹、汝妇、汝弟妇、汝子女好。余容续寄。

致亮弼（五月廿三日）

五月廿三日，父字付与亮弼览：

前月底有信寄家，云四月廿五日领照，李三即于是日病倒，不能遽归，想已收到。兹李三病势已退，前后共二十余日，症势甚险，系时疫斑疹，服药几廿剂，竟保无事，蹭蹬已极中，尚属可喜之事。昨已与江宁刘同年(富春)约定五月廿二日起身,忽纷纷传说山东亢旱无麦,饥民甚众,拦车索钱,小车三吊,大车五吊,不给则咆哮抢物。官府有示,夜间不准车行。我衣物无多,而吴稼轩及吴寿泉大箱六七只,均托我带归,此等险事,如何可做?又天气炎热之时,车不夜行,一日到晚,人马万难支撑,必有中暑之患,与身体甚属不利。朋友等亦多挽留,此刻定于暂留,俟七月初稍凉再走。寓所未定,如有朋友同住,则房租稍轻,即不复移寓。

连月未接家信,未审家中人口安否?麦、秧好否?殊深悬念,务望早寄信来。此地亦属亢旱,昨甫得雨一次,米麦皆贵,客居殊不易易也。前月掣签,分发安徽,省分甚近,我心颇慰。作教官亦至安徽,则此事尚可为也,但看精力何如耳。家中进入甚薄,何以支撑?客绪万千,此事尤为焦切。乃仆病甫痊,路险天热,又复暂阻,不能即归,真闷闷不堪矣。汝等书文工夫何如?今年仍宜下场,不可怠玩。汝八字申字运中,可望一中;丁字运中,难于有望;必迟至酉字始可,故今年最要紧也。亮工、亮熙府考若何?能踏实用功否?务宜时时以勤谨为要。我在此精神甚好,家中不必焦虑。闻家乡三月火灾甚大,又天落红雨,此事的否?又闻淮城人家门首多有画字,尤属鬼怪不经之谈,皆可据否?均望写详核寄来。

荣锦侄前有书来,我不暇作答,可嘱其好好用功学好,不可出门。周甥、郭婿、鲍氏两姨侄功夫何如?均望道念。此问汝母、汝姑母、汝、汝二弟、三弟、汝二妹、三妹、汝妇、汝弟妇、汝子女好。亮工、亮熙可照常写红单请安帖来,以验字迹进否。写字最要紧,汝亦不可间断也。为徐五弟(登鳌,字海峰)托领照事,有札与之,可即寄去。

丁　酉(1837)

致亮弼(二月廿七日)

二月廿七日,父字与亮弼览:

十七日午后上运河船，稼轩因候介者李三，十八日未开，后进城游二帝祠，亦未晤他友。十九日开船，晚至宝应，宥函留谈宴。是夜，李三上船。廿日，宥函买小舟送至廿里外，乃别去。一路风雨阻滞，至廿三日始抵真州。离城十余里，水浅不能进舟。廿四日午后坐轿进署斋。石甫司马往东台县勘估挑河未归，伊胞兄伯符相待甚殷。书室安静可坐，我及松儿均清健如常，家中可以放心。

姚生应昌，系伯符子，出嗣石甫者。其人姿禀高明，议论挺拔，现颇安详于规矩中。伯符因我初到劳顿，尚未开馆，开馆或在出月也。另有姚生、张生尚在桐城未到。稼轩寓城内十笏庵，其庵四面皆竹，青翠接天，人迹罕至，真读书妙地也。连日晤汪同年谈，亦极清畅，颇忘羁怀。惟是家计不足，及汝兄弟学业不进，时时萦绕于中。家计不足，姑且将就支撑。汝曹学业务宜猛密兼用，每日于八股、八韵、八法（即书法也）皆宜下切实工夫。我自观精力与外边时态，均非出仕进取之时。但得汝辈各补一廪，可以教馆，为我将来糊口地，即汝曹之孝思矣。吏习混浊，我亦不愿汝曹作官。能中一乡榜更好，否则各补一廪，亦可不缺舌耕，在乡里为善士，以传书香，最好，最好！汝曹能体之否耶？

亮彝资质并不庸下，而松懈之习特甚。即以字论，若肯朝朝不辍，将来可以小得名誉。而至今小楷不进，岂非松懈之故耶？当切戒此二字。不独小楷之进而已，文字总要齐整光润中有紧快之色，方为万选青钱，须逐日上口，按课作也。亮弼逐日亦勿出门，一照料家事，二省人事口舌，三可伏案用功。五月间，稼轩寓中大可同住，尚未与之商及此。汝姑母请旌事公呈，稍暇则为之，夏间必办。三月间汝可请之归，吾四月底可晤也。

五爷家连日有信来否？买子已来学否？昭恤院事，务必与族人细商若何办法。汝可邀众至昭恤院，嘱庸恕僧写一清单，并看其前此诸买契。此僧当留，当与之一心，方可办事，并勿使纯一僧知之，切切！家内房屋宜苫葺处，可早议定修理。汝母藕汁、童便宜时时服，勿间断。朱明之子，其人性情不尽纯，宜严察而戒谕之。陈妪可换亦换，随时酌之。郭生文字，汝可照直看，不过欲其灵快活动而已。八四侄连日又出门否？汝每次家信务宜详细，切切。余俟续闻。

致亮弼(三月廿一日)

三月廿一日，父字与亮弼览：

到此将近一月，尚未得一封家书，殊不可解。寸心悬悬，无时可释。前嘱二月底、三月初寄信来，何以迟滞如此？许多狐疑，生生不穷矣。汝接此信后，即追寻前信，在何处耽搁，务必取回另寄，更将现在家内光景及四、五爷、姑母处光景，逐一写来，确寄速寄，以慰远念，切嘱，切嘱！

我于月初胃气小发，连服煎药数剂，已痊愈矣。松儿精神、饭量都佳，并肯用功，可恨前此根底太菲，然果能时时前进，亦不患其不佳也。馆中生徒凡六人：一松、一稼轩、二姚(应昌、以增)、一张(汇)、一陈(克家)。陈系新来，苏州人，亦系应乡试者(石甫县试拔取之门生也)。诸君尚未开课作文，自谦久荒，求迟出题。惟稼轩、松儿不间文赋课耳。姚生应昌(字心完)连日心情稍平定，似有小效，究未知长久何如？

汝及汝二弟、郭生等日课何如？务宜猛密兼用方好。八股及小楷日日上手口，自有益。所嘱看《陆宣公奏议》、《颜氏家训》，汝及汝二弟均看完否？家中人身体我最挂念，当详细写来。我二月廿八日一信，汝想已收到，其中所问所嘱事，尤当详覆。尤重者，圆清明坟墓及昭恤院僧田事。汝姑母来镇否？

山阳闻修县志，留周保翁在邑，与俭卿同修。此有三难：一费难捐；一事难核；一笔难直。我自度才力浅薄，不敢与闻也。前接阜宁县尊张云桥一札，极为推重。五月万不可不走一遭，以慰彼之望。此地亦无甚往还，逐日在馆静坐而已。五六日一出，与稼轩及汪同年畅谈。稼轩文诗甚有进步，可见人能静定，未有不长旺者也。车桥诸君说与汝作文会，曾践此约否？如践此约，万不可与人争高下是非，和顺听受，以求直焉而已。

草草寄此，专望汝信来再寄信。并问汝母、汝姑母、汝、汝二弟、三弟、二妹、三妹、汝妇、汝二弟妇、良、肃二孙好。馆金尚未付，东家石甫兄现署运使往扬州，四月未能归。我四月底归时，再付之携归可耳。且带信尚难，况寄银信耶？

致亮弼(四月初一日)

四月初一日，父字与亮弼览：

廿日接到家书，心为安定。连日我与松儿身体皆好。松儿亦肯用功。姚生应昌在书房颇安稳，虽高谈，亦无悖戾语。惟夫妇间乖戾之气太甚，乃眷肝厥几死，而伊仍与之呕气。以致石甫兄不放心已极，百般劝戒，不能听从，真可痛恨！乃眷系陈石士侍郎孙女，知书能诗，而又敬公姑，不解姚生是何心肝也？

现在石甫无奈，欲将姚生一人带至扬州运署内，使其妻暂为将养。不然，其妻必死。而姚生不肯独往。石甫无奈，又生一法，请我与同馆诸生(一姚、一陈、一张)一同往扬州运使署中，坐馆讲肄。在石甫诚无如何，而我以师席，仆仆往还，殊可发一大笑。我亦无辞以却之，于初二日便行，然已照会明白，廿外必返淮城，为辞修县志事。俟到扬州再看姚生光景若何，以定午节后到馆与否之局。

现在吴生稼轩殊为惶急，约初旬内亦到扬州，候我同归与否，亦未定规，或者先归亦可。至陈、张诸生无不心怀愤闷。大抵诸生皆以为今年得极好先生，可以并力用功，偏为此一人搅闹，故皆不悦耳。即姚生应昌与诸生谈，亦佩服先生甚力，而自云乖戾性情，万不能改。我屡教以变化气质，求和求静。伊亦唯唯，而旋说旋忘，万难受益也。似此光景，大可搁起。所恋之者，为石甫兄雅谊及陈、张之惓惓依归耳。

廿外必归，不到月底必到家，再谈一切。修县志事，同事诸君令人惊怪，我力辞不与闻，答俭卿信望封口即递。邱孚伯及岳世兄信，望封口送邱处。阜宁书院三月初二日卷已在此地阅毕,现送张三爷邮递矣。我到家即往阜宁,不能迟也。余候续布。此问汝母以下好。

致亮弼(五月廿六日)

五月廿六日,父字与亮彝、亮熙览:

予于廿三日午时开船,廿五日未刻到运署馆中,身体安顺如常。张德生、陈梁叔、姚心完均在馆中,惟幼山仍管账房,不能读书。心完神色渐腴润,自云心气略凝定矣,未尝非进步也。稼轩亦设案读矣。亮弼坐案初设,从事于时墨之警刻者。此后馆中三四人,须三、六、九日作文。不过月余,七月初旬,张、陈即赴省垣矣。心完应试与否尚未定也。

亮彝在家,读书、保身、照应家事,三条皆宜刻刻警省。若亮熙则专从事保身而已,书不必废,但勿以之耗神,药可不服而饮食则宜调协,第一要忧郁恼怒不萌于心也。阜宁课卷至今未来,殊不可解。周培斋稍愈否?汝姑母能来家否?请旌节孝底子系从丁俭卿要来,似夹在《华亭王氏行述》中,汝试一查。查出,望附入家信中寄来,切切!昨检书箱,误携《班马异同》三本,《世说新语》一本,《李长吉集》一本来,可见汝辈查书不清白也。鲍事如何?鲍星翁连日病稍减否?可说我问候。此问汝母、汝两姊、汝嫂、汝昆弟及二儿妇好。

致亮弼、亮熙(六月十九日)

六月十九日,父字与亮彝、亮熙览:

十七日接到汝五月廿八日信,知五弟于初四日化去,悲涕不禁。又审其仍用旧棺,诸事草草,更堪悲痛。我既出五千文,与之营棺木,吾家已用去若干,余仍送与五弟妇用可也,切嘱,切嘱!周培兄竟不起,亦可伤悼,其家自此益衰矣。买侄竟私往数里之外,数日不归,此事实属可恨,现在不复命之来馆,亦甚为妥当,何必将来又添一番口舌?乃以此转致闲话,殊不可解,俟吾到家再议。

亮熙仍未痊愈耶？心甚悬切，务要小心将养。大抵静则生水，水转生木；动则生火，火转焦木；木主肝，肝生心。汝痛在心、肝二经，总以恬旷静镇为主，则心不惊而肝亦宁矣。此内功也。昨毛生甫云："三令郎既系先天肝虚，总非滋肾培水不可，须每日取海参白炖吃之，最为得力，不必服药。否则或以鸭子配之，稍用作料亦可，吃至三月，断无不愈之理。"此外补也。二事汝务宜遵照办理，不可有误。

我准备七月初旬回家，汝可不必焦望矣。陈、张二生于七月初赴省，亮弼随我回家，廿日外再行南下。车桥船伴、寓伴大约与王海霞、卢晓梧、刘汇三父子同，汝可先为照会。但我意必令汝兄走栖霞，以避长江之险，汝亦宜照会伊等，切切！阜宁课卷五月两次均已送来阅毕，托本县张介翁邮递。前接阜令张云樵信，渠已将明岁关书送至周太尊署，家内未接到，是等我回郡再送也。茔地与范姓争界，范姓实属猖狂之至，势非涉讼不可！我到家即议此事。心绪草恶，一至于此。

兹寄去扇一柄，系仪征汪世兄送与亮熙者；又香珠一串，亦系亮熙嘱买者，望查收。我现在精神颇佳，每日服毛生甫所开丸药，亦无弊窦。此问汝母以下好。此后吾不必寄书，以初旬便归也。如无要事，汝亦不必寄书来。早间晤严旭初，知家中皆好，惟亮熙尚未痊可，心更悬悬。鲍三兄近亦渐好，其讼事可缓甚佳。但不可有他处举动，以触人之怒矣。外，邵、鲍及元敬处扇四，望分送。

戊　戌(1838)

致亮弼、亮彝、亮熙(二月初六日)

二月初六日，父字与亮弼、亮彝、亮熙同览：

我于十三日天明开车，廿九日午后到京，直至孔宥函宅卸车，一路晴爽，未遭雨雪，身体亦不甚惫，现已定寓宥函处。宗子翼又苦劝我进城到伊宅住，予意在此甚静，不欲迁徙。

在路颇读时文,并使之成诵,聊以遣日,非于此求进也。然读时文必须成诵,方有滋味可咀。汝曹用功不能得效者,恐是所读俱未成诵之故,多诵一遍自有一遍意味也。阜宁书院事,汝曾晤霍用宾,又谈及否?太尊已有信往阜否?陶制军处禀帖已邮寄去否?曾有覆信否?姚石甫有信来否?汝下次信均望详言之。王景洛汝已会见谈过,伊能来否?

在京晤友人,俱云祁学院文尚才华,赋讲律赋,杂体诗颇学黄山谷、虞道园,讲清瘦一路。汝辈于经书务宜常常检诵,万万不可作空疏直白文字。每日总须安坐勿出门,先要保护身体,次即着实用功,切勿再玩愒矣。府县考期有的信否?汝月课卷已誊送否?家内院墙何日筑之?且俟便兑清亦可。洪牧堂曾来车桥镇否?须邀之一看为妙。郝镜渠来镇亦可看,或云不逮洪君,亦未审然否?

汝前月带家信想已交丁俭卿矣。此后可送至韦金圃宅,转寄"顺直门大街天门会馆南首路东刑部孔宅"为嘱。春寒,家内总须保摄。余容续寄。此问汝母、汝妹、汝妇等好。

致亮弼、亮彝、亮熙(二月廿五日)

二月廿五日,父字与亮弼、亮彝、亮熙览:

本月初五日发一信,由韦五弟处寄归,未审已收到否?现在我身体甚好,家内可无挂虑。昨俭卿来,收到家信,并套裤一双,《吴野人诗》一本,具悉家内大小平安,甚为欣慰。兰岑亦同我与稼轩在孔宥函家。房子颇宽绰,但此番搅扰太不安,且俟徐议。县考闻在二月中旬,现已考过,高低不足计,亦需慎重其事,不可大意。府考的在何时?均望寄信来。陶、姚处无书至,二月间房价将何措办,实属可忧之至。张德生尚未见来,石甫恐未必有书托之也,未审若何?黄少霞举孝事,部费之项未审若何,容再问明。至洋钱六元,不必寄来,我代筹划可也。周监已捐,领照尚需时日。时文现在付刻手钞写,尚未动手上板,二事均未必在四月初齐备耳。汝辈闲暇务宜用功,不可抛荒时日，平居切勿出门。周炯、荣锦、郭斗等皆考得高否？念念。余俟续布。

致亮弼、亮彝、亮熙（三月十六日）

三月十六日，父字与亮弼、彝、熙览：

来京身体甚佳，到闱中初九日忽发头风，首艺文字不甚如意，其势未必有成，殊闷闷也。现在出场精神又好，此真命数使然耶！县考已过，汝辈非前列矣，曾覆试到底否？久不得家信，甚为悬切，家中人皆安好否？不中既是意中，归去甚急，五月初必到家矣。然汝辈家信尚须一、二次来也。府考即在此月耶？场屋文字总要审细而有气象。气象散漫单薄，便不济事，切切！余俟续布。此问汝母以下好。

致朗陵兄（一）

大兄大人启：

今早有一函奉禀，亦为郝春堂事。此款无论归于何人，弟意总要在起身前到河帅前追论明白而已。四弟事渠恐涉无用，欲先发一信，观其行止而后往，坚执如此转托。弟奉闻郝半村信可先托王古乡寄去，并望兄写一信与古乡，可以兄弟连名与古乡也。此系四弟意，望吾兄酌之。余容面禀。即贺春祺，不一。

弟：德舆拜　正月四日未刻

致朗陵兄（二）

大兄大人启：

弟到家后连寄两信往沭河，何以止收其一？五、六月间在家闲坐甚适，忽遘大女之变，惨切心腑，合家涕泗。现在家内诸人为此各带病痛。弟妇半身麻疹，大儿肝郁胃痛，饮食难进，拖病去考。弟时刻焦虑，三儿肝热头痛，夜间手足惊动。延董佩兄来此三日，头痛已住，夜间手足仍未甚帖。然弟缘不能往送大儿考事。现在三儿稍健,弟一准明日往城。就是伊不取,亦略住数日,乃妇、伊精神颇惫故也。邱大爷二郎(名奕)亦于本月大去,儿妇为此亦悲伤无似。家内真不成境界。五弟妇之来,实出意外。弟家襞实难容,四弟处亦无可着,不得已往曹甸暂住。弟连夜写信遣朱三到沭,请大兄及五弟同归,商议此事。弟连日心在刀尖,实无筹划之法也。弟来岁馆事,毫无打算。吴宅之说并无影响。中秋一过,便拟往苏州见陶抚军,谋一书院,未审相待如何?千里求人,已堪浩叹,况际此骨肉伤损之秋也,尤可涕也!闻禾稼只得半收,明岁事又未定若何,若何?所委事时刻在心,断无不尽力谋者。现在并未闻出一缺,明年逢考,此事良不易谋也。弟明日入城,约初五、六日乃归。兄即在初旬内外来镇畅叙也。草此上复,即请日安。并请二太太福安

弟:德舆　顿首　七月廿九日

致大嫂

大嫂大人尊前:

今日午后接锦侄信,方知曹河田亩锦侄业已议定价钱四百八十千文,又即晚成事,约桂子到朱河,一同成契。此事前此舆绝不知,锦侄公然与人谈定,到约桂子时,方顺便告知舆处,殊属荒率已极。舆恐此事锦侄未谙,吃人亏而不知,即叫来人命锦侄当晚来面问一切,今晚暂为停阁,明日再议。

舆思此事价钱似乎略少,必须五百以外方可。据锦侄云,价已讲定,万难再添。舆以为家统于尊,自应请问大嫂大人主意如何?如果嫂意可以四百八十千之数,则行之方为合理。又此田系卖与朱宏绪为业,朱之为人,平素颇不理人口,惟恐兑价时,期限、钱色不能应言,必致多添口舌,不可不预为斟酌。亦应请问大嫂大人,是否可以卖与朱姓。又此田既卖之后,此钱作何布置?锦侄做事草率,或买田典田,或放支头,或堆垛,未必皆中款要,诚恐钱在手头,易于泼撒,难于

收拾,必须预先酌定何处布置,方可出手。故在事先特请大嫂大人示明何用,不能尽随锦侄任意施行,方可放心。

为此三条,故特专札上禀请问,总以大嫂自立主张。若说听锦侄施行固不可,若说听舆斟酌办理,舆亦万万不敢专断也。即候示下,遣人速回。明日午后锦侄仍往朱河商议此事,成否只在明晚定规矣。闻二伯母精神不甚健,连日好否?舆为病体所累,至今未能壮健,故未能往曹甸请安。谨此上问,并请二伯母福安,大嫂大人日安,不一。

叔弟:德舆　顿首　廿五日灯下

养一斋日记

潘德舆　著

自　序

闻前辈多有日记册子。或自勘言之臧否，行之成败；或记文酒过从之人；或述山川游历之趣。常则晴雨节候，变则郡县灾祥。大则当时有关系之事，小则逐日所览诵之书，与夫友生之论辨，触兴之诗词，皆一一书之。所以防遗忘，警勤惰，备搜择，非无用物也。仆穷居无可表见，又壮而不学，闻见鄙陋，昼之所为，大都琐琐，渺不逮前辈万一，诚何足记？然自揆性习之病，无恒为大，若用此册子当小儿子上学日程，验恒心与否，是或一助欤？眼前细碎事，虽不足录，而吾志虑之所接，不得而忽也。因为日册，断自辛巳年立秋日起。秋者，严肃之气，立者，耸特之义。仆之颓放久矣，不肃不耸，日之所记，其亦可书也。道光元年岁在辛巳立秋日，艮庭居士潘德舆书于养一斋之东轩。

卷　一

七　月

道光元年辛巳(1821)七月十一日　卯正三刻立秋，枕上作七绝一首。与胡舍南书，议省试买卷事。与邱勤子书，问其季子出痘佳否？胡仆寄去。与梁生法书，议省试寓伴。为沈节母作七古一首，梁仆寄去。艺甫弟来，论七婶病状。周巨川、程掌衡来，诊长女、次儿病。次儿时疫十一二日，尚未解汗，前后服大黄一两余，胸膈宽，头热未退。舅氏、月江舅氏、邵生全昌来，问儿女病，并谈商生传易病状。遣仆朱大问郭蘧蘧、鲍生抡彦病。时大疫流行，由江达淮，由春入秋，死者累累相望。有病炊黍疏即死者。先是春夏间，或时疫右胁痛，或羊毛痧，汗下，亦皆死。一变为麻症，由手脚麻至心即死，再变而为上吐下泻，手足厥冷即死。又闻摇头瘟、穿心瘟、烂肠瘟、猴子瘟、兔儿瘟，奇名怪症，种种不一。猴子瘟者，得病则欲人痛鞭之，如不见血则死。兔儿瘟者，病人以手足掘地，如兔之钻地为窟。治法，使人握其辫发，就地上倒拖之，背不见血则死。以我所闻见，医者，卖药者，卖棺椁者，卖冥镪者，舁棺者，习阴阳者，皆积有利息，奔走得意，而郡中死者殆以万计矣。传闻梅桃桂皆花。大暑十五日中，吾固无病者，亦无日不绵衣，无夜不绵被也。郭蘧蘧以词来索和，中有句云："破律阴阳，把旧谱翻新了。寒燠雨旸征并见，梅桃莲桂花同扫。"谓此。为葛锡经书寿对、喜对，葛仆赍去。延月江舅氏诊七婶病，七婶胃痛颇剧。访韦敬斋，至舅氏宅，至商生传易宅。周巨川来诊妇病。妇泄泻数次，微呕，服藿香正气丸，稍定。邵孚安、立三、刘汇三来问妇病，舅氏、表妹皆来。至月江舅氏宅细询七婶病势。月江舅氏来，问以旧游牛首、祖堂之胜，谈至更余，乃去。

十二日　周巨川来诊妇及次儿、长女病。艺甫弟来，述七婶病稍减。韦敬斋来谈商生传易事。舅氏、月江舅氏、刘汇三、邵生贻昌、卢晓梧表弟来，问家人病。赙任母、赙严君琅。月江舅氏示《题陆生孟月遗诗后》七古一首。苏生浩书来还明版《世说新语》。与苏生浩书，议省试伴。午前微雨。邵立三、刘汇三来，议省试行期。史佩鸣、严来东来问家人病。赴任宅吊。过史韫东宅，晤纪燕亭谈鬼。吾谓："鬼即有之，不过少年气血稍盛者。若老而病死，则未必有也。其必有之，冤抑横折者耳。若冥王则断断无有。"晚大雨。蘧蘧以小疾不赴省，作词自遣，依韵和之。

十三日　周巨川来诊次儿病。次儿头热已退，脉亦静。月江舅氏来问家人病。妇泻渐止,长女亦解汗进食。至鲍生抡彦宅问其病状,泻亦渐减。午前微雨,至晚不止。至七婶宅问病,食稍进。至刘汇三宅,晤舅氏、李郁文、邵立三。李为车桥应试者卜,云"必有中式者"。爻象现病状。予卜入省安否?"官鬼持世,殊不吉。"然予不能以占之不吉而不行也。舅氏云:"俟月半日,盍揲蓍占之?"予曰:"蓍即不示吉占,又能中止耶?此事自有定数,非人所测,姑就目前当行者行去而已,然揲蓍亦古义,试为之。"至郭蘧蘧宅谈食顷,冒雨而归。鲍生来,颇以不过江看山水为大戚。然泄泻后精力终惫甚,未能远行也。晚检《淮南诗钞》与儿辈看。

十四日 晚晴。周巨川来诊妇及次儿病。妇泻终未止,次儿余热未尽,仍服药。舅氏来。商生传易来馆。舅氏念其为故人子,力督责劝勉之。午,家祭,蘧蘧、月江舅氏来。与蘧蘧至鲍生宅,又同候邵母病。月江舅氏来问妇病。妇黄昏时微呕,胸膈不爽之至,服周药后,又以秫秫煎水和服藿香正气丸,一连日共服七八丸矣,泻呕仍未定也。一更后,月江舅氏复来问,所居止隔一堵,故得时时过叙,为遣闷计。二更后,吾头风大发,呕至五更,乃稍得眠,醒时灯犹未灭也。

十五日 晓雨甚。儿辈拜先师,吾以病不与。周巨川冒雨来诊妇病。检《大清会典》。雨至午不止。夏雨苦多,秋又连雨,圩田出水不及,多损伤者。米价三千八九百钱一石矣。午后雨更甚。邵孚安、刘盈初来问家人病。月江舅氏来谈诗小饮。检乙亥、丙子旧作时文。夜,大雨惊寐。

十六日甲子 晨,小雨。揲蓍问南行安否?得"讼之渐",占本卦及《巽》卦之彖辞,以《悔》卦为主。周巨川冒雨来诊妇病。次儿头复热,手足复凉。午,雨止。刘汇三、郭蘧蘧小饮。月江舅氏、邵立三、舅氏、鲍生来,李郁文来论理数。以理为浅近,数至难测识。予曰:"理至难测耳。果识理,则数无不可知者。理者,数之母也,体也。数者,理之持也,用也。君细读《易》便知。"李云:"吉凶诚难知哉!"予曰:"吉凶非祸福也。吉凶者,理;祸福者,数,不可并为一谈也。然圣人只论吉凶，不论祸福，可知理包数矣。”严来东来问家人病。午后又微雨。次儿热甚，喜睡。一更，周巨川来诊，留之饮。与偕候邵母病。夜，喜见月色。

十七日 晨仍雨。妇泻止，次儿热未退。巳刻，复大雨。周巨川来诊病。检《明史·刘青田传》。未刻，复大雨，积水满庭，楹湿蒸如汗。里中人以上吐下泻，死者甚夥，皆湿干脾胃所致，医目之为湿瘟，恒雨之气也。钞近作诗词。至七婶宅问病。至邵宅问病。邵母病笃，已易小敛衣，偃卧内寝中矣，邵佩阶尊人也。晚雨未止，夜犹闻檐滴声。

十八日 晓晴。人相对有喜色。陈竹轩、李郁文来谈。周巨川来诊次儿病，表热解，衷邪未通，又服大黄三钱。舅氏、艺辅弟、蘧蘧来。留舅氏、蘧蘧、竹轩小饮。月江舅氏、刘汇三、纪燕亭来谈。邵贻昌来请创阿嫂讣稿。午后小雨。晚，月未见，檐溜涓涓如昨夜也。

十九日 晨雨，旋见日。邵贻昌来。周巨川来诊长女、次儿病。邵立三来。延陈济周来诊次儿病。次儿心烦，手足凉，喜睡。舅氏、蘧蘧、月江舅氏、鲍生来，印宸侄有信到，问大兄看葬、卜葬日事。留月江舅氏、蘧蘧晚饮。方闲叙间，次儿忽大小便齐下，小便并不自知，头汗如珠，喉间痰“格格”不能吐，手足如冰，气上下欲不相属，唇舌皆白如纸，目光弱而定，举室惶骇，无所措手足。稍稍以麦粥饮之，齿初不能开，渐能“咽咽”咽，唇转微红，手足指亦略温和，而心与两手脉仍上下如击鼓，气短不能言。即延陈济周复诊，谓脉尚有根蒂，戒家人勿煎迫。妻、子、宾客之心稍平。予亦甫觅晚饭。先是予项筋偶捩，苦不能旋顾，至是不知其苦，盖合家纷纷扰之，自黄昏至二更半乃少定。既而次儿眠，则盗汗大出，手足转热者复凉，旋遍体皆凉。予又虑其汗之不胜也，稍欲眠则唤之，以薄粥强饮之。天平明，眠熟，亦渐无汗。予乃敢就枕，命家人以生地黄、地骨皮等药饮之，能自饮薄粥半盏，稍稍在枕上作嘻笑声。予之惊恐始大定也。揆厥所由，以儿平日资禀尚健，故屡以峻下之药投之，虽藉是得汗解，而神气已大受损矣。是夜,月明至晓。二更时,邵震寰、其昌、全昌来问病。

二十日　晨微雨。予就枕顿饭时即起。月江舅氏、蘧蘧来问次儿病。周巨川、陈济周诊脉,谓渐静,热邪退舍矣,但须养阴药调之耳。长女时寒时热,亦虚羸所致,但须以养阴药调之。邵生守昌、鲍生抡彦、陈竹轩、鲍方周、鲍星阶、李郁文、舅氏、晓梧表弟、陈生礼谟来问昨夜惊恐状。邵佩阶尊人遣介来问。王生景洛札来,问省试行期,予以次儿病体未定,长女热未退,意决不去,作札答之。午前雨,旋见日。留蘧蘧小饮,雨色又到,遂去。雨色转而为风,凉彻堂奥。寒燠不常,宜受病者累累也。胡舍南覆书至,谓买试卷已托丁粹孙,时疫可畏,城内赴省录遗才者约数人耳。邵母前易小敛衣者,吐泻竟止,病减其太半。同里李生永清新入泮,服公服来拜。杨容村先生讣至。晚雨甚。刘汇三冒雨来谈,一更去。

廿一日　晓晴而霞,料午后必又雨。周巨川来诊长女、次儿病。次儿食渐进。长女汗多心烦,殆虚热也。至七婶宅问病,病渐减,能思食矣。至刘汇三宅,谈省试诸作伴者分合事。苏养吾书来,谓省下疫气极盛,决不行矣。作札劝之。郭蘧蘧、李郁文、邵立三、月江舅氏来谈。陈济周来诊长女、次儿病。未申间,雨色果到,雷声自北来,甚厉。闻镇北一带路中积雨没人腰,秫豆可刈者寡矣。酉时,雨大至,雷迅疾骇听。雨二寸乃歇。传湖水盛涨,将议开坝泄之。杏儿忽滞下,疫后患此,气弥不固,心大忧恐,复延陈济周来诊。陈谓此气虚凝寒,乃服苦寒之剂过多所致,当以附子药投之。予心虽韪其论,而又恐疫后或有余热,附子纯阳之品,别滋流弊也。留陈济周小饮,迭询之,终不可更移。月江舅氏在座,亦以陈为允,予究不释然。三更后,复延周巨川来面订可否?周曰“可也”。遂服附子四分一剂。是夜,杏儿泄下十五次。

廿二日　晴　至李宅贺,遣介送贺仪。周巨川、陈济周来诊长女、次儿病。陈谓仍当服附子加以干姜。周以此非虚寒,乃实寒也,仍用倡导之品,济以温中耳。是日,药又极费周章。午后乃定议服陈药半剂。舅氏、月江舅氏、王景洛、郭蘧蘧、刘汇三、鲍抡彦、李郁文、晓梧表弟并来问疾。晚又遣人问陈，陈令仍服下半剂药。留王景洛宿斋中。是日夜，杏儿滞下共四十遍。

廿三日 晴 遣长儿至邵宅吊丧。遣介送吊仪。周巨川来诊长女、次儿病，谓长女宜停一日药，次儿药止宜温中，不当助气，仍用槟榔等药。陈济周来诊长女，谓宜服桂附地黄汤；诊次儿，谓附子、干姜不可去，加菽麻四分。三日共服附子一钱三分矣。舌不干燥，不思饮茶水，身凉静卧，知附子甚得力也。留周巨川、陈济周、舅氏、郭蘧蘧午饮，周不来。王景洛先去，鲍抡彦、陈礼谟、艺辅表弟来。午后，端弟自柴沟至。鲍星阶、苞元表弟来，月江舅氏晚饭罢，来谈钱塘、若耶之胜。是日夜，杏儿滞下减至廿一遍，长女未服药。

廿四日 晴 周巨川以酒病未来，或云霍乱谵语。陈济周来诊长女、次儿病。谓长女阴阳皆损，断宜服地黄汤加附桂，如必生疑惑，附桂可减，然须多服至十四五剂，乃得完好耳。次儿不服附子，正宜异功散养气，以舌苔渐黄，略思饮茗故也。是日，次儿滞下，自晨至午未间裁三四行，饮食甚进。至月江舅氏宅问病。舅氏、月江舅氏、苞元表弟、鲍星阶、方周、抡彦、邵守昌、李郁文来问病。午后，梁生法自安丰来，省试行期定于廿六日。先二日来，就同伴也。苏养吾书来，省下疫气渐平，复赴试矣。予覆札令其二十五日来舍。端弟赴泾口。纪燕亭来问次儿病。刘生汇三、任浦还、邵立三、苞元表弟、鲍抡彦来谈。留鲍生小饮。两日来苦热，是日差凉。

廿五日 鲍星阶、韫华、抡彦、苞元表弟来，至任宅贺。至月江舅氏宅问病。任浦还来结省试行伴。舅氏来，至邵立三、刘汇三宅。任宅贺客借斋中坐，客杂甚，喧呶聒耳。有为口伎者，歌吟粗率，弥不耐听。纪燕亭来谈。留郭蘧蘧、鲍邦士、苞元、树滋表弟饮。严宾国、韦右箴来。遣介延陈济周来诊次儿病，以滞下止。陈不来，令仍服昨药。大兄、大嫂自阜邑至。八四侄疟。端弟自泾口回。苏养吾不来，在受河候邵立三、刘汇三等同行。王景洛至。晚赴刘汇三宅饮饯。

长女服六味地黄汤一剂，心腹颇不甚洽。

廿六日 亥初一刻处暑。邵立三、刘汇三、王景洛、梁审之自舍登舟赴省试，送之河侧。大兄赴曹甸，明日由曹甸赴泾河关，入邵、刘舟南下。郭蘧蘧、鲍星阶、抡彦来。周巨川来诊八四侄疟。予亦苦胸脘闷塞欲呕。周以橘红半夏汤治。午前服一剂，稍舒爽，然午饭甚少。长女未服药，次儿仍服昨日药，皆能饭矣。马生书来，求作乃兄祭文，答以无暇为之，请舅氏代作。艺辅弟、舅氏、月江舅氏来谈。留蘧蘧晚饮。作《百字令》二章，留别蘧蘧。

廿七日 鲍抡彦、任浦还、刘盈初、鲍韫华、陈竹轩、舅氏、月江舅氏、韦敬斋、朱玉羽来送南下。蘧蘧将赴馆，留之谈一日，挟和诗来，末句"归来先看诗帙"。予亦未知此行诗兴何如也？延邵生其昌来，问南下船事。胸腹仍不甚爽，服姜橘饮子，稍平。端弟往柴沟，至史、范、严、卢、陈、鲍、邵、商、韦、周、刘、艺辅弟宅辞行。晚，留舅氏、月江舅氏、郭蘧蘧、李郁文、邵全昌小饮。胡湘南来，就斋中宿。月江舅氏、鲍生邦士均携和诗来，因复留《百字令》一章，为归日吟社之约。

廿八日 辰刻，舅氏、月江舅氏、鲍星阶、方周、邵其昌、全昌、守昌、刘盈初、任素存、李郁文、郭蘧蘧、艺辅弟、孙淳送予及任浦还。登涧河舟，胡湘南亦附舟入城。一路谈笑，殊不岑寂。申刻，至东门外，复买小舟，载行李至河下小坝。酉时，入渡江船。船户，湖广人，陈姓，荣海名。船颇宽净可坐，予与浦还、朱大，主二仆一，甚清静无哗，瀹茗论诗，煮酒听雨，致足乐也。遣朱大延邱琴沚入舟谈，因留之饮。俄篷背雨声甚紧，琴沚去。是夕，船未行，宿湖嘴。

廿九日 寅刻，船初行，风水瀌瀌惊梦。因忆夏间黄少霞寄予诗云："客梦五更熟，篙师理棹忙。人声出烟雾，水气入衣裳。"谓其能尽水程晓行神理，今益信。胃微痛，又服姜橘饮子两盏。午过宝应，与浦还象戏射覆。将晚，作《舟过宝应、高邮间即事》绝句四。晚过大安沟。丙午过此，记西岸有古柳二株，甚盘屈有佳致，与郭蘧蘧同爱赏之，黄昏不复辨矣。酒罢，和浦还《感怀》五律二。舟人皆眠，又与浦还象戏两局，乃各就枕。是夕，宿清水潭。

八　月

八月初一日戊寅　枕上苦胃痛腹涨，披衣又服姜橘饮子，命侍者即以姜橘入茶壶，供一日之饮。未起，过高邮，北风渐紧，船行甚驶。予以小疾支枕，风涛汹汹如奔马万群也。午，微雨，过邵伯埭。埭上来鹤寺极幽，己卯秋游此，同游诸君，惟郭蘧蘧未来，作《长相思》一阕寄怀。浦还咏《露筋祠》，依韵和七绝一。复和其《舟中即事》七绝一。舟行水乡，当饱鱼味。午饭无鱼，意颇不适。偶成《口号》，末二句云："不知帆转前陂外，可有小船来卖鱼？"斯须，一渔舟来，虽买鱼无活者。勉供匕箸，非酒人江湖佳趣也。风转西南，卸帆摇桨，过扬州钞关。小泊河岸，懒寻旧游。船窗无聊中，偶读董苍水"重过维扬"《眼儿媚》词，爱其婉宕，依韵和之。舟行扬州南，群山来迎，水色弥碧，作《浣溪沙》一阕，并邀浦还同作。晚宿三叉河。复作《浣溪沙》一阕。酒间，与浦还联句。黄昏后胃气稍平，以服苍术、厚朴等药也。高旻寺钟声甚近，清入梦魂。至三更，眠乃熟。

初二日　晓色未动，舟人便起。日出抵瓜州，即呼浦还起观江景。作五律一。服昨日二和药。微风渡江，波平如掌。唤带江舡并行，情之至也。船子意颇不需此。中流作《满江红》一阕。早饭罢，入新河，金、焦未游，留为归来计。新河中风景虽不阔，而青山竹树，沿路不绝。居人或耕或樵，或渔或贾，皆得烟岚之妙。舟中杂书《绝句》廿四首，犹未尽其趣也。若由扬州至真州九十里中，河流相似，山色未浓，逊此多矣。将晚，夕照入山，万种彩翠，远近异色，极善画者恐亦难到。拟今夕泊栖霞寺下，西风逆水，至龙潭便住。苍术、厚朴等药颇有效，胸腹不甚梗塞矣。抑山水佳境之所疗欤！浦还晚间得句："鸥边罾□涨，牛背笠斜阳。"极工。因劝其以余力付词笔，抒怀抱，遣愁思，第不可存讨好心耳。因相唤"讨好"二字，岂独为诗词累也！遂各饮一大白。

初三日 早饭时到栖霞镇,雇驴并肩舆入城市。小驴稀晨都行矣,不得已留船中一日,成五律一。午饭罢,与浦还访般若台主持卓群,并托雇肩舆、驴子事。作《与卓公》五律一。由般若台至幽居,又至桃花硐、法云庵。卓公忽指谓予曰:“青松翠柏还如此。”予答云:“长借高僧作主人。”卓公送予下山。晚,从十步桥放舟至栖霞寺前宿。作“与卓公话旧”《如梦令》二。夜与浦还饮,皆醉。二更乃眠。

初四日 黎明便起,栖霞寺最高峰顶,云气缕缕不绝,斯须弥山谷,恐今日雨。俄朝阳甚明丽,云日相映,山翠万重,不辨浓淡。浦还策蹇,予坐竹舆中,一路峰峦迎送,草树高低,旧景依然,幽情倍长。作《虞美人》词,以蘧蘧昔游栖霞道上,有《虞美人》词数阕,粘予斋壁,每当卧游,今用其调,志怀旧也。至岔路口,饭,甫成四阕,为浦还诵之。饭罢就路,复得四阕。午,入太平门,至铁老鹳街,知大兄、邵立三、苏养吾、刘汇三、王景洛、梁审之寓东水关黄宅。未刻,予与浦还到寓,寓共八人。黄姓者家颇有弦管声,殆平康中人物,予等亦不必避也。寓颇宽绰,足容多人。饭罢,与立三围棋。将晚,胡蔗坪、阎量才、王燮夫、丁粹轩来。粹轩寓与予邻,予至其寓。晚饭罢,烧烛写今日所作词,约明日游莫愁湖。一路精力甚劳,牛首之游,待出场后矣。夜,作家书。

初五日 未刻起。铁山表弟来。作《白门古柳》诗一、《三圣庵感旧》七律一。至毛玉柯、胡舍南、阎量才、屠湘洲寓,丁粹轩、丁俭卿、刘稚堂、高九峰、赵午桥、杨丙初、屠湘洲、湘帆、舅氏来。午饭罢,与卢铁山、邵立三、任浦还、苏养吾、王景洛、刘汇三、梁审之买舟,携棋、酒游莫愁湖。舟中与立三围棋未终,至南门内桥,风色凄紧,衣绵者犹有凉色,遂舍舟登岸。出南门,游报恩寺、雨花冈。同人畏风,惟汇三、审之登冈四望。已,皆至永宁泉。先买新茗,但用泉水煮之,佐以银杏、新栗。茗尽两壶,蕿酒围坐,拇战甚豪。斜日在山,侍者告酒罄,各饮茶一盌而出。谒方希古祠。入城,灯火满水榭。登舟,成《城南即事》五律一、《谒方公祠》五律一。至文德桥,铁山别去。归寓晚饮，立三、浦还各歌小曲。厅外女校书闻之，不知以为何如也。女校书，名宝珠，《秦淮画舫录》中铮铮有声者。闻胡舍南疟，提灯往候之，其寓中客皆闭门睡矣。归而吾寓中诸友围棋闲叙，兴犹未阑也。点烛，写今日诗。

初六日 早，候胡舍南，促其至汤济五处诊病。与立三往卢铁珊寓，一路喧杂已甚，耐行三里许。为鲍生买荀、扬诸子，未得。归，由魁星阁买舟，过李静修舟侧，便通候问。李乔梓皆他出，未晤。寓之主人置酒宴宾，命双小鬟抱琵琶、三弦而出。同人雅坐浅斟，却其低唱。双鬟甫通半语，复婉婉入房，殊非主人意也。然风流真趣，无声正胜有声耳。酒罢，与养吾、景洛、汇三饮茶万花园，茶半，复饮酒，如昨日雨花冈下事。酒间，成《万花园即事》七绝四。斜阳半窗，信步出园而南，至正觉寺。寺楼阁壮丽，为一城招提之冠。所费巨万，以寺僧与剿白莲邪匪，奉敕修建故也。将游周孝侯读书台，风凉袭衣，出正觉寺门便归。晚，与立三奕，成《游正觉寺》七绝一。

初七日 赵午桥来，为午桥书扇。戚湘南来，蔡表兄砺庵自无为州来金陵。早晚归宿迁，摒挡入闱考具，琐琐不堪其烦，戏作五古一。饭罢，浴。问胡舍南疾。将晚，宜兴蒋生来，问马锡飞消息。

初八日 辰刻入闱。正主试汤名金钊，浙江萧山人，嘉庆己未进士，现任吏部左侍郎；副主考，熊名遇泰，江西新建人，嘉庆戊辰进士，现任翰林院编修；监临江苏巡抚魏名元煜，直隶昌黎人，乾隆癸丑进士。是日，天酷热。坐“有”字号，同号有胡舍南。午后，与梁审之饮任浦还号中，拇战亦甚豪，竟大醉。一更归号卧，四更乃封院门。

初九日 黎明，题纸下。头题：“君子之于天下也”一节；次题：“郊社之礼”一节；三题：“无为其所不为”二句。诗题：“所宝惟贤”得“贤”字。午刻，首艺成。午后，日光烁面，热不可当，头风大发，至四鼓未得合眼，不能作一字，不待言矣。是夜痛楚不堪，深悔恋此名场，自诒伊戚，无可奈何，只索安坐待之。五更吐稍止，神气渐静，得一小觉，乃为次艺。

初十日　黎明。三艺、诗成,写至午乃毕,交卷出闱。头犹有余痛。晚,小饮数杯便卧。

十一日　晨刻入二场,坐西总门内“孰”字号。号对坐火炉、水桶都无顿处。巳刻微雨,旋止。遍至诸同寓号,诸同寓亦来阅卢兰士、任浦还、王景洛、刘汇三闱艺。邻号桐城江生者,亦以闱艺畀予览,文不甚工,人殊疏落不羁,殆久幕于外者。问其名,固不言。视其卷端履历,靳不与。叩其故?慨然曰:“身贱多惭问姓名耳。”问其字,则答曰:“北岚也。”黄昏便卧。

十二日　丑刻,题纸下。《易经》题:“九五显比”一节;《书经》题:“在璇玑玉衡”二句;《诗经》题:“呦呦鹿鸣”二句;《春秋》题:“遂城虎牢”四字;《礼记》题:“五声六律十二管”二句。二更真草全。号门开而复闭,未得出,复和衣卧。

十三日　巳初二刻,白露。黎明起。盥洗烹茗,食饼饵毕,乃出闱。阅苏养吾、邵立三、梁审之闱艺。卢兰士来。

十四日　辰刻入三场。坐“鳞”字号。号中某生吐泻不止,监临遣医来针之,僵卧号舍中,不肯纳卷出。省下此症极多,二场某生以此死号中。病而舁出者累累也。闻刘汇三下痢七八次,奔问之,神气尚帖然,殆食滞,非时疫也。晚,与舒城朱生谈,乃丙子头场同号者。相对各拈须而笑曰:“此较长矣,时光可知!”江宁凌生以闱卷示予,文甚平平,已牢骚自诉五入棘闱之苦,予笑而不暇与辨也。是夜热甚。

十五日　子时,题纸下。策题:《为治道经学史学说文盐法》。未时,真草毕。出闱时如释重负,神气顿兴。开箧觅日册子,补写初八日以来未写者。月下对酒,作《水调歌头》一。三更后,东关步月而归。

十六日　浦还与胡舍南同船北归,作《长相思》“送浦还”二阕。午前,与汇三饮茶万花园,作七绝一。午后,与大兄、立三、汇三、同乡金生出水西门雇船,拟游莫愁湖,而船价久不决,至日落乃定。同寓七人分二船,船主皆湖广人,一李姓,一黄姓。莫愁湖又不果游,匆匆入城登小舟，皎月在东，烟水楼台，荡摇明润，城南塔灯齐上，玲珑远映，夹岸丝管声送迎不断。予以衣薄怯凉，至魁星阁登岸。金生亦来寓，晚饮。生故善歌，歌小调、昆曲二。二更去。

十七日 相者周生来。西城水门众船拥塞，所雇归船未能入城载行李，因复留一日。金生复来。写诗扇头与栖霞寺卓公。午后，抄近作诗词。将晚，与同寓诸君饮茶万花园。步月归来，与立三奕。汇三作七绝二，索和，和之。寓主人教雏鬟歌，弦索更迭。教者曰："此事须苦用功。"闻者皆笑。

十八日 归舟仍不能入水西门，舣通济门外，各雇挑夫出通济门登舟。是行也，抱憾者二：牛首山未游；莫愁湖游而又不果。皆俗役牵缠，资斧告竭所致。嘻！甚可笑也。予与王景洛、刘汇三本拟起旱至栖霞寺，雨色蒙蒙，遂相约入舟。至燕子矶，乃登岸骑驴，与同寓者会于栖霞寺下。是日，大兄、苏养吾、邵立三、梁审之共坐黄姓船，予与汇三、景洛则坐李姓舟，为起旱伴故也。午刻，冒雨舟行，由城东折城西，日已黄昏。饭罢，登西门桥，雨止霞未尽，黑云之下，日光射群山中，明暗异色，甚可观。入舟，点烛论诗，诵今日即事四绝句。景洛亦作四诗。

十九日 昧旦，舟过下关。日出时，山头水面，争吐云气，滃滃然不知是峰、是云、是波浪也。早饭抵燕子矶，南风晴暖恬静。舟人谓予顺帆而下，午刻便达纱幔洲，何必迂路新河哉？同人坚以为允，予一人难独往，遂寝登岸陆行之议，作七绝记其事。斯须出江，风平渐定，相与倚窗咏诗。予作七古一，汇三作七古一、五律一，景洛作五律一、七律一。午刻，果至真州城下。作《过真州》七绝四。盐船偪塞，舟不可通，复由运河折而南行，入江又东行，向瓜洲渡口。先是，船未入真州时，南风甚利，大可直达瓜洲。而舟子黄姓者，贪近就便，遂率予舟并入真州渡口，雅非予意。既为盐船所阻，复趋瓜洲，南风转东北。出江风色弥厉，涛声大作。时日已西下，霞光竟天，江面景色如画。而风涛汹汹，船颠簸不宁。同坐者神色耸然，然各为诗词遣兴。

予作《水调歌头》一，汇三作五律一，景洛作五律二。既而阳侯之波肆起，船以逆风故，仍直冲中流，风与浪斗，船与风斗，浪花高人顶丈余。船轻斜如弱燕，风浪如众虎啸林，如万马嘶沙场，如狮子搏象，如鲸鱼击蒲牢，人与蛟龙，不隔一间。危疑间，方谓咫尺可达瓜洲。而江海会一，云雾喷涌，日光已尽。金山宝塔，不知掷向何处？船为风浪所激，不得自主，已越瓜洲而东四十里矣。船子楚人，故剽悍，先犹高歌摇桨，至是乃痛相谯呵。予悔早间不由新河之躁率也。七月望日，揲蓍云"不利涉大川"，予故力主栖霞陆行之议。格于群情，冒兹险境，耳目震撼，性命如鸿毛，益太息，谓圣人之言不可不畏也如此。舟误趋东，复逆而西，转值顺风，昏黑中觅得瓜洲渡口。舟子喘息未定，入舱向予等贺。予问长兄等所坐黄姓舟，则适在江心，已跌入盘涡中，旋转如磨者再，其不坠陷鱼腹者，徼天幸耳！小泊，由闸下，予与汇三各成七绝二，记暮来事。两舟七人，互相劳问。予赴省来去渡江凡二十度，以此行为极险。汇三仆郭姓少年惊骇恐既定，犹诵佛不置。予晚皆满觥，亦自庆也。舟犹未停，至三更，泊扬州。予复成《浪淘沙》一。是日由江宁水西门启行，至扬州钞关门泊，并迂回谬误者，其行二百五六十里，险绝亦快绝云。

二十日 早，在扬州，同人买杂物，候之至午。午后过高庙，作五律一，过邵伯埭，作七绝三。既过邵伯埭，入甓社湖，湖水浩瀚拍天，风急浪飞，声势汹涌，不亚扬子江头也。船头高望，烟树历历，水乡风景，此为第一观。作七律一，和苏养吾"号舍题壁"五律一。汇三、景洛皆同作诗船窗中，吮笔分笺，居然吟社。晚饮罢，互相评骘，草稿累累然。予与景洛登床欲眠，汇三犹剪烛泚墨，苦吟不休，诗成为予歌，与窗外芦荻中秋虫相应答也。二更，泊露筋祠。枕上复作七律一。

廿一日 晓过高邮，作五律二。过黄姓船，与邵立三奕二局。奕未终，船欲行，复归李姓船。买鱼煮酒，酒薄，鱼亦无调和。予辈喜得渔家风味，不暇苛求也。与汇三、景洛分赋《芦花曲》，汇三五古，景洛七古，予则西洲体。诗成，传题于黄姓船中，索苏养吾和。养吾、立三先和景洛《高邮感兴》诗，甫送来，又以此促之。两船迭飞诗片子，舟人不以为烦也。立三来予船饮茶，与之奕两局去。景洛复成《纤夫谣》，纪粮船引纤之苦。予以奕故，未和。景洛旋又成《湖村晚睡》七绝四矣。予与汇三走笔成四绝和之。汇三旋作《舟中即事》七绝四，予与景洛复和之。既泊界首驿，登岸步之，养吾同行，诵适所和《芦花曲》。末二句云："秋风秋雨寻常事，两岸芦花笑点头。"寄情微婉，可令我辈言下大悟，相与玩讽不已。登舟对酒，复与汇三、景洛联句，得五言五十四韵。饮罢，景洛、汇三仍作《晚泊界首》诗，烛二枝尽，乃就枕。是夕，热似大、小暑时。

廿二日　丑末，船行。至早饭时乃至汜水，水逆风亦逆故也。粮船满河，嵯峨相压，船户又不善于避就。早饭罢，一粮船横来，纤不及收，舱板挤欲碎矣。须臾乃过，予与汇三、景洛同作《粮船行》七古一。过大树将军庙，作七律一。过宝应，作五律一。梁审之雇舟归安丰镇，停桡待之。由午至未末，审之去。为养吾、立三写扇五。未至平桥，同人已分作《过平桥》诗，予亦作五律一。日入，甫至泾河关，舟子以风逆水急，遂泊于此。酒罢，作"泾河舟次书怀"《金缕曲》一。泾河闸声如雷，眠不得熟，至三更乃稍蒙眬。四更，邵立三便呼隔船起行矣，舟子以雾塞难辨路辞。两船仍坚卧。

廿三日　日将出，舟人乃拨雾行。予起时，过平桥。既而雾开水净，晴色满川，风亦微顺，斯须至下一铺。同人犹各拈小帙，敲诗不置。予作《唐多令》一，将到岸，作《朝中措》词留赠汇三、景洛。登岸访琴沚，因留午饭。见琴沚《独游新路见怀》绝句四。饭罢，棹小舟出城东门，作七绝三。复登涧河舟，至三更后，乃与大兄抵家。乡中疫气已祛，一家长幼皆平善慰人意。此是第一乐事，纵名场得意，亦不足敌也。呼酒饮数杯，饭毕便卧，已五更矣。

廿四日　晨起。李郁文便来叙，月江舅氏、鲍邦士、邵得天、恪斋、舅氏、苞元、晓梧两表弟、鲍星阶、韫华、邵贻昌、承志、保昌、佩阶、陈锡蕃皆来。早饭罢，至史韫东、严来东、李郁文、艺辅弟、舅氏、陈锡蕃宅。至刘盈初宅祝廿一日寿。午饭时,月江舅、邦士复来,共检《南游诗草》日册。至鲍星阶、邵孚安宅。至取斯山房,晤盛阶平、韦右箴、邵立三,谈食顷。过桥至任浦还宅,未晤。衣薄微凉,遂归。晚作书与琴沚,并作诗三首。

廿五日　刘盈初、邵孚安、陈裕昆来,至舅氏宅贺苞元表弟入泮之喜。贺客凡十席。晤张荣安、王若愚。至刘汇三宅闲叙。复至舅氏宅。午饭罢,荣安、若愚、月江舅、鲍邦士、李郁文来,若愚去。留诸客小饮。荣安宿斋中。作书与妹及郭蘧蘧、王岳天。点勘鲍生诗,并作五律一题其尾。予午饭微醉,晚不复饮,谈至一更便卧。头岑岑作痛,四更后醒,痛止。

廿六日　纪燕亭、薛廷佩、鲍抡彦、邵守昌来,端弟自戴家社来。写折迭扇五。邵立三来,端弟去。午前浴。至纪燕亭宅,复至舅氏宅,陪昨日余客午饭。饭罢,至汇三宅,与邵立三、鲍星阶、韦右箴奕。日入,归。与盐邑李生七古一,并写扇赠之。

廿七日　早至艺辅弟、陈裕昆、周巨川、商传易、薛丈震峰、苞元表弟、史韫东宅。王生景洛入城过予。鲍生邦士来。盛阶平来乞挽章诔文。午至鲍星阶宅饮,座客为舅氏、月江舅、大兄、纪燕亭、邵立三、任浦还,酒兴甚浓,座客皆醉,予为甚。醉中至刘汇三、任浦还宅,又至邵立三书斋,皆朦胧不甚记忆。日未酉便归,卧至二更乃醒,亦不能啜粥矣,仍酣卧。

廿八日　酉初三刻,秋分。昨夜醉甚,至巳刻乃兴。邵生东服来。写扇二。将午,苞元表弟来,留之饭。鲍邦士来。写苞元扇一。邵立三来,邀至取斯山房奕二局。日暮,归与大兄对饮数杯,略叙家事,遂卧。虫声满耳,高斋甚清,梦中犹似在江南诸山间。一转侧,晓色已在窗矣。

廿九日　大兄赴曹甸。鲍抡彦来,金瑶阶来拜。邵佩阶、立三来,至邵宅午饭。回拜金生。饭罢,至刘汇三斋中,与邵立三、韦右箴奕三局。日入归。酒间,为八四侄、次儿、次女辈说鬼及杂笑柄。饮罢，圈点立秋以来册子，或笔法生动，或事稍有趣与稍紧要者，则圈其句尾，亦一消遣法也。

三十日 辰刻，陈竹轩、鲍邦士、邵羽吉来。涧河北岸史家回禄，诸客皆惊散。火止，羽吉复来。鲍星阶来，舅氏、邵立三来，约午后奕。午后，与邦士至取斯山房，鲍星阶、韦右箴亦至，奕四局。主人留晚酌，酌罢，立三仍与右箴奕一局，乃散。归斋候茶熟，阅《明史》王汝训、张养蒙等传。

九 月

九月初一日戊申 早起，谒家神龛，拜先师。鲍抡彦、邵保昌、商传易、邵承志皆来馆。写扇一。午后，至艺辅弟、陈裕昆宅。至取斯山房，与鲍西垣、韦右箴奕。晚，舅氏、陈竹轩、韦右箴、邵立三、刘汇三、鲍邦士来饮。又与韦右箴奕，饮罢，立三、右箴复奕。客散，作五律二。

初二日 邵守昌来馆。作《怀蘧蘧》五律三。午，雨。赴刘盈初宅午饭，与邵立三奕二局。为月江舅氏写诗。见刘汇三壁上有宋补梅、朱硐南、赵容垞、商润泉、胡湘南、郭蘧蘧诸人诗，感怀故人，作《悲歌行》七古一。晚归，雨未止。

初三日 晓，未晴。诸生课题："无为其所不为"二句；"爱众亲仁"论；"满城风雨近重阳"得"阳"字五言六韵。盛阶平来，托大兄择葬日。检《国朝诗别裁》。至盛阶平寓。晚赴韦右箴宅饮，与邵立三奕。晤任浦还，云城内赴省试者扶乩，得判语曰："前三三，后三三，三三三"，仔细看都不省为何语，且俟后验。闻顺天乡试改期九月，以时疫之气满辇下，士人多病也。饮至三更乃散。邀月江舅氏来饮茶，复坐听雨一更，去。

初四日 微雨。胸腹不宽，头微痛。检《国朝诗》。午晴。端弟来，复去。晚，胸腹弥襞塞，饮姜橘神曲汤。是日，粥饭皆减。

初五日 早，桂儿忽患手足麻木，手冷至腕，足冷至胫，急服痧药十九,延外科李俊三针之。针五,未见血。复以桂枝、苍术、宣木瓜、威灵仙等药,熬水熏洗,始得汗,冷转而热,麻木渐止。孙生淳来馆。邵立三、鲍星阶、舅氏来视桂儿。至范姨宅,王八舅、纪燕亭、邵震寰、孚安来,艺辅弟来,问余赴白下一路事。午后,检《国朝诗》。晚至月江舅氏宅饮,与韦右箴奕。鲍邦士来,将入城应月课。作书与其峒侄,赙杨丈容村,均托鲍生。桂儿至晚乃痊愈。

初六日 孙生疟,延程掌衡诊视。邵羽吉、陈锡蕃、纪燕亭吊敬斋。舅氏来,为商生传易宅借韦屋山立笔据也。李郁文来。午后点定诸生课艺。作书与琴泚。题刘汇三《南游杂咏》卷端七绝三,复勘其字句。周巨川来诊孙生。检《国朝诗集》。桂儿手复麻,仍洗药服药。

初七日 邵羽吉来。检《国朝诗集》。点勘鲍生律诗三首。谓生初为诗,须痛研练意格字句,必经营到十分处,久之乃造平淡自然耳,非初入手所易言也。周巨川来诊长女下痢。午后雨。作《坐雨》七律二。邵佩阶来。晚改诗。夜,大雨。

初八日 早,仍雨。诸生课题:"君子怀刑";"新诗改罢自长吟"得"吟"字。检《国朝诗》。周巨川来诊长女。午后,晴。至鲍西垣斋,艺辅弟、刘汇三宅。汇三至某宅吊,未归。月江舅、鲍生来,舅氏、李郁文亦来,留晚饮。鲍生和昨日《坐雨》七律二,诗颇清迥,惜少年人喜作萧瑟语耳。二更散去。道光元年州县举孝廉方正,学官将以予应。予笑而谢绝之,戏作七律一,示儿辈。

初九日 月江舅、鲍生来。至纪燕亭处,介其太夫人寿,留午饮,双螯甚雄伟。与纪桂亭、邵常如奕。饮罢,与月江舅、陈竹轩、鲍生西村闲步,遇田中阜起者,摄衣登之,溪光树色,弥望不尽,未尝非登高也。田歌不断,太平景色如画。足倦,入太平庵小坐,茗话联句,成五律三。诗不工,亦有闲趣。踏月归来,成《西村即事》七律二。是日,长女下痢渐减,服月江舅氏药。

初十日 鲍生、月江舅来,约至文昌宫小集。因偕至取斯山房,约舅氏、陈竹轩、李郁文、邵立三先往。纪燕亭、韦右箴、刘汇三后至，共十人。予与立三、右箴奕二局，复与舅氏、燕亭、右箴斗叶戏，鲍生与立三象戏。竹轩、郁文为座中应省试者大小六壬，各占一课，皆不吉。月江舅、汇三、竹轩谈诗。予成《文昌宫小集》七古一。酒未终，雨将至，同人议急归。予不欲行，因复酣饮，黄昏乃归。犹过五桥，行兜率院东深树中。老树一株，婆娑甚有致。同人议作七古，限入"亭"韵。后过四桥而南，渐散去。予与月江舅、立三、右箴至汇三斋饮茶，复与立三、右箴奕二局，雨声满窗矣。二更，冒雨归。为桂儿点诗一、文一，点定邵生承志诗一。是日，周巨川来诊长女，予不在家，未服药。

十一日 点定邵生文一。长女下痢止。八四侄仍疟。作《老树行》七古廿韵。午后，浴。至取斯山房，与右箴奕。雨色忽至，遂归。是日，热不可当，料必雨。俄而，雷声大作，迅烈与七月廿一日等。雨过微凉，大兄自曹甸至。晚赴鲍星阶宅饮。饮罢，邵立三、刘汇三、月江舅、纪燕亭来，或谈或奕，至四更乃散。予犹与儿子象戏一局，乃眠。

十二日 以昨日酒多晏眠，渴心不宁，服糖浆一盌乃兴。郭蘧蘧自馆中归，遣桂儿问之，云为阿郎痢后脾虚，归就医也。亏使蘧蘧来，谈南行事，检日册、诗卷与之观，遂留之痛谈一日。鲍星阶、韫华、陈竹轩、李郁文、邵守昌、鲍抡彦来，大抵为揭晓无信，聚谈破寂而已。端弟来，复去。晚饭罢，月江舅来，旋与蘧蘧去。是夕，予早眠。

十三日 夜子初三刻，寒露。诸生课题："尊贤使能"一节；"霜稻登场野色宽"得"宽"字。鲍生来，至邵佩阶宅，复至取斯山房，与舅氏、郭蘧蘧、邵立三斗叶戏至三更。此戏虽不足道，而成败之间，往往悟一切得丧，非由己力，盖教间事无不视此。胡问樵赴荡东过镇，宿予斋中，予与谈至四更乃卧。

十四日 与问樵坐雨闲话。邀舅氏、蘧蘧、邵立三来。午饭罢，蘧蘧、立三、问樵、大兄斗叶子戏至三更。接黄少霞书，并作诗十数首。

十五日 早,谒先师。午,家祭。任浦还借斋中饮问樵及同人。午后,与邵立三、韦右箴、郭蘧蘧叶戏至二更。

十六日 鲍抡彦自城内来,乃知十二日发榜,十三日晚报捷。淮郡捷者为陈爔、丁晏、高士魁。陈第十一名,丁第六十名,高第九十三名。三人皆行第三,"三三三"之兆,验矣。"前三三"、"后三三",卒不知作何语也?问樵去。邵羽吉、鲍星阶、韫华来,至取斯山房,与邵立三话。访蘧蘧不遇,归。蘧蘧过来,又留之谈诗一日,为余点罢南游诸作,晚去。邵立三、汇三来,留之饮。月江舅亦至,谈至二更,奕二局,乃散。予枕上作《满江红》一。

十七日 至艺辅弟、刘汇三宅,至取斯山房,与立三奕一局。阅《省闱全录》,解元吴江人张海珊。检《国朝诗》,点定诸生课艺。蘧蘧来,留晚酌,月下送之归。复叩取斯山房、刘汇三门,皆卧矣。归,已三鼓。

十八日 诸生课题:"于所厚方薄"二句;"见不贤而内自省"论;"秋水浅可涉"得"秋"字。邵羽吉来。雨甚凉,然十六日犹挂龙也。艺辅弟宅棠梨花两度,惮其异,斫之。午后至取斯山房,与郭蘧蘧、邵立三、邵常如叶子戏,至五更,归卧。

十九日 巳刻,兴。邵孚安招饮。饮罢,至取斯山房,与立三奕,冒雨归。晚,月江舅来。

二十日 检《国朝诗》。舅氏、苞元表弟来。将晚,舅氏、蘧蘧来斗叶戏至二更。

廿一日 临《黄庭》一百字。至邵耀宗处祝寿。至取斯山房。检《国朝诗》。为人写寿联。苞元表弟来。晚雨,作《募修文昌宫启》四六。

廿二日 检《国朝诗》。雨不止,稻方登场,恐多生芽也。麦亦有未种者。作书复盛阶平。午后,蘧蘧、苞元来,邵羽吉、鲍星阶、月江舅来。晚雨甚,留月江舅、蘧蘧、苞元小饮。

廿三日 雨仍不止，检《国朝诗》，点《女诫》。苞元表弟来。复检《国朝诗》，盖第四遍矣。晚作排律一。是日，诸生课题“匹夫不可夺志也”；“秀语夺山绿”得“绿”字。

廿四日 临《黄庭》一百字。邵羽吉来，检《国朝诗》。午后，晴。至蘧蘧宅，至取斯山房。与韦右箴奕一局。舅氏来，未晤。晚，检《春秋荟纂》。

廿五日 临《黄庭》一百字。蘧蘧来，月江舅来，至邵羽吉宅午饭。午后雨，至刘汇三斋，与邵立三奕。月江舅、蘧蘧来，留晚饮。雨止。

廿六日 日色甚丽，人以为此月所稀见，然风信未结，恐晴不久也。写《黄庭》一百字。检《国朝诗》。午后至艺辅弟、蘧蘧宅。至取斯山房看菊。蘧蘧、舅氏来，看江南今科闱墨。邵羽吉来。与舅氏、大兄、蘧蘧斗叶戏至二更。

廿七日 临《黄庭》百字。检《国朝诗》，写影书六。午，赴鲍西垣宅饮。饮罢，鲍西垣、纪燕亭、郭蘧蘧来，因与叶戏至二更。十数日以来，饮食征逐，游戏无度，樽俎之间，嫚狎斗辨，塞人心气，尤为可憎。盖闭门读书之乐，至此净尽。嗣后，若因仍而行，将为过恶丛集、怨怒交攻之身而不自知也。夫一日之间，即不读书，而一时闭门，一时清净，岂不自适？顾乃纷纷然与人相往还，默则谓弱而媚，辨则谓强而争。私好私恶者，其心既不可转移，而我何必以有用之时日，有用之精神，斗无益之口舌哉？戒之，戒之！“闭门”二字，千金方也，慎毋忽视！

廿八日 诸生课题：“管仲曾西之所不为也”一节；“水流沁不竞”得“沁”字。早临《黄庭》一百字。检《国朝诗》。晚，至艺辅弟宅，舅氏斋。

廿九日 丑正初刻，霜降。至晓梧表弟处拜二十寿。写《黄庭》百字。检《国朝诗》。钞《春秋御案》。甥周炯至。作书与妹及周培斋。艺辅弟来。晚，刘汇三来，留小饮。

三十日　早,临《黄庭》百字。邵羽吉来。检《周礼删翼》。月江舅、李郁文来。阅周炯、传易课艺。

十　月

十月初一日戊寅　谒家庙神龛,拜先师。邵全昌、守昌、鲍抡彦、邵保昌、商传易、邵承志、儿子庸敬皆拜。临《黄庭》一百字。检《周礼删翼》。大兄赴曹甸。赴史韫东宅。鲍星阶、邵立三来。阅邵保昌、承志、桂儿课艺。月江舅来,借《列朝诗》廿二本。作书与李生禧。刘汇三来。

初二日　大嫂、八四侄回曹甸。写《黄庭》百字。辰刻,微雨。写《募捐文昌宫修启》。午后,又雨。种麦大足虑。检《周礼删翼》、《阮氏笔训》。周巨川来诊松儿泄泻。连日予亦苦胸腹膨胀,周拟六君子汤,未服也。

初三日　诸生课题:"能言距杨墨者"一节;"过勿惮改"论。"黄叶林中自著书"得"书"字。里正来催上下忙钱粮。李郁文来。检《周礼删翼》、《阮氏笔训》。临《黄庭》百字。至艺辅弟宅,舅氏斋。是夜大雨。

初四日　临《黄庭》百字。检《周官义疏》。周巨川来诊松儿。阅邵保昌、承志、周炯课艺。检《国朝诗》。批《离骚经》。晚,大风。

初五日　拟往土楼陶宅吊,雨阻未去,托寄赙。贺商宅嫁。盛阶平来索挽诗。写《黄庭》百字。抄《春秋御案》。看《春秋荟纂》。雨竟日不止。

初六日　为鲍生批《国语》。写《黄庭》百字。检《周官义疏》。午后,作《书欧阳公春秋论后》一篇。晚,舅氏来,留小饮。

初七日　作书与大兄,沭阳力至,故遣朱四同去。写《黄庭》百字。舅氏来。午后,大兄至。闻八四侄疟疾已愈。沭阳力亦来。李郁文来,留晚饮。梁生法来馆,云前数日桃李有花者。作《闭户》诗二首示儿子。是日,寒甚,见冰。

初八日 诸生课题:“象不得有为”三句;“举直错枉”论;“秋末晚菘”得“菘”字。临《黄庭》百字。午后,大兄往宿城,送至通济庵前。为盛母写挽诗二幅。接蘧蘧信并《落叶》七律二,索和。词一,不解所谓,大都怨秋自遣之意。检《国朝诗》、《春秋荟纂》。因思每日看两本书,便不得接续沉着。嗣后须立大戒,只看一本书,逐次接续将去,自然有益。从前大病,都是此书未完,又看彼书,心气杂而不一。故功夫断而不恒,只坐此病深痼。遂致年近四十,学问色色粗疏,为当世所贱恶。屡立箴铭,终不能改。今又立一重大戒矣,看后日之恒否也?若看一书,而查他书参证者,不在此戒例。

初九日 邵羽吉来。至舅氏斋、刘汇三宅。刘济川书来,并陶怡忡柬,延予往议陶丈哀诔诗文。午后苞元表弟来。作《马闻来诔序》。月江舅来。写《黄庭》百字。和蘧蘧《落叶》七律二。

初十日 写马宅挽联、横匾。午后,至陆瑞生、艺辅弟、周巨川、商传易宅。写《黄庭》百字。为邵保昌、承志、周炯、庸敬改课艺。李郁文来,留晚饮。作《秋月》五律一。

十一日 苞元表弟来。午,家祭。大兄自宿城至。付上下忙钱粮。晚,至月江舅氏宅。

十二日 肩舆往土楼陶处,过刘济川斋,不遇。午至陶文川宅吊。陶宅为予十五六岁时读书之所,即景述旧,为之怃然,成七律二。与陶萼楼昆弟晚饮,微醉。宿陶梓亭斋。

十三日 予未起,刘济川来陶处。午饮罢,与予同归。予复至其斋茗、饮、棋,日将夕,乃登肩舆,月色渐升,村途甚静,成五古一。抵家,李郁文方与儿辈饮,谈至二更,乃卧。

十四日 丑初二刻,立冬。写近作诗。舅氏来。午后,收东庄稻未全。晚,月江舅、刘汇三来,留小饮。是日,诸生补课题:“人伦明于上”二句;“孤村一犬吠”。

十五日 祭先师。邵全昌、守昌、梁法、李祉、鲍抡彦、邵保昌、周炯、商传易、庸敬、邵承志皆拜。写《黄庭》一百八十字。午后,收东庄稻,共三十八石。改邵保昌、承志、庸敬文、诗。写出入账。作《秋夜》五古三。

十六日 邵静安丈忌日,至其宅拜。临《黄庭》百字。至邵龙池宅。检《国朝诗》。艺辅弟、刘汇三来。乳上有小核,恐肝郁所致,服药一剂,乃卧。

十七日 早间神气疲苶,想因昨日服散药所致,药不可妄服,戒之,戒之。检《国朝诗》。端弟来,午后去。至舅氏斋,艺辅弟宅。晚作书寄止泉舅氏。杨露滋、黄蔚文、舅氏来,留小饮。

十八日 诸生课题:"人有鸡犬放"一节;"一雁过南楼"得"楼"字。检《国朝诗》。晚,《国朝诗选本》定。为鲍生批《国语》。是夜三更,头风大作,呕至五更。

十九日 巳刻乃兴。脾胃犹郁郁不舒,饮食无味。恶风,足无力。午后稍平。为鲍生批《国语》一则。为邵保昌、承志、庸敬改课艺。晚饭罢便眠。

二十日 接蘧蘧书。月江舅氏来。为周炯、商传易改课艺。午后检《明诗别裁》,拟《通鉴纲目》正编、前编、续编,删正凡例,又重订《纲目》书法凡例。李郁文来,至陆瑞生宅。晚,头复痛,一更稍止。

廿一日 为陶澹园丈作《诔序》一,汪瑟庵先生款。写家用账。

廿二日 为鲍生批《国语》。为陶澹园丈作《诔序》一,孙进士岩款。为陶作挽联八。为刘济川作挽陶丈七律一。自作挽陶丈五律二。写家用账。

廿三日 摹《黄庭》百字。诸生课题:"子服桀之服"一段;"为人谋而不忠"论;"红叶"得"红"字、"黄叶"得"黄"字,各五律一。写陶处挽联二、挽诗二。鲍西垣及舅氏来。韦敬斋来。检《明诗别裁》。留月江舅晚饮。

廿四日 至艺辅弟宅,舅氏斋。李郁文来,作《梦游庐山》七绝八、《孤鸟》五古二。

廿五日 为人写寿联二、喜联一、挽联一、匾一。为邵保昌、承志、庸敬改课艺。李郁文来，留晚饮。检《明诗别裁》。

廿六日 临《黄庭》百字。为周炯、商传易改课艺。检《明诗别裁》。艺辅弟来。周巨川来诊内子、长女。留晚饮。晚，作《饥雁》七古一。

廿七日 临《黄庭》百字。检《明诗别裁》。午后，雨。族侄佩璁以家难出家为僧，改名证乐，字尘远。闻陶文川处新修一庵，招僧住持，冒雨自宝应来，托余写书关就。是夕，宿斋中，谈族中旧事，颇亹亹动听。作书与文川兄弟。月江舅来。

廿八日 亥正二刻，小雪。早，雨止。诸生课题："谨而信，余力学文"论；"远上寒山石径斜"得"斜"字。早饭罢，证乐去。写《黄庭》百字。检《明诗别裁》。作《送月江舅之河北访旧》七律一。

廿九日 早饭罢，王景洛来。刘汇三及苞元表弟来。端弟来。与汇三、景洛、端弟晚饮。景洛宿斋中。作《夜话书怀》五古二。

三十日 端弟往城内。至舅氏斋问疾。邵孚安来。写昨夜诗。午后检《明诗别裁》。晚，与王景洛至取斯山房饮。归，又谈至四鼓。

十一月

十一月朔戊申 拜家神龛，拜先师。孙淳、梁法、李祉、鲍抡彦、邵保昌、周炯、商传易、庸敬、邵承志皆拜。早饭罢，王景洛去。苞元表弟来。寄书邱琴沚。检《荀子》。为邵承志、周炯、庸敬、商传易改课艺。

初二日 为人写对联五、挽诗二。作书与任浦还。至舅氏斋问疾。至艺辅弟宅。晚，检《荀子》。家中鸡翅下忽生一爪，闻人家畜、鸡半如是。或云自苏、常迤逦而来，亦一怪事。秋间，桃李花，盐阜亦然。闻南村某家畜、鸭数百忽纷纷飞去，皆可入《五行志》。予家尽杀所畜鸡，其生爪者则杀而弃之沟，毋得食之致病。

初三日 诸生课题："苟志于仁矣"章；"志仁无恶"论；"天阔一声何处雁"得"声"字。盛阶平来。将午，邻家火，惊甚，旋救止。午后，重订《纲目书法凡例》。艺辅弟来。大兄自曹甸来。严璜来。

初四日 张庾山来。午后与庾山至舅氏斋。与庾山、李郁文晚饮。庾山宿斋中。

初五日 庾山往益林。早饭罢,为诸生讲庆历时文、国初时文二篇。午后,为商传易、周炯改课艺。至舅氏斋。晚,与大兄谈至二更后。邵昆池、瑶池、严璜来。

初六日 为邵保昌、承志、庸敬改课艺。为邵全昌、鲍抡彦、梁法改课艺。作《苟志于仁》章时文一。晚,接琴沚书。琴沚在土楼陶处。

初七日 作《史丈谐音哀序》,曹琢文先生款。晚,与大兄、庾山饮立三斋。

初八日 诸生课题:"子在川上"章,"止吾止也"、"后生可畏"论。"松暝鹤双归"得"归"字。大兄与桂儿往土楼陶宅吊。作书与琴沚,约其来此。至艺辅弟处,拜立三太夫人寿。为杨香谷题《溪山载酒图》、《双桐书屋图》五古二、七古一。晚,大兄偕桂儿归。大兄登夜行船入城。

初九日 是科落卷至。房考阅荐评极奖,主司于八月廿八日三阅乃弃去。房考当涂知县,署全椒。王姓,正名,浙江人。立三及大兄皆荐卷。邱勤子自土楼至。邵立三、李郁文、鲍星阶、邵羽吉、苞元表弟、刘汇三来。留星阶、立三、郁文、汇三晚饮。是夜,琴沚宿斋中。

初十日 李郁文来,勤子去。邵佩阶、鲍西垣来。昨夜饮,微醉,连夕眠极晏。是日,头目旋晕,心怦怦不定,手足皆无力而冷。晚,稍健,犹闭目静坐。晚饭毕便卧。

十一日 接邱晓村讣。闻苏养吾丁内艰。至舅氏斋问脚疾。为邵全昌、鲍抡彦、梁法改课艺。刘汇三来,留晚饮。醉中作书与赵容垞。

十二日 周巨川招饮,以小疾未去。早饭罢,讲先辈文、国朝文各一篇。午后,为鲍生批《国语》、《楚辞·九歌》。为周炯、商传易改课艺。至史韫东宅。端弟来。

十三日 酉正一刻，大雪。诸生课题："不患无位"章；"贫而无谄"论；"三余读书"得"余"字。药工来为内子、长女合丸药。予与之坐一室，药香甚佳。为儿子抄唐诗数首。为张某作挽联三。为某写神前对联一。为朱生珏、邵生贻昌点定时文二。端弟去。晚，周巨川来诊。李生、邵羽吉、邵生其昌来，艺辅弟来，留晚饮。二更，检《养一斋随笔》。作书与任浦还。

十四日 药工来。检《明史》申时行、王锡爵等传。观申时行、王锡爵，乃知王家屏、沈鲤为不可及，故士贵一意孤行也。午后，至舅氏斋，问脚疾。周培斋书来，任浦还书来。晚，桂儿忽头痛、咽痛，身热恶寒。周巨川来诊，服羌防等药。

十五日 拜先师。为舅氏作书与安东朱某。答周培斋书。周巨川来诊桂儿，脉稍静，表邪未尽解，仍令服羌防等药。药工来，王八舅、艺辅弟来，苞元表弟来。作书与琴沚。赙邱晓村。为周炯、商传易改课艺。

十六日 大兄自城归。为梁法、邵守昌、承志、桂儿改课艺。李俊三来诊桂儿。鲍韫华、张荣安、李郁文来，留晚饮。赙长沙马宅。赙史丈谐音。

十七日 端弟返柴沟。午至薛丈震峰宅饮。震峰年九十二矣，犹为客酬酢，举止应对，无稍瞀乱者。客退，送出大门外。晚，至取斯山房饮。是夜，醉。

十八日 头眩目张，恶寒，未出中门。午前后，负暄观《渔洋诗话》一册。晚，饮薄酒数杯便卧。

十九日 头目仍未甚清。早饭后，至邵佩阶宅，问其太夫人疾。午后，静坐无事。

二十日 早饭后，至史韫东宅，至艺辅弟宅。午后，为邵全昌、守昌、承志、桂儿、周炯、商传易改课艺。晚，选金雨叔排律诗。为梁法、孙淳、李沚推算八字。

廿一日 大兄返曹甸。苞元表弟来，至鲍方周宅，问其夫人疾。

午后,为盛阶平太夫人作哀序,薛丈震峰款。

廿二日 早,头眩恶寒。午,家祭。午后,邵羽吉来。晚,月江舅氏来,端弟来。

廿三日 诸生课题:“君子可游也”四句;“恶徼以为知者,居无求安”论;“日色冷青松”得“松”字。为桂儿抄唐诗。抄旧作诗词。

廿四日 头眩心际痛。午后,抄旧作诗词。至舅氏斋。

廿五日 任浦还来。为邵全昌、守昌、鲍抡彦、梁法改课艺。至月江舅氏宅饮。

廿六日 头眩耳鸣心跳,巳刻乃兴。检《论语大全》。为周炯、商传易、邵承志、桂儿、卢晓梧表弟改课艺。

廿七日 胃气忽痛,如六七月间。午,家祭。午后,痛复作。晚,不饮,粥罢便卧。

廿八日 巳正刻,冬至。诸生课题:“狂者进取”二句;“齐景公待孔子”章;“巧令鲜仁”论;“复见天地心”得“心”字;“岁寒三友”歌。是日,胃气弥痛。晚,服六君子汤。

廿九日 夜间发热,晓又恶寒。然胃痛似稍止矣,不可谓非药力也。赙苏母。服二和药。午,家祭。

十二月

十二月初一日丁丑 拜家神龛,拜先师。邵全昌、守昌、孙淳、梁法、鲍抡彦、邵保昌、周炯、商传易、儿子庸敬、邵承志皆拜。为周炯、商传易改课艺。作书答金表兄如铸,赠以路费。作书答止泉舅氏,议与邵结姻事。晚,服六君子汤。

初二日 衣工二人来。为邵全昌、守昌、梁法、表弟晓梧改课艺。检《荀子》。

初三日 诸生课题:“舜之饭糗”章;“妻妾羞乞人”论;“如履薄冰”得“冰”字。至史韫东宅。至舅氏斋。至艺辅弟宅。邵佩阶来。检《时文行远集》,拟从今日为始,晨起读四书群经。早饭罢,写字一百。午饭罢，看一本书。

初四日 读《中庸》十章。写《黄庭》百字。看《荀子》。学师盛子履寄其《蕴愫阁诗集》来。赵吉人以长诗一章答予书。梁馥庵二更至，宿予斋。

初五日 延朱秀松、梁馥庵、鲍韫华、卢苞元、晓梧表弟、刘汇三、邵生其昌午饮。午后，李静修至。晚，延邵羽吉共饮。端弟至。予与静修、羽吉、端弟皆大醉。

初六日 予病酒，未见客。晚与梁馥庵小饮数杯。衣工去。

初七日 松儿晬日。设晬盘，初执金顶，次执铜钱，殆富贵中人欤，不足一笑矣。鲍星阶、梁馥庵、梁法、邵全昌、守昌、李祉、孙淳、商传易、严旭初来道喜。拟遣桂儿往吊盛母，以雨不果行。午后，至梁馥庵寓。晚，梁馥庵、李静修、邵羽吉来饮。

初八日 交二九。早，至盛茔会葬。午饭李静修寓。晚，李郁文来，留饮。是日，诸生课题以有事未作，不必书。

初十日 梁馥庵去。大兄去。作诗《送梁生审之归》。

十一日 端弟去。午，家祭。为邵全昌、守昌、承志及儿子、庸敬改课艺。晚，作书与盛子履并作五古三。

十二日 邵羽吉来。陈竹轩来。为周炯、商传易、晓梧表弟改课艺。至舅氏斋，至艺辅弟宅。晚，月江舅来谈。

十三日 诸生课题："子贡方人"章；"荀子之不欲"二句；"岁寒知松柏"论；"断桥流水香"得"桥"字。午赴邵宅饮。晚，月江舅、鲍抡彦来，留小饮。

十四日 早，舅氏来，蘧蘧来，坐谈竟日。陶稷人及其侄昀来，留晚饮，予又大醉。是日寅初三刻，小寒。

十五日 午乃兴。胸、胃甚不舒，酒伤故也。拟戒饮五日，后于夏日乃饮大酒，以三杯为度。春、秋、冬饮淡酒，以七杯为度，不可稍过限。王景洛来，午后去。周炯归。

十六日 至韩宅吊。至蘧蘧宅。至舅氏斋。检《明史·文苑传》。为邵承志、周炯、商传易改课艺。

十七日 交三九。邵羽吉来。午,作书与王景洛。抄摘《宋史》道学、儒林传粹语。将晚,王景洛来,蘧蘧来。留小饮。将三更,蘧蘧乃去。

十八日 诸生课题:"唐棣之花"一章;"愚不知人"论;"冰寒于水"得"冰"字。王德言来。午,赴鲍宅饮。为诸友强饮杯余。晚,月江舅、蘧蘧、王景洛、鲍抡彦、李郁文来,留小饮。景洛午饮大醉,晚亦未入座。

十九日 王景洛去。李郁文来。刘丈治堂忌日,至其宅拜。至蘧蘧宅,视其阿郎归。读《宋史》胡纮、林栗、高文虎等传。文虎以博洽自命,而附韩侂胄,尊伪学之诏,力攻朱子,凡天下之言道德性命者皆绌焉。今之士大夫自矜博习典章训诂,而以洛闽之学为不足道者,非高文虎之流耶!纮不足道,栗素以才辨雄一时,卒以讲易不合,遂劾朱子,得罪名教。嘻!小人之挟私忿,究何益耶?午后,王景洛又来。田生如椿来,艺辅弟来,端弟来。

二十日 至取斯山房写春联。午,陪舅氏、月江舅氏、郭蘧蘧饮。晚,招蘧蘧来谈。

廿一日 邵羽吉来,月江舅、蘧蘧来。舅氏、晓梧表弟来。留蘧蘧陪舅氏谈竟日。午后,舅氏欲斗叶戏,予曰:"已戒之矣,食言何为?"蘧蘧曰:"此事若与他人戏则为食言,陪舅氏为半日欢,以解其病中愁闷,非犯戒也。"予笑曰:"然。"遂为之,至一更便止。谈至三鼓。蘧蘧去。舅氏、晓梧表弟宿斋中。

廿二日 鲍抡彦来。端弟去。午至鲍韫华宅饮。饮罢,蘧蘧来,月江舅来,谈至晚。邵佩阶来,固约晚饮,遂又赴邵宅。归,与舅氏、月江舅谈至四鼓乃眠,皆故家事也。

廿三日 邵孚安来。与梁馥庵书。与李生禧书。月江舅、鲍抡彦来。张荣安、王步程来,午后去。至史韫东宅,月江舅、郭蘧蘧、鲍抡彦、李郁文来,留晚饮。王景洛又来,二更,登船入城。

廿四日 张德传来拜。邵其昌来，邵羽吉来。陈竹轩、刘汇三、郭蘧蘧、苞元表弟来，留午饭。饭罢，陈竹轩去。月江舅来。留月江舅、蘧蘧、汇三晚饮。是夕，极寒。予与舅氏、月江舅、蘧蘧酒边痛谈，忘其为寒也。二更后，祀灶。

廿五日 早饭罢，舅氏坐肩舆赴苞元表弟馆舍度岁。三四日来，畅叙甚乐，然别时犹惘惘也。晚，晓梧表弟亦偕去，蘧蘧、汇三来送别，约新正十日，偕至舅氏所。为汇三写寿联一。至张德传宅回拜。至任浦还宅，至蘧蘧宅。李郁文来，为任浦还写寿诗一幅。为任汉清写条幅四。

廿六日 交四九。卢念兹来。至纪燕亭宅。写春联。鲍星阶来，未遇。纪桂亭、商传易、郭焕秋来。又至纪桂亭宅，纪桂亭又来。鲍景荀来。邵立三来，偕至蘧蘧宅饮。斯须，立三以事去，予独留至二更，归。

廿七日 卢树滋来，鲍抡彦来，与谈处世及一切服御节省之道，因言"不道故旧不戏色"七字极难。家居时，《礼·内则》不可不细读。邵立三、刘汇三来，旋去。写春联数副。为汇三写条幅一。卢苞元表弟来，鲍抡彦来。郭星来，留晚饮。

廿八日 亥初二刻，大寒。门弟王茂子来，接大兄信。偶检《宋史·钱景谌传》(文僖公惟演诸孙)，景谌与王安石不合，赏激之，与诋以为矫者参半。景谌笑曰："自古以来，好利者众，顾义者寡，故天下万事皆由人而不在己。苟为利所动而由于人，则盗亦可为也。"快绝语！可书座右。又刘原父之子奉世(端明学士，字仲冯)传云：奉世性简重，常云得丧常理。譬如寒暑加人，虽摄生者不能无病，正须安以处之。此论与前可互相发也。又《张存传》(礼部尚书，字诚之)：存家居矜庄，子孙非正衣冠不见。与宾友燕接，垂足危坐。终日未尝倾倚，卒年八十八。存非名臣，其威重尚如此，故亦能薄有树立。此不可见吾辈无成之故耶！邵东昌、鲍抡彦、陆瑞生、鲍景荀来。邵东昌又来，留晚饮。是夕，渐雪。接李禧书。

廿九日 检账偿诸逋。午后,月江舅、鲍抡彦来,留晚饮。是夕,大雪。对雪清谈,颇无人世俗语。约作小除夕对雪集诗。

三十日 午前祭室神。午,家祭。将午,见日。午后,作昨日所约诗,并作"除夕题壁"《满江红》一。

卷 二

道光二年(1822)正月

道光二年岁在壬午,正月丁未朔 贺岁往来纷纷,不足书。将午,李郁文来,留小饮。邵其昌、守昌来。至月江舅宅谈陶诗少顷。归饮数杯,遂眠。

初二日 出贺岁,寒色甚烈。至蘧蘧宅卯饮,遂邀李郁文同午饮。郁文醉,必邀至其家晚饮。饮数杯,遇雪乃归。

初三日 独坐偎炉,时与小儿女等掷采筹为戏。午后,月江舅、鲍抡彦来谈。艺辅弟来,留晚饮。邵全昌来,兼饷腊酒一瓶。

初四日 晨起,读《易》二卦。作书与王步程。抄近作诗文。艺辅弟来。邵羽吉来。午后又雪。鲍星阶、刘汇三来。艺辅挟书质疑字,留之宿斋中。

初五日 交五九。月江舅、鲍抡彦来谈。寒甚,午饮数杯,不足以御之。晚,邵佩阶来。夜,雪。

初六日 晓,仍雪。读《易》二卦,看《人谱》。胸腹痞闷、胃脘痛。酒伤欤,受寒气欤,抑肝之积郁凌脾欤?殆皆有之矣。慎起居、平嗔怒、节饮食,有瘳乎?晚服建莲糯米粥,未饮酒。作书与邱琴沚,兼寄七古一。接大兄书。

初七日 雪霁见日。卢苞元表弟来,邵全昌、鲍抡彦来,均留午饮。晚,胃脘又痛,仍服莲米粥。

初八日 邵宅招饮,以胃气未赴。月江舅、苞元表弟、鲍抡彦来。读《易》四卦,看《近思录》。夜间胃气甚不平。

初九日 桂儿往妹宅贺年。陈锡蕃、鲍抡彦来。任宅招饮,亦以胃病辞之。得琴沚复书,和诗未成,只寄来四句。至陈锡蕃、邵羽吉、艺辅弟宅。

初十日 胃气稍平。读《易》四卦,以"但见是非无利害,便知天地即身心,常矫轻而警惰,勿亏体以辱亲,唤起截断"三十字粘壁。"唤起截断"四字,宋儒李道传大书卧榻、屏间者也。至史宅。月江舅、鲍抡彦、郭蘧蘧、邵羽吉来。晚,与蘧蘧、鲍生至月舅宅饮。

十一日 读《易》六卦。胃气复作。鲍生来。午后,至陆瑞生宅,寻蘧蘧谈。至陈锡蕃宅。晚,点定刘汇三课艺。

十二日 床上默背《易》十二卦。午招陈锡蕃、月江舅、李郁文、郭蘧蘧、卢念兹、邵立三、鲍生饮。晚,刘汇三来。

十三日 申初一刻,立春。与邵立三、邵其昌骑驴至苞元表弟馆省舅氏。舅氏、月江舅、刘汇三、鲍生已先至,作《村行》诗一首。晚,与月江舅、邵立三、其昌、鲍生步归。月色满林,残雪在地,风景清绝。农家留饮茶。茶毕,复行抵家,柝声起矣。

十四日 交六九。读《易》六卦。月江舅、鲍生来,与月江舅至蘧蘧宅,负曝少顷。至真武庙前野眺,残雪渐释,麦犹未露也。将晚,邵羽吉、陈锡蕃、端弟来。是夜,胃痛甚,不能寐。

十五日 以疾未晨兴。命桂儿拜家神龛,拜先师。李禧来贺岁。月江舅、鲍生来。郭蘧蘧来,以是日赴徐甸馆。刘汇三来,邵羽吉、陈锡蕃来。将晚,邵立三来。接黄少霞书。鲍生来,留小酌数杯。连夕月色极佳,然太白光芒逼人,如半月也,或云昼见已数十日矣。

十六日 月江舅、鲍生来。盛阶平来贺岁。端弟往曹甸。至张宅候盛阶平,李禧来。周巨川来诊。梁树声来。与梁树声至邵孚安宅。刘汇三来,邵孚安来,招晚饮,以疾不赴,服归芍六君子汤。梁树声来,留宿斋中。是夜,胃气犹未平。

十七日 鲍星阶来,邵羽吉来。梁树声归。鲍生来。太仓黄生来。李燮阳来。读《易》六卦,上经毕。午前,胃气犹痛。检《明史》赵南星、邹元标、孙慎行、高攀龙、冯从吾、杨涟、左光斗列传。服昨日二和药。陈锡蕃、邵羽吉来。连日皆服莲米粥,又服汤药,而胃气犹彻夜痛。

十八日甲子 养一斋中诸生始入学肄业。予拜先师。邵孚安、震寰、羽吉、佩阶、立三、张德传、鲍韫华以率子弟入学拜。邵其昌、全昌、宜昌、寿昌、保昌、承志、张廷柱、鲍抡彦、商传易、桂儿皆拜。表弟蔼吉初从予业,亦拜。予送杏儿入鲍氏家塾。从月江舅执业,拜先师。午饮鲍宅,以胃气不敢饮也。将晚,孙淳自谷家嘴至,拜先师。杏儿连日恶寒体酸,时复头痛,服羌活、荆芥等药,汗未透,复感寒。延程掌衡诊视,服羌活、防风等药。接止泉舅氏书。服归芍六君子汤。

十九日 程掌衡来诊杏儿,谓表邪已解,宜服清热导赤之剂。史佩鸣、马永清弟、任素存来。至史宅回看史佩鸣,至邵宅回看马永清弟,至鲍宅回看李燮阳。至刘汇三宅。午后,检《日知录》。有论文人云:宋挚训子孙,每曰士当以器识为先,一号为文人,无足观矣。又曰巧言如簧,颜之厚矣,凡今人所作诗、赋、碑、状,足以悦人之文,皆巧言之类也。又曰天下不仁之人有二:一为好犯上、好作乱之人;一为巧言令色之人。自幼而不孙弟,以至于弑父与君,皆好犯上作乱之推也。自胁肩谄笑未同而言,以至于苟患失之,无所不至,皆巧言令色之推也。然而,二者之人常相因以立于世,有王莽之篡弑,必有扬雄之美新;有曹操之禅代,则必有潘勖之九锡,是乱之所由生也。犯上者为之魁,巧言者为之辅。故大禹谓之巧言令色之孔壬,而与驩兜、有苗同为一类。甚哉,其可畏也!然则,学者如之何?必先之以孝弟以消其悖逆、陵暴之心,宜继之以忠信以去其便辟侧媚之习,使一言一动皆出其本心,而不使不仁者加乎其身,然后可以修身而治国矣。此则议论,非文人之所知,而文人又不可不知也!因书于此。艺辅弟来问予。胃气日昳。胃气颇梗塞,人定时稍平,服昨日二和药。

二十日 胃气痛甚,得食则少减,食毕三四炷香时又痛矣,明系肝强胃弱所致。是日将晚,乃出中门。朱生芳自清河至,入学拜先师。晚,服归芍六君子汤。检《古文渊鉴》、《南宋文鉴》。

二十一日 早饭后胃气仍痛。检《南宋文鉴》。李俊三来诊桂儿。端弟自曹甸来。午后、晚间胃气又痛,服昨日二和药。

二十二日 月江来问疾。至陈锡蕃宅诊脉、酌药方。李郁文来。韦右箴招饮,以疾不赴。为梁沄批《选赋》。偶见朱子《论大壮大象传》云:"雷在天上是甚威严,人之克己须如雷在天上,方能克去非礼,半上落下不济事。"爱之,识于此。检《南宋文鉴》。服归芍六君子汤。是日,胃气不甚痛。

二十三日 交七九。诸生课题:"吾之于人也"章;"齐之以礼"、"学然后知不足"论。"春风吹入",得"风"字。为梁沄批《选赋》。鲍星阶来。至艺辅弟宅。李俊三来诊桂儿。邵宅招饮,以疾不赴。晚,作书答盛子履。服昨日二和药。

二十四日 端弟来。李俊三来诊桂儿。至邵宅贺娶。胡湘南来,宿斋中。月江舅来,留小酌。李郁文来。晚,霰集,复雨。

二十五日 作书答黄少霞。李俊三来诊桂儿。至邵宅午饭。鲍星阶来,留晚饮。服归芍六君子汤。是日,雨未歇,又彻夜雨。

二十六日 连日胃气不复痛,但微有闷塞时耳。莲米粥仍服不间。至鲍星阶宅。早粥、午饭与胡湘南俱。李俊三来。午后又雨。鲍星阶来。作书答阮定甫。服昨日二和药。

二十七日 雨止。胡湘南去。作与印辰侄书。朱秀松来。回看宋滋泉。朱秀松、李俊三来。与鲍抡彦、商传易改课艺。接舒民侄书,知拟山侄于月之二十一日下世。族中读书长厚稍明大义者,此子也。年不满四十而死,老母之养尚未终,孤子生甫两月耳。揽书悲感之至。晚,作书与大兄,复与印辰侄书,为拟山处助丧公项事。又作书答舒民侄。夜又雨。

二十八日 午初二刻,雨水。晚,仍雨。诸生课题:"居敬而行简"一节;"由君子观之,人皆可以为尧舜"论;"出席歌鹿鸣"得"歌"

字。朱秀松率子模入学,拜先师。至朱秀松宅饮。饮罢,至舅氏斋。李俊三来,桂儿患疖已溃脓。晚,雨霁风起。夜,鼓风大作。呕至四更,乃眠。

二十九日　大风。头风息,仍恶风也。舅氏新岁初来。邵羽吉来。刘盈初来招饮,以疾不赴。检《南宋文鉴》。鲍星阶来。服归芍六君子汤。

三十日　神气稍清。午赴邵宅饮。午后,检《北宋文》。晚,招朱秀松、邵羽吉、刘汇三、卢晓梧饮。二更,服二和药。

二　月

二月初一日丁丑　拜家神龛,拜先师。胡问樵来,旋去。接邱琴沚书,并五言古诗一,七言古诗一。前寄诗四句,本未成,此七言古续之。至舅氏斋。妹归,甥周炯及其从兄杰偕至。午,家祭。午后,为邵守昌、张廷柱、邵承志改课艺。作书与黄少霞,并寄五言古诗一。李郁文来,留小饮。艺辅弟来。

初二日　交八九。邵惟清、鲍西垣来。舅氏及张墨泉来,留午饮。午后为邵寿昌改课艺。为田母作诔序,曹文琢款。接大兄书二,作书复之。服归芍六君子汤。

初三日　昨夜胃气时痛。文昌会不赴。午招邵龙池、鲍抡铨与周杰饮。晚,检《闲窗药石》。服二和药。夜间胃大痛,不眠。

初四日　补课题:“尧舜与人同耳”一章;“劳而不怨”论;“春水绿波,送君南浦”得“南”字。以诸生昨日应文昌会故也。至艺辅弟、韦敬斋宅。为邵宜昌选文选诗赋读本。补作《示儿长语》十数则。晚,艺辅弟来,韦敬斋来。

初五日　为邵宜昌、全昌、守昌、鲍抡彦点定《漕帅观风四书文》。卢苞元表弟、王大山来。接黄少霞书并《汉魏丛书》二套、《薛文清公读书录》四本。端弟返柴沟。午后,至邵宅看王大山。作《重订读书录小引》。晚,招王大山、刘湘云、邵佩阶饮。

初六日 读《周易》,折中恒卦。抄《廿一家易注》。为梁沄批《选赋》。为朱楷、朱芳、邵宜昌、寿昌、保昌、承志改课艺。艺辅弟来。

初七日 早,接印辰侄书,知族长枫亭叔祖客岁十二月下世。吾族方丁衰运,式微已甚。枫亭公以老成大耋,为一族之冠冕,今又凋谢,奈何,奈何!作书与舒民侄。王大山来。为梁沄批《选赋》。抄《廿一家易注》。检《读书录》。连日胃气稍平,又受风寒,头痛身重,乏顿无神。大抵仆此时以保啬精神为第一义,抄撮评选,涉猎撰着,临摹吟咏,皆当简省专一,不可散杂,耗乱神气。盖读书专一则养心,读书散杂则害心,乃一定之理。而旧习缠绕,仍以贪多欲速、厌常喜新为佳境,无论所学成不成也。即神气迫促,心境糅杂之状,非受病伤身之一大端乎?从今日为始,无问经、史、子、集,自晨起至夜卧,只看一本,上句未完,不看下句;上本未完,不看下本;此书未完,不看彼书。若为生徒选订则不在此例,余必恪遵"只看一本,循循挨去"之法,庶几心神专一,澄静无扰,虽不足以成学,而不至于受病也。又每书一本完,仍须复看一遍,方有味。为商传易、桂儿、卢晓梧改课艺。

初八日 诸生课题:"四十而不惑"二节;"箕子为之奴,从而不改"论;"庭草交翠"得"翠"字。写右军帖四行。为梁沄批《选赋》。看《读书录》三十版。晚,至舅氏宅。舅氏及艺辅弟来。

初九日 为诸生讲时文一。为梁沄批《选赋》。写右军帖四行。为邵其昌、全昌、守昌、鲍抡彦改课艺。晚,至舅氏斋,因留晚粥,检《读书录》。

初十日 先君忌日,祭二十周岁矣。邵孚安、震寰、羽吉、惟清、立三、龙池、鲍星阶、韫华、方周、捷三、李燮阳、张德传、范士楷、韦右箴、刘湘沄、卢蔼吉、月江舅氏及馆中诸生皆来拜。午后,李郁文来。是日,雨。晚,头痛。夜间,胃气又痛。

十一日 交九九。为诸生讲时文一。写右军帖四行。为梁沄批《选赋》。为周炯、商传易、朱楷、朱芳、张廷柱、卢蔼吉、邵宜昌改课艺。端弟至,艺辅弟来。看《读书录》。

十二日　万杏渔来。写右军帖四行。为梁沄批《选赋》。为宜昌批《选诗》。为邵寿昌、保昌、承志、桂儿改课艺。看《读书录》。

十三日　巳正一刻,惊蛰。诸生课题:“苗而不秀”章;“凯风亲之过小者也”二句;“柳下惠不以三公易其介”论;“鲜侔晨葩”得“鲜”字。为梁沄批《选赋》。写右军帖一百字。为某店写招牌。端弟往泾口。作书与大兄,与苏养吾。看《读书录》。午,家祭。赴陈锡蕃宅饮。晚,大雨,作《坐雨》五古一。

十四日　晨,微雨。为梁沄批《选赋》,为邵宜昌批《选诗》。写右军帖一百字。李郁文来。为周炯、商传易、邵全昌、守昌、鲍抡彦改课艺。接苏养吾复书。阅纪燕亭与刘汇三书。刘汇三来。晚,大雨。

十五日　帅诸生拜先师。鲍西垣来。巳刻,大雨。为梁沄批《选赋》。写右军帖百字。为朱楷、朱芳、卢蔼吉、张廷柱、邵宜昌改课艺。重订《读书类次录》。

十六日　午,见日。为梁沄批《选赋》。为邵宜昌批《选诗》。写右军帖百字。为邵寿昌、保昌、承志、桂儿改课艺。晚,艺辅弟来,舅氏来。

十七日　舅氏来,蔡某来。端弟往泾口。为梁沄批《选赋》竣,为邵宜昌批《选诗》。写右军帖百字。看《读书录》。为孙淳讲唐诗一首。午后,雨。月江舅来。二更,见月。

十八日　诸生课题:“子路曰,愿车马”二节;“公明仪曰文王我师也”三句;“舜封象”论;“独怜幽草涧边行”得“行”字。临写右军帖百字。为邵宜昌批《选诗》。看《读书录》。李郁文来,与郁文步西郊。月余未观村景,心目顿爽。斜阳半林,流水一曲,皆有春趣,特心静时乃能领取耳。阜邑孙生来,意在受学,而无介绍以通,未可遽定也。至舅氏斋,艺辅弟来。

十九日　尽九九。舅氏来,孙生去。邵羽吉来,舅氏复来。邵佩阶来。开丽侄来,知拟山侄遗孤未三月殇矣,为之潸然。邵孚安来。作书与梁树声。

二十日 丽侄往大兄馆，请卜拟山葬地。为诸生讲时文一。郝玉书来。看《读书录》。丽侄来，坐夜航入城。

二十一日 为诸生讲时文一。为诸生改课艺。为孙淳讲唐诗一。看《读书录》。晚，雨。

二十二日 三女十岁初度，鲍星阶、邵龙池、严来东来祝。写右军帖十行。为诸生改课艺。孙生复来。艺辅弟来。看《读书录》。

二十三日 诸生课题："子曰，女奚不曰"一节；"思援弓缴而射之"，"瞽瞍底豫"论；"荷插成云"得"云"字。写右军帖十行。看《读书录》数页。晚，大兄至。

二十四日 先慈七十生辰，午祭。饮福客四席。午后，大兄去。孙生无介以通，辞之归。

二十五日 至舅氏斋。朱生芳即馆地，延予诸客饮。午后，至陈锡蕃宅。晚，留舅氏月江、舅氏张荣安饮。

二十六日 梁生法来。为张生廷柱书对联二。接蘧蘧书，并文一、词一。陆瑞生来。邵立三来。

二十七日 拜舅氏生辰。至邵宅饮。午后至月江舅氏斋。舅氏、月江舅氏、李郁文、刘汇三、苞元表弟、鲍抡彦来，留晚饮。苞元宿斋中。

二十八日 午初二刻，春分。诸生课题："君子无聚众寡"四句；"终身欣然乐而忘天下"论；"舜视弃天下犹弃敝蹝"论；"琴德最优"得"优"字。苞元表弟去。为诸生改课艺。端弟妇及其母来。

二十九日 王景洛来。为诸生改课艺。三大兄来，宿斋中。

三 月

三月初一日丙午 拜家神龛，帅诸生拜先师。接印辰侄书。看《读书录》，因觉入德之门，无过"惩忿窒欲，矫轻警惰"八字。苞元表弟来，大兄去。微雨。

初二日 端弟妇随其母归，端弟往城内。为诸生改课艺三。作

"君子无聚众寡" 时文一。晚,镇西火。邵孚安来。看《读书录》。

初三日　诸生课题:"主忠信徙义崇德也";"王由足用为善三宿出昼";"曲水流觞"得"觞"字。覆郭蘧蘧书。苞元表弟来。为诸生改课艺四。至艺辅弟宅、舅氏斋。李郁文来,留晚饮。

初四日　为诸生讲时文一。为诸生改课艺四。晚,雨。

初五日　霁。为诸生讲时文一。至薛丈震峰宅。招史佩鸣、卢树滋午饭。午后,偕李郁文步西郊外,至舅氏斋。晚,作"主忠信徙义崇德也"时文一。

初六日　写昨日所作时文。为诸生改课艺三。至鲍生家塾,因留晚饮。饮罢,月江舅、李郁文来,谈至二更去。

初七日　为诸生改课艺一。王步程来,宿斋中。舅氏、月江舅来,刘汇三来。

初八日　诸生课题:"文之以礼乐抑王兴甲兵"一节;"缘木求鱼"论。"花丛随机数蝶"得"丛"字。王步程去。为诸生改课艺二。至舅氏斋。李郁文、苞元表弟来。至月江舅氏宅。

初九日　为诸生改课艺三。至艺辅弟宅。至邵立三斋。

初十日　辰刻,驾舟赴城,同舟者为月江舅氏、树滋表弟、艺辅弟。与月江舅联句。至顺河,邻舟篙伤树滋左耳后。晚,抵闸口,步入城,寓印辰侄家,与艺辅同室眠。

十一日　出南门,至先茔拜高祖以下墓。是日,拟山侄葬。午后入城,议家祠司事及看茔佃户事。晚,至胡蔗坪宅。

十二日　至黄少霞宅。至俊夫大叔寓。与艺辅、印辰至河下小饮酒楼。至邱琴沚宅。午后,游荻庄,作《水调歌头》一。晚宿琴沚斋,与朱丈硐南夜话。是夕,艺辅归。

十三日　午后与朱硐南、黄少霞同舟入城。是夕,眠极早。

十四日　申正二刻,清明。早起,议家祠司事及看茔人事。回看盛子履学师。至陈复先宅诊病。午,赴黄少霞宅饮。饮罢,登南城,与邱琴沚、黄少霞、丁粹孙城头藉草而坐。西南一带积水澄空,月光渐上，胸次莹然。由南而西至庆成门楼乃下。赴胡蔗坪宅饮。饮至三更五点乃散。

十五日　至张聿修宅，为茔边盗土者，众议请示禁。至月江舅寓，偕驾舟出城，至荻庄，与盛子履、朱硐南、邱琴沚、黄少霞饮。饮罢，拟各为荻庄修禊诗。子履、硐南并缀以图。日落乃散去。

十六日　至俊夫大叔寓，复议祠茔事。事稍定，至阮定甫宅。闻赵蓉坨疾，候之不值。出城驾舟归，舟中阅《槎庵小乘》二帙，至晚抵家。闻郭蘧蘧归，延之谈。苏二表兄至。

十七日　至艺辅弟宅、舅氏斋。郭蘧蘧来，留谈竟日。端弟至。

十八日　诸生课题："子所雅言"章；"王顾左右而言他"、"言思忠论"；"细数落花因坐久"得"花"字。苞元表弟来。晚，至舅氏斋饮。

十九日　金君来议买田事。李静修帅其子禧、祉来入学。苏表兄去。

二十日　妹归家。端弟往柴沟。苞元表弟来，留午饭，仍议田事。至舅氏斋。舅氏及蘧蘧来谈。留晚饮。

二十一日　至蘧蘧宅，与艺辅弟至苞元表弟馆。驴背作七律一。与苞元、艺辅饮金君宅。饮罢，看所欲买田，共二十六亩零。饮茶樊家河庵。晚，复骑驴归。至舅氏斋，又与蘧蘧饮。

二十二日　舅氏来，至邵震寰宅，祝其夫人五十寿。蘧蘧来，留午饭。批诸生课艺三。端弟至。

二十三日　诸生课题："君子贞而不谅，王笑而不言"；"齐王不忍杀牛"论；"竹外桃花三两枝"得"枝"字。是日，头风小发，胸腹亦胀甚。晚，月江舅及蘧蘧来谈，留小饮。邵羽吉来。

廿四日　买田二十六亩。留诸说田者饮，纷纷琐琐事殊扰而不谙，至晚乃定。郭蘧蘧来，旋赴馆。

廿五日　鲍西垣来。邵羽吉来。为诸生改课艺十。

廿六日　为诸生改课艺七。大兄来，旋去。胡问樵来，旋去。

二十七日　胃气腹胀，得食乃安，明是气虚之象，延陈竹轩诊视。

晚,服药一剂。

二十八日 诸生课题:“君子欲讷于言而敏于行”;“闻义不能徙才难”论;“春晚绿野秀”得“春”字。为诸生改课艺十。至舅氏斋,至陈竹轩宅。作《获庄修禊诗》,并题《迈陂塘·荻庄修禊图》一阕。服二和药。

二十九日 为诸生改课艺十。为邵生宜昌选《国语》。月江舅、李郁文来。服药。

三十日 与黄少霞书。为梁生批课艺。至月舅宅晚饮。二更,服二和药。是日,子正初刻,谷雨。

闰三月

闰三月初一日丙子 拜家神龛,拜先师。为诸生讲陶庵先生文一。为梁生法、苞元表弟批课艺九。连日胸腹痛胀未差。晚,仍服白术、地黄等药。树滋表弟来。

初二日 胡问樵来,与之野步少顷,旋去。至舅氏斋,舅氏来,未遇。为王步程批课艺十。刘湘沄来,留晚饮。服二和药。

初三日 诸生课题:“畏大人”二句;“说大人”一节;“自求多福”论;“风柳万条斜”得“斜”字。与盛子履书,与赵容垞书,与印辰侄书。作《寄蓉垞》七绝一、《寄子履》五律一。

初四日 为诸生改课艺六。至史韫东宅。肝胃不调,服人参养荣汤。

初五日 至舅氏斋,与刘汇三、邵佩阶、立三至龙瑞庵看牡丹,复登五桥周览,乃归。午后,为诸生改课艺四。肝胃气不和之至,既痛且胀,坐卧皆弗适也。

初六日 肝胃仍不和,延周巨川诊。当以香砂六君子汤及芍药汤和之,养荣汤太襞实矣。晚,服药。

初七日 为诸生改课艺六。李郁文来。至取斯山房饮。晚,服药。腹胀如故。端弟至。

初八日 诸生课题："子贡方人"章；"月攘一鸡"二句；"月攘一鸡"论；《荷钱赋》，以"点溪荷叶迭青钱"为韵；"画桥碧阴"得"阴"字。舅氏来，邵羽吉来。端弟往柴沟。接黄少霞书并五律二、词二，皆荻庄修禊作。为诸生改课艺五。与艺辅弟村南晚步，作五律二。月江舅、李郁文、鲍生晚饮斋中。服前方药。与郭蘧蘧书。邵立三来。

初九日 周巨川来诊，订丸方、煎剂，仍前方。为诸生讲归季思时文一。与印辰侄书。与邱琴沚书并七绝一。与黄少霞书。为诸生改课艺五。邵立三来。服药。

初十日 为诸生讲王云劬文一。为诸生改课艺五。服药。与月江舅村西小步，作五绝一。王景洛来，与月江舅、景洛至鲍生宅晚饮。

十一日 王景洛来，鲍西垣来，舅氏来，艺辅弟来。久不雨矣，田家以无麦为恐，镇中人犹演剧为乐，殊不慊于理。午后，王景洛复来。宋应珩来，至舅氏斋，与月江舅、李郁文、宋应珩南村散步，作五古一。服药。月舅、郁文晚饮斋中。卢蕙琴来。是日，妹自塔儿头归。

十二日 陈礼模、方生来，陈锡蕃来。胸腹胀甚，拟停煎剂。写枳迭扇二。月江舅来。郭蘧蘧、鲍西垣、刘汇三来。周炯兄杰来。

十三日 诸生看赛神会，未课。月江舅来。董静山、董识君来。为人写折迭扇三。张墨泉来。昨日未服药。自朝至午，胸腹转似稍畅者，不可解也。端弟自柴沟至。苞元表弟、郭蘧蘧晚饮斋中。

十四日 辰刻雨。郭蘧蘧来。午晴。月江舅、宋应珩来。桂儿咽痛，延李俊三诊。诸佃客来写揽种笔帖。至史宅，至舅氏斋晚饮。

十五日 拜先师。午初二刻，立夏。偶观《选赋》，得养病法四句："祇慎乎所常忽，敬备乎所未防；淡乎若深渊之静，泛乎若不系之舟。"读朱子《诗集传》。午赴鲍宅饮。晚，游南村。

十六日 选订月江舅诗集。至月舅宅。刘汇三来。

十七日 选订月江舅诗集。晚，游西柳园。舅氏来。李郁文来。月舅来。刘汇三来。

十八日 选订月江舅诗集。为诸生勘课艺。邵立三来。李俊三来诊端弟喉痈。

十九日　选订月江舅诗集。为诸生勘课艺。周巨川、李俊三来诊端弟喉痈。邵羽吉来。

二十日　选订月江舅诗集。为诸生勘课艺。作《南村散步》七绝三。作《柳园曲》七绝三。周巨川、李俊三来。

二十一日　腹又胀。陈锡蕃、李俊三来诊端弟喉痈。

二十二日　端弟喉痈剧甚,陈锡蕃、李俊三来诊,又延马蚁甸董玉昭来诊。午后,作书与大兄。晚,大兄至。夜间,头痛甚。

二十三日　诸生课题:"入公门"三句;"事父母几谏"论;"风轻花落迟"得"迟"字。与董玉昭至舅氏斋。端弟痈溃,痛渐减。

廿四日　董玉昭去。大兄去。至艺辅弟宅。李郁文来。

廿五日　选订月江舅诗集,毕。写折迭扇二。至鲍方周宅问其夫人疾。为诸生讲黄陶庵时文一。为邵生评《选诗》。接黄少霞书并《游湖心寺》七古一。

廿六日　为诸生勘课艺六。检《诗集传》。

廿七日　苞元表弟来,为之勘课艺二。至月舅宅问疾。与鲍西垣奕。为诸生勘课艺六。写折迭扇一。至史宅。

二十八日　诸生课题:"古之学者为已,使诸大夫国人皆有所矜式";落花赋;"为有源头活水来"得"来"字;《扬花曲》。为诸生改课艺六。至取斯山房。至艺辅弟宅,与艺辅、李郁文放生庵侧散步,李郁文来。作《散步》五古一。

廿九日　周廷芳来。纪桂亭来。为诸生勘课艺六。

四　月

四月朔己巳　拜家神龛,拜先师。舅氏来。写《养一斋案头书目》。为诸生勘课艺七。艺辅弟来。

初二日　子正三刻,小满。久不雨,大麦可割者十之二三耳。涧河断流,低田秧多枯者。亢旱可畏,疾疫渐生,安得一雨解此群麦也?

为诸生勘课艺五。接赵容垞书并寄《水竹居画册》索题，因作七言长歌一。

初三日 诸生课题："知者乐，仁者寿"；"天下诸侯朝觐者不之尧之子而之舜，舜之避尧之子"论；"烟中牧入村"得"村"字。检《唐人绝句》。写赵容垞画册诗。李郁文来，留晚饮。舅氏来。任浦还来，至舅氏宅。

初四日 至任浦还宅。至舅氏斋。检《唐人绝句》。夜雨。

初五日 检《古诗源》。为诸生勘课艺四。晚，头痛，早眠。

初六日 早间头仍痛。午后，为诸生勘课艺七。作《盘石诗吊丁烈女》。夜雨。

初七日 写《盘石诗》。讲时文一。勘诸生课艺六。改《盘石诗》。

初八日 诸生课题："舜有天下"一节；"不学诗无以言"、"君子学道爱人"论；"识曲听其真"得"真"字。勘梁生课艺七。至取斯山房。至艺辅弟宅。

初九日 勘诸生课艺八。作书与盛子履、黄少霞、印辰侄。至舅氏宅。

初十日 勘诸生课艺五。邵立三、苞元表弟来。

十一日 至盛阶平宅贺，至舅氏斋贺，留午饭。饭后，头痛，早眠。

十二日 舅氏来。写扇一。午后，改诸生课艺六。头又痛。

十三日 诸生课题："居是邦也"三句；"然则舜不禁与"；《麦秋赋》；"文囿齐囿"论；"麦陇风来饼饵香"得"香"字；《秧马歌》。改诸生课艺七。

十四日 讲庆历文一。检《橐中集》。批王生时文三。至舅氏斋，留晚饮。接止泉舅氏书，接盛子履书。写扇一。

十五日 拜先师。为邵生批选赋。讲陶庵文一。改诸生时文三。检《橐中集》。舅氏来，至月舅宅。夜，大雷雨。

十六日　早，仍雨。检《橐中集》。午，家祭。改诸生文五。

十七日　李郁文来。题旧本《橐中集》后。申三刻，芒种。

十八日　诸生课题："疑思问"三句。"疑思问"论；"林藏初霁雨"得"藏"字。作《〈千秋绝调集〉序》。至月舅宅。月舅来。接盛子履书。

十九日　选《古诗源》入《绝调集》。检《橐中集》。至舅氏斋，至刘汇三宅，至艺辅弟宅。李郁文来，留晚饮。

二十日　批《选赋》。午后头痛。

廿一日　写扇三。鲍方周、纪桂亭来。批《选赋》。

廿二日　勘馆课六。

廿三日　勘课艺五。诸生课题："君子泰而不骄"章；"不可以为滕薛大夫监谪"论；"萧萧风雨麦秋寒"得"寒"字。苞元表弟来。

廿四日　勘课艺四。至舅氏斋。李郁文、邵立三艺辅弟来，留晚饮。

廿五日　看亭林《五经同异》。每句必以单墨圈识之，自此书始。勘课艺四。鲍星阶来。晚，舅氏来，刘汇三来。

廿六日　看《五经同异》二十版。改诸生课艺六。至史宅。

廿七日　王景洛来。至鲍西垣宅。至取斯山房。写扇一。

廿八日　诸生课题："子在齐闻韶"章；"平畴交远风"赋；"平畴交远风"得"风"字；拟古诗《涉江采芙蓉》、《迢迢牵牛星》二首。改课艺五。看《五经同异》。是日，雨。

廿九日　头痛，未出中门。

五　月

五月初一日甲戌　拜家神龛，拜先师。至鲍生宅。改诸生课艺一。作"皆雅言也"时文一。舅氏来，偕步西村。晚，至舅氏斋，晤倪宝符，留饮。接大兄书，闻礼部议准刘念台先生从祀孔子庙，窃喜之。又思有明一代儒之粹者，如曹月川、吕仲木，皆笃实之至，终身无疵玷者也，较之白沙、阳明纯实多矣，今取白沙、阳明而不取月川、仲木乎？惜无继请者耳。又思念台宗阳明者也，汤潜庵亦宗阳明者也。念台从祀，则汤潜庵之品诣、经济，亦本朝第一流人物也，何无请之者乎？抑闻方望溪尝请之矣，潜庵尝有遗议乎？俟考之。

初二日 至李宅吊。至巡检司所回拜。至艺辅弟宅。改诸生课艺四。端弟至。

初三日 郭焕秋来。诸生课题："敏而好学"三句；"行乎国政"二句；陈仲子论；"潭影空人心"得"心"字。胡问樵来，大兄至，端弟去。

初四日 巳初一刻，夏至。苞元表弟来。至月舅斋。大兄去。陆仲雪来。

初五日 午前，雨。至史宅。月舅来。午，家祭。至鲍宅饮。至舅氏斋，至放生庵小坐。李郁文、鲍生来，留晚饮。又雨。

初六日 看《五经同异》。午，家祭。月舅、苞元表弟、李郁文来。

初七日 郭焕秋来。至艺辅弟宅午饮。至刘汇三宅。胡问樵来，未遇。月舅来，苞元表弟来，艺辅弟来，刘汇三来。

初八日 诸生课题："行已有耻"四句；"壮而欲行之"、"舜受尧之天下不以为泰"论；"昆山片玉诗"得"山"字。头眩，未出中门。改诸生课艺十五篇。晚，大雨。与盛子履书。

初九日 改诸生课艺八篇。午后大雨。月舅来，留晚饮。

初十日 午后又雨。改诸生课艺三篇。

十一日 晴。至西村观插秧。改诸生课艺三篇。

十二日 至鲍方周宅祝寿，留午饭。午后头痛。晚饮月江舅宅。

十三日 诸生课题："性相近也"章；"偃之言是也"；绿阴赋；"孝为顺德"论；"绿阴生昼静"得"生"字；团扇歌。检朱竹垞《孔门弟子考》。改诸生课艺四。

十四日 检《五经同异》。至鲍生宅。月舅来。

十五日 拜先师。舅氏、月江舅、任君试廉、艺辅弟来午饭。勘梁生课艺八篇。李郁文来。端弟至。夜，发头风，但未呕耳。

十六日　端弟去。朱生楷至。改课艺五篇。与邱琴沚书。

十七日　接盛子履书并诗一首。改课艺五篇。

十八日　诸生课题:"有德者必有言"一节;"有德者必有言"论;"漠漠水田飞白鹭"得"田"字。接大兄书。孙生淳、李生禧、李生祉至。舅氏来。勘王生课艺六篇。

十九日　纪桂亭来。检《五经同异》。至邵宅午饭。至艺辅弟宅。

二十日癸巳　寅初初刻,小暑。舅氏来,留午饭,改诸生课艺四。艺辅弟来。

廿一日　改课文四。舅氏、月江舅氏、李郁文来。

廿二日　改诸生课艺三。王景洛来,检其诗。

廿三日　诸生课题:"子谓子贱"章;"晋人以垂棘之壁"三句;"禹闻善言则拜"论;"榴花庭院晚晴初"得"晴"字。午,家祭。检元诗。艺弟来,月舅来。

廿四日　周巨川来。午后,雨。

廿五日　至舅氏斋乘凉一日。与邵立三奕三局。

廿六日　勘诸生课艺六篇。朱生芳至。接邱琴沚书。

廿七日　勘诸生课艺七篇。至舅氏斋问疾。

廿八日　诸生课题:"立则见其"二句;"少师阳"一节;初日芙蓉赋;"初日芙蓉"得"初"字;碧筩消夏歌。李郁文来。

廿九日　勘诸生课艺六篇。作《晚坐》五古二。

六　月

六月初一日癸卯　拜家神龛,拜先师。勘诸生课艺五。

初二日　曝书。勘诸生课艺五。

初三日　曝书。诸生课题:"季文子三思"章;"不念旧恶";"把酒话桑麻"得"村"字。勘诸生课艺六。作《追悼宋绀佩》诗。李郁文来。

初四日　曝书。勘诸生课艺六。午后头痛。

初五日 早，头仍痛。舅氏来。至月舅宅。勘梁生文五篇。

初六日 戊申戌正一刻，大暑。勘诸生课艺四篇。检《湘亭杂著》。

初七日 勘诸生课艺六篇。阅《邸抄》。

初八日庚戌，初伏 诸生课题："子路问事君"章；"沈同以其私"章；微生高论；"础润而雨"得"雨"字。至商传易宅唁。至鲍希闵宅唁。至周巨川宅问疾。至艺辅弟宅。至刘汇三宅，留早饭。至陈锡蕃宅，祝其夫人六十寿。午，家祭。阅今科会试魁卷。

初九日 勘诸生课艺五篇。鲍星阶来。阅会墨。写挽鲍联。至舅氏斋，留晚饮。月江舅来。

初十日 勘诸生文二，讲时文一。至鲍宅吊。至刘汇三宅。午后头痛，至二更乃止。刘汇三来。

十一日 勘诸生文二。与大兄书。端弟至。邵羽吉来。田望雨久矣，至是乃得一寸雨，涧河稍通溜，饮水稍清。至鲍星阶宅。

十二日 勘诸生文六篇。舅氏来。是日，热甚。

十三日 诸生课题："君子上达"章；"燕人畔"章；"荷净纳凉时"赋；"修竹不受暑"得"修"字。勘诸生文七篇。与印辰侄书。与黄少霞书。与邱琴沚书并七律一首。

十四日 勘梁生文六篇。晚，大雨，涧水通荡口矣。

十五日 至取斯山房，为邵立三揲蓍占南闱得失，得《既济》之需。留午饮。纳凉至薄暮，归。

十六日 至鲍抡彦宅午饭，生二十初度也。王生步程来。午后，与月江舅、王生、鲍生至金刚庵小坐。晚，忽恶风欲呕，服姜茶乃汗。去年麻痧症又行，得此症者不三四日泻即死，怪哉！

十七日 为邵佩阶点定课艺四。写扇一。王景洛、刘汇三来，留午饮。是日，胸腹仍不快，周巨川来诊予疾。晚，服香茹饮一剂。一更，闻陆生怀生之母以呕泻暴亡，急趋至其宅，则附身之物一切无有。与邵佩阶酌辨，二更后，归。陆生于客岁夭，弟瑞生馆于郡城，尚未得凶耗。一六岁弟及二妹环泣而已。予四年来,哭陆大应中死,哭怀生死,兹又哭怀生之母,陆氏之衰替亦极矣,悲夫!

十八日庚申,中伏 以天热停诸生文课。早,至陆宅,暮乃归。仍服药。

十九日 午,至陆宅。邵孚安来。作书答梁馥庵。至舅氏斋问晓梧表弟疾。苞元表弟来,未晤。任浦还来。

二十日 勘诸生课艺六。作挽陆母诗。蘧蘧来,陆母,蘧蘧之妹也。讲陶庵文一。

廿一日 勘诸生课艺六。讲明文一。舅氏来。为任浦还与书黄少霞。程掌衡来诊次儿疾。至张德传宅。至史宅,阅《邸报》。

二十二日甲子 午正二刻,立秋。舅氏来。郭蘧蘧来,留谈竟日。是日,奇热。程掌衡来。

二十三日 天热停课。勘诸生课艺三。至郭蘧蘧宅。至舅氏斋。张德传来。刘汇三来。艺弟来。晚,又恶风,服姜汤。郭风才来。

二十四日 至蘧蘧宅。午,家祭。

二十五日 勘梁生文六篇。与梁馥庵书。至舅氏斋。

二十六日 头眩、恶风、欲呕,四肢疲困,延程掌衡诊,服荆芥、香薷等药。是日,未出中门。妇亦呕吐。接大兄书。

二十七日 头目稍清,仍延程掌衡来诊。去荆芥、防风,又服药一剂。妇亦服药。是日,仍未出中门。晚,得凉汗。

二十八日庚午,末伏 初度之辰,延舅氏、月江舅、郭蘧蘧、李郁文、苞元表弟、邵立三、刘汇三、鲍抡铨及馆中诸生午饭。客散,与月江舅、郭蘧蘧晚饮闲话。微雨数点错落荷叶上,甚有韵。然稻田望雨甚迫,时疫未减,亦需快雨解其毒气。涧水断流,居人所饮者皆不甚洁,尤冀得大雨,使涧水畅行也。二更,已云散见星矣。

二十九日 云阴阴似欲雨,仍不雨也。勘诸生课艺二。接蔡君名儒书,即裁书答之。

三十日 至刘汇三宅。至舅氏斋。检《春秋大事表》。蘧蘧晚来。

七 月

七月初一日癸酉 拜家神龛，拜先师。检《春秋大事表》。勘诸生课艺五。接梁馥庵书。梁生法仍附舟南行。晚，微雨。

初二日 早起受凉，胸格格不快，时欲呕吐，服姜汤、椒面。晚，痛饮得汗。鲍西垣饯席未赴。周巨川来诊李生。

初三日 诸生课题："尽信书"章；"孔子请讨陈恒"论；"注目寒江倚山阁"得"山"字。至严宅。检《春秋大事表》。舅氏来，蘧蘧来，梁价来。梁法又不偕行矣。

初四日 勘苞元表弟文三篇。至鲍西垣宅问疾。月江舅借馆地宴客，申刻散去。泄泻一次，服姜茶，未晚饭。

初五日 至严宅候病。至邵其昌宅问其外症。至蘧蘧处问其阿郎痢疾愈否？董玉昭来诊，松儿连日泄泻腹又胀也。至艺辅弟宅。勘苞元表弟文三篇。写扇一。勘诸生课艺二篇。勘梁生课艺二篇。董玉昭又来诊，松儿身热口渴。晚，服药一剂，未甚安帖也。

初六日 松儿腹稍宽，口渴弥甚。延董玉昭、周巨川、程掌衡来诊，用香茹、猪苓等药。午后泄泻稍减，热犹未退。勘诸生课艺九篇。刘汇三处饯席未赴。

初七日 周巨川、董玉昭来诊，松儿夜间热甚，口渴稍止，腹泻亦稀，神气渐复，服香茹、吴曲等药。邵孚安来，郭蘧蘧来，舅氏来，苞元表弟来。邵孚安饯席未赴。至郭蘧蘧宅。至舅氏斋。至鲍抡彦宅送行。至刘汇三宅，问其三弟疾。鲍生来辞行，次日南下应省试。

初八日 寅初初刻，处暑。诸生课题："曾子曰胁肩谄笑"一节，"未同而言"论；"江上青山送"得"送"字。与大兄书，问南行决否？午后得书，决于往矣。至舅氏斋，送苞元表弟南下。董玉昭来诊松儿，谓转为疟矣，服柴胡、青皮等药。

初九日 妹及甥归。董玉昭来诊松儿,仍用昨日药。陈掌衡亦来。至蘧蘧处问其阿郎痢疾。蘧蘧与鲍生约同舟南下,以阿郎故稍缓矣。至邵宅送邵佩阶、其昌、全昌、守昌南下。至舅氏斋。晚,牙痛异常,一夜眠不稳。

初十日 牙痛,牵连头面喉舌皆痛,延程掌衡来诊,服荆防、升麻等药。蘧蘧及李郁文来谈,留之半日。午后,牙痛稍平。松儿夜间仍热,想是疟也,服程掌衡药。

十一日 程掌衡来诊松儿,服露浆饮。勘诸生课艺五。勘梁生课艺三。邵羽吉来。李郁文来。牙痛稍减,仍服石膏等药。

十二日 至郭蘧蘧宅,其阿郎痢稍止矣。至邵宅。延刘乔山诊松儿,谓纯热之疟,当以退热为要。又延董玉昭来诊松儿,其母亦滞下三四行。董视之,令服败毒散以散之。鲍韫华来。勘王步程课艺四。至蘧蘧宅送行。渠阿郎尚未痊愈,临歧牵衣,殊难为怀也。

十三日 诸生课题:"人有不为也"章;"史鱼蘧伯玉"论;"夕阳山外山"得"山"字。至郭宅视蘧蘧阿郎疾,滞下又减矣,使服周巨川煎药方、刘乔山丸药。又延刘乔山诊松儿,儿昏睡半日。晚,延董玉昭诊之。周巨川、程掌衡午前亦来诊,均谓疟热甚重。是日,服药二剂。

十四日 午,家祭。延董玉昭、周巨川、程掌衡来诊松儿,留午饭。饭罢,留董玉昭住二日。晚,松儿仍昏睡,弥知是疟也,然寒热究未分明。是日,董玉昭诊蘧蘧阿郎,谓可不药矣。

十五日 晨,拜先师毕,放诸生归。董玉昭、周巨川同诊松儿,仍用柴苓、二陈导赤等药。柴胡无真者,已服至八剂矣。舅氏来,留午饭。晚,月江舅来,留晚饮。松儿阿娘忽又滞下数次,服羌活等药。与大兄书。

十六日 至陈竹轩宅,祝其六十寿。董玉昭、周巨川同诊松儿,谓内热甚重,宜服黄连,因又留董一日,与周巨川同午饭。松儿阿娘仍滞下,连服羌活败毒散二剂。董玉昭亦疟,不晚饭而卧。王景洛来。与舅氏及刘汇三同晚饮。桂儿忽又滞下头痛,予心绪真如乱丝,南下事大可阁起。以同人旧约，姑订廿六日，究未知能去否也。与妹书。

十七日 邵孚安、刘汇三、李郁文、王景洛及卢二表弟均来问疾。董玉昭午饭罢，去。松、桂与其母均未退病，而董以疟难留也，药均似昨日方。王景洛亦午饭罢去。周巨川午后来，谓仍用董方。鲍韫华、商传易来问疾。买药煎药一切烦絮，留艺弟摒挡之。李郁文来，谈至三更去。艺辅弟宿斋中。

十八日 诸生课题："先生以仁义说秦楚之王"；孤臣孽子论。"疏雨滴梧桐"得"疏"字。周巨川来诊妇及桂、松，增减董方，谓病皆渐退。然松儿是日仍旧，桂儿未起行，妇滞下十数行，心膈蓬勃欲呕者数也。李郁文、月江舅来，留晚饮。李谈至二更去。艺辅弟仍宿斋中。

十九日 周巨川来诊妇及桂、松，妇滞下渐减，桂亦然，犹服清导之剂，松又感凉，服发表之剂，然神气愈弱矣。是日，颇委顿沉困。鲍韫华、邵孚安来问疾。端弟至，旋去。仆夫郭二忤予，遣之。李郁文来，留晚酌。张生廷柱及艺辅弟自此均宿斋中，慰予寂也。

二十日 晨至周巨川宅，至艺辅弟宅，至郭斗宅，至舅氏斋。斗滞下已愈，但脾虚宜补耳，命之服八仙糕。舅氏胸腹颇不快，屡服槟榔丸，亦非衰年所宜也。周巨川来诊妇及桂、松，谓均一二剂药可痊，喜甚。鲍方周来问疾。勘诸生课艺七。李郁文来。至鲍星阶宅问疾。至史宅。

二十一日 周巨川来诊妇及桂、松，松服清热养阴之剂，妇及桂可不药。予受凉食滞，服荆防、神曲等药。一门之内，何多病也？邵立三来奕二枰。程掌衡来诊予。予不能饭，早眠。

二十二日 周巨川来诊松儿，药与昨日相似，以疟仍未退也。妇服香砂枳术丸，予服温中导滞之剂。晨不能饭。午，留李郁文共饮数杯。午后，时恶风，时微汗，恐似疟耳。邵羽吉来。商传易及表弟蔼吉来。晚，又与郁文痛饮，乃大汗。

二十三日乙未　未正刻，白露。周巨川来诊予及妇、桂、松二子，谓均可不药矣。舅氏及邵立三来。微雨，留午饮。大兄至。予与立三奕。晚，作《将赴省闱留别塾中诸子》七律一。

二十四日　盛阶平来，邵孚安来。至舅氏斋。作书与印辰侄。任浦还来。月江舅、刘汇三偕来。微雨，留晚饮。与立三奕二局。

二十五日　至鲍韫华宅，预祝其明日五十寿辰。至邵孚安、刘盈初、任素存及舅氏、月江舅、艺辅弟、史韫东、严来东、郭斗宅辞行。晚，又至薛丈震峰宅。王景洛至，旋登航入城，先待于河下舟次。邵孚安、震寰、鲍韫华、方周、刘盈初、张德传、薛廷佩及舅氏、月江舅、任素存来送。

二十六日　平明起，与大兄及邵立三登涧河舟。邵羽吉、惟清及塾中诸生来送。舟中与立三奕数局。申刻入城，至赵蓉坨宅问疾。蓉坨面黄唇白、气虚力惫，疾似不可治。谈少顷即出城。邱琴沚、黄少霞待于荻庄，出近所唱和诗，予亦诵《南行留示塾中诸生》诗，旋分手登舟。舟伴六人，予与大兄及邵立三、刘汇三、任浦还、王景洛，各坐邵伯划子，予与王、刘一船，仍去年例也。黄昏，舟行，薄饮数杯，观琴沚、黄少霞诗。二更，眠犹不稳。是夜，舟未停。

二十七日　五更，闻界首闸声，晨过六安沟。登岸闲步，荷田数顷，风露沁人，水香佳境，甓社湖晓色尤美。卯饮时，便欲赋咏矣。饮罢，作《晓起观荷》五律一、《晓观甓社湖》七古一、《和琴沚少霞》七古一，雨时落时止，避荻港中而饮。是夜，宿邵伯埭南三里来鹤寺。别三年矣，未得一游，殊怅怅也。

二十八日　辰刻，过扬州钞关，作《眼儿媚》词一，用去年过此词调也。未刻，至瓜洲。以南风大不渡江，拨小舟而北，游锦春园。园渐就颓圮，而林木蔚然，池塘映澈，桂香满院，蕉叶蔽人，为徜徉者久之。忆丙子来此，游未及竟，雨声在树，匆匆登舟。今则斜阳半川，游怀颇辔，而楼榭周回蛛丝燕粪，履声岌岌然，不可登也。向者登楼四览之兴渺矣，因各折桂花一枝而返。晚饮，即事成七绝一。饮罢，与立三奕一局，乃眠。

二十九日 晓星未落，残月初明，舟抵江口，呼红船伴渡。鸡声渐远，涛声遂来，风不甚顺，浪益雄肆，中流奔涌如战鼓，如怒雷。风浪所冲，几误触郭公墓，然不至食顷便抵南岸，较之去年渡瓜洲时，其声势震动无十之一也。出入新河口，东风上帆，游行于云岚竹树间。居人初起，而山转村开，已有草冠而骑驴者。午至龙潭，未登岸。申刻，至栖霞寺前。入寺访卓公，黄昏下山。是日，补作《游锦春园》五律二。作《满江红·渡江》词一，作《新河舟中即事》七律一，作《与卓公》七古一。晚，宿十步桥，去栖霞寺三里。

八　月

八月初一日壬寅 由十步桥肩舆入城，途中风物如旧，但秋禾以旱损，居民贫瘠较甚耳。作《摄山道中》五律一，作《蒋王庙》五律一，作《徐中山王墓》五律一。未刻，入太平门，抵篦街后百花巷秦宅寓。寓五人：苞元表弟七月望前至，待予与大兄及刘汇三。王景洛来，摒挡未定。宋应珩、邵东卿得天恪斋。郭蘧蘧、鲍邦士来访。晚饭罢，至宋应珩寓，任浦还在宋寓中，与予寓相距不数武也。

初二日 坐船至东关鲍生寓，留午饮，饮客皆半醉。醉中至邵佩阶寓，至邱润之寓，晤胡蔗坪，因偕蔗坪、润之、邱孚伯、王景洛至万花园小饮。予午酒未醒，连饮数大觥，遂至泥醉。雨声满窗，烛花已烬，留恋不忍行。复相携至润之寓，狂谈不可记，大率皆坐客掩耳者。肩舆归寓，二更后矣。

初三日 病酒慵起，止泉舅氏与邵羽吉联姻，予为执柯。是日，纳征，予以酒病不能往，请大兄代。鲍生与予谈竟日。晚，大雨，留宿寓中，作家书并《寄儿子》七绝二。

初四日 早，微雨。梁审之来，卢铁珊来。与鲍生至东关晤邵佩阶，留铁珊午饮。审之饮未罢而归。鲍生仍宿寓中。晚，又雨。

初五日 早，与鲍生至东关，复偕至郭蘧蘧寓。寓城南关正觉寺后,草树弥望,瓦屋数椽,蘧蘧独栖其中,颇清静可喜。为作七律一题其壁。偕蘧蘧过清溪渡访胡蔗坪、黄斗南,微雨入秦淮酒肆,与蘧蘧饮数杯。访卢铁珊、梁审之,归寓已暮矣。邵佩阶、立三来。蘧蘧、邦士宿寓中。

初六日 胡蔗坪、黄斗南、赵午桥、王燮夫来。朱玉归。鲍生以录遗事抑郁不快,拟不入闱,昨夜又咯血,神气萧索之至,与之谈不悟。作《长歌行》以慰之。蘧蘧去,鲍生仍宿寓中。晚,又作七绝二。

初七日 摒挡入闱考具,琐屑不耐,体中甚倦,早起便思卧也。鲍生竟抑抑以病归。命之留栖霞寺待予同行,怅然而别。

初八日 黎明,赴贡院,平旦入闱。正考官穆彰阿,满州人,嘉庆乙丑进士;副考官徐士芬,浙江平湖人,嘉庆己卯进士;监临孙尔准,江苏无锡人,嘉庆己卯进士。是日,坐平江府"宜"字号,与邱亮廷、刘稚圭同号舍。午后,热不可当,几欲眩晕,痛饮茶少定。夜,作《忆秦娥·号舍题壁》词一,五言古一。

初九日 《四书》题:"先有司"三句;"为圣人"二句;"是集义所生者"四句;"清露被兰皋"得"兰"字。是日仍热甚,不能静坐构文。至四更,四草乃就。夜子三刻,秋分。

初十日 午未,真草全。未初,出闱,精力大惫,谓此生不必再为进取想矣,姑完场以归可也。鲍生札来,竟以病先行,殊可忧。

十一日 平旦,入二场。坐龙腮"推"字号。在大兄号中小卧片时,进食二次,颇适意。阅邱孚伯、梁审之、卢兰士、卢苞元闱艺。晚,对月思家,作七律一。

十二日 《五经》题:"君子以思,不出其位","克知三,有宅心"四句;"孑孑干旄"四句;"秦伯使术来聘"、"读书食则齐豆去席尺"。午后,微雨。三更真草毕,卧号舍中。夜,暴凉。

十三日 平明出闱。精力可支,凉故也。王景洛代誊头场首艺,阅者谓当出人一头地。笑而不敢应言,亦不足逊也。此事自有命数,听之而已。若言文事去前辈且万里。午,有恶风意,饮热酒数杯稍适。

十四日　三场点名甚早，黎明至贡院前犹不及，补点入，平旦时耳。坐“翔”字号，与刘汇三同。午后至邱孚伯号中，写扇二。有邻号某生者，见予所写扇，字迹诗句飞动不拘，卒然问：“君苏州人耶？词翰皆佳甚。”余笑曰：“非苏州人也，故词翰佳则有之，未能佳之甚。”观者皆大笑。

十五日　策题：经学、临雍、说文、刑制、治河。黄昏，真草毕，候汇三至二更，乃同纳卷出。到寓置酒赏月，而云色往来，月光暗淡，饮者皆疲，甚思卧，殊不畅也。予作《水调歌头》一，用去年中秋出闱词调。光阴之迅，名场之苦，俯仰悲怀，向谁诉说？歌以自遣而已。

十六日　梁审之、邵东卿、得天、恪斋来。将午，予忽恶冷，引被而卧，冷弥甚。午后烦热，至二更后乃得汗，知是疟也，转自喜。盖头场之奇热，二场之暴凉，有病而扶出者，有死而舁出者，予之疟幸也夫！雨自午至亥不休，水溜潺潺，扰人魂梦，弥增客绪耳。枕上作七律一。

十七日　晨起，神思筋力都觉委顿，食粥一碗，稍平适。将午，蘧蘧来。午后任浦还、宋试言来辞先归。闻五坝、车逻坝齐放，湖水澔汗，任、宋皆由六闸入荡行。梁审之来辞先行。是日，服姜茶不计碗数。与止泉舅氏书。

十八日　早饭甫毕，疟便至，大寒大热，热之尤不能堪，至晡时乃汗，委顿极矣。蘧蘧来寓宿，约寓中五人同船行也。卢铁珊来别。延医士汤济五来诊，候至二更不至。

十九日　早起，肩舆到汤济五宅。汤以嗽未起，其子必达亦诸生入闱者，代父诊视，与煎方二。归寓摒挡行李杂物，拟午后登舟启行。而寓中诸人检点未齐，俄延间舟人，谓水关已上，不能出城矣。服药一碗，竟日皆食粥也。邵佩阶、立三、东卿、得天、恪斋来辞先行。闻鲍生邦士十三日犹在燕子矶，殊不可解。晚，作《留别金陵》词一。

二十日　坐小船出水西门，登江船。疟疾已至，大冷大热，至暮乃解。是夜,宿龙江下关。

廿一日 早至燕子矶,避江涛之险,肩舆往栖霞寺,同人亦策蹇行。途中秋禾半获,黄云弥望,山水田园,幽趣满怀,弥觉劳人之多事矣。薄暮至栖霞寺,入般若台访卓公,剪烛啜茗,身心顿清。晚,遂宿般若台中。七年前旧榻犹在,流光迅速,一事无成,为怅悒久之。夜深无睡,山虫四答,缺月半窗,不知身在何境?是日,作五律二、七绝一、五古一,五绝二。

廿二日 早起肩舆出寺至江船,疟疾当期竟不至。午后仍服药。晚,住新河中龙潭东十余里。

廿三日 行新河中,将晚至镇江。卢苞元入城买药。船宿七里河神庙东,予仍服药。

廿四日 晓,微雨,渡江。作七律一。船户人少而性烂,沿途停顿。午后,避雨又避粮船,至晚行不三十里。宿三汊河南。晚雨,作《舟中即事》七绝一。仍服药。

廿五日丙寅 卯初一刻,寒露。由三汊河南三里许行,至申刻末,未抵扬州,以船遇北风,又粮船满河,船户藉此躭延也。予午前苦头痛,昼眠许久乃已。是夕,宿扬州,作《浣溪沙》词。

廿六日 同人闻昭关坝水势甚险,决行下河,另雇小舟由壁虎桥东下。午后过船,晚宿东关。吴生绍吉来。

廿七日 船下壁虎桥入芒稻河,水势迅悍可畏。午至仙女庙,水势渐阔,微雨低云,天水如一,田畴汩没,室庐廛市,漂泊奇零,不成村落矣。晚泊野村中,不知何名。水声瀌瀌,不能遽眠。同人高歌,村仆杜小亦拍手和也。是日,作《湖东悲》七古一。

廿八日 晓,仍逆风打桨而行。居人傍桥者,舟过桥下,拆桥索钱,竟日凡三四处。将晚,水天混茫,舟人迷路。黄昏泊汤家庄,人家半在水中,登岸小立,风水之声盈耳,凉气侵肌,殊难久立。归舟拥被,作七绝三首。

廿九日 早饭过兴化县城。城四面皆水,今秋水溢至城脚矣。

登岸入城茶肆小坐。风俗猥琐，殊无足观，匆匆归舟，作五律一。晚泊杨家庄，亦村之僻者。

三十日 五更开船，黎明过沙沟。将至射阳，舟人迷路，迂行二十里。晚，作七言律一，感慨咏歌，聊与苇岸秋虫叙旧而已。

九 月

九月初一日壬申 涧河口水浅舟塞，遂由荡入溪河至姚家河口。王景洛分路先拨小舟而归。至蒋家桥，大兄分路先归馆舍。予登岸省视婶侄。至崔家河，天已暮矣。端弟、桂儿闻予至崔家河，趋问在路一切。盖赴省十次，归期之迟，以今年为极。家人不知予等换船行荡，惶迫殊甚。舅氏悬切表弟及予，谓过期不至，而湖水又极险，或有意外之患，谈余竟继以泣也。是晚脱不抵家，则次日命端弟南下寻访消息矣，因命端弟押行李急归。予与郭蘧蘧、刘汇三、苞元表弟步行五里抵家。二更后小饮，谈别后状，至四更乃眠。

初二日 延周巨川诊松儿，连日下痢故也。鲍星阶、张德传、刘盈初、李郁文、韦右箴、邵惟清、其昌、全昌、守昌、寿昌、保昌、承志、张廷柱、商传易来问予近况。舅氏及苞元、晓梧两表弟来，舅氏连日焦虑，颇有病色。邵立三、任浦还来。立三、浦还皆先予到者。接王景洛信。午后，至舅氏、月江舅氏、史韫东、严来东、艺辅弟、李郁文、郭蘧蘧、刘盈初、邵孚安、鲍星阶宅。鲍生抡彦于廿二日抵家，病卧数日乃兴。晚至斋中，以南行诗册畀之览。李郁文又来。是日，松儿下痢稍减，未服药。学语未成音，而斯须不肯离膝，愈增予儿女情耳。端弟去。

初三日 月江舅来，邵既昌来。至任试言、陈锡蕃、韦右箴、张德传、任浦还、薛丈震峰、范士楷宅。浦还已赴馆。薛丈年九十三矣，对客无惰容，犹能以细字抄《左传评》也。午后，浴。接大兄书。张廷柱来，坐雨闲话，留之小饮。松儿下痢又减于昨日，特汗多，体羸耳。

初四日 作书与琴沚。薛廷佩来。舅氏招午饮。午后与蘧蘧、立三、苞元表弟叶子戏。积雨弥日,实难消遣也。二更散,雨竟夜不止。

初五日 晓霁,未见日。午前又雨。赴任池清宅午饮。饮罢,蘧蘧、立三、苞元来,又寻昨日消遣之法,至三更乃散。

初六日 邵震寰来,邵羽吉来,李郁文来,留午饭。饭罢,与至舅氏斋,至邵羽吉宅。又陪舅氏至蘧蘧宅。晚至刘汇三宅小饮。初见月。

初七日 与大兄书。接琴沚书并诗二首。邵保昌来,午后至立三斋,仍寻初四、五日消遣之法,至二更散。

初八日 立三招午饮,又寻昨日消遣之法,至三更散。

初九日 陈竹轩来,朱楷至。午后与月江舅、李郁文、鲍生邦士徙倚任氏墓田中,又入任氏宗祠啜茗小坐,日斜乃归。晚,留月江舅、鲍生、李郁文小饮,蘧蘧及舅氏亦至,二更散。

初十日 辰正初刻,霜降。诸生入馆糊窗扫地,检点书籍,为三冬足用计也。看《朱子全书》。邵立三来,邵羽吉来。晚饭后与月江舅闲叙。归卧甚早,转致不寐。至三更复起坐啜茗。五更眠乃熟。

十一日 至舅氏斋。至鲍兼三宅,贺嫁女。至彭巡检寓回拜。王生耀文来,留晚饮。邵佩阶、立三、刘汇三来。大兄至。

十二日 大兄入城。至刘汇三宅午饮。饮罢至立三斋,寻初七、八日消遣之法,一更散。

十三日 邵孚安来约午饮,兼寻昨日消遣之法。三更散,头风大发,呕至五更乃眠。

十四日 精力殊委顿。舅氏昨日约小集,复至取斯山房,坐寻昨日消遣之法。午后,闻揭晓信。淮属止正榜一人,徐登鳌;副榜一人,鲁一同,去年新入泮者。二更归,谓儿子曰:“科名之事,予今生已矣!”儿辈为之可也。

十五日 疲倦晏起,晨未谒先师。午,家祭。午后阅《题名录》:解元胡国梁,安徽泾县人。薄暮与艺辅弟、桂儿南村散步,月上乃归。

作五律一。

十六日 勘诸生日程。大兄自城归。看《朱子全书》。晚，舅氏来，留谈至二更去。

十七日 陈裕昆来，端弟至。至邵生熙昌宅祝寿。午后送大兄至任氏墓田侧，独步久之，幽情顿生。作五古一，自谓有陶公遗意。然陶公真本领，乃在《咏贫士》诗中“所惧非饥寒，所乐非穷通”二语，我辈能之否耶？徒学其诗格何为也？因书陶公《咏贫士》七诗于此，以省以玩，消我鄙吝。“万族各有托，孤云独无依。暧暧空中灭，何时见余辉。迟迟出林翮，未夕复来归。量力守故辙，岂不寒与饥？知音苟不存，已矣何所悲？”“凄厉岁云暮，拥褐曝前轩。南圃无遗秀，枯条盈北园。倾壶绝余粒，窥灶不见烟。诗书塞座外，日昃不遑研。闲居非陈厄，窃有愠见言。何以慰我怀？赖古多此贤。”“荣叟老带索，欣然方弹琴。原生纳决履，清歌畅商音。重华去我久，贫士世相寻。敝襟不掩肘，藜羹常乏斟。岂忘袭轻裘？苟得非所钦。赐也徒能辩，乃不见予心。”“安贫守贱者，自古有黔娄。好爵吾不萦，厚馈吾不酬。一旦寿命尽，敝服仍不周。岂不知其极？非道故无忧。从来将千载，未复见斯俦。朝与仁义生，夕死复何求？”“袁安困积雪，邈然不可干。阮公见钱入，即日弃其官。刍藁有常温，采莒足朝餐。岂不实辛苦？所惧非饥寒。贫富常交战，道胜无戚颜。至德冠邦闾，清节映西关。”“仲蔚爱穷居，绕宅生蒿蓬。翳然绝交游，赋诗颇能工。举世无知者，止有一刘龚。此士胡独然？实由罕所同。介焉安其业，所乐非穷通。人事固以拙，聊得长相从。”“昔在黄子廉，弹冠佐名州。一朝辞吏归，清贫略难俦。年饥感仁妻，泣涕向我流。丈夫虽有志，固为儿女忧。惠孙一晤叹，腆赠竟莫酬。谁云固穷难？邈哉此前修。”月江舅、鲍生来，刘汇三来，留小酌。李郁文来。

十八日 诸生课题：“焉知贤才而举之”一节；举贤才论；“而无车马喧”得“无”字。端弟去。看《朱子全书》。王景洛来，宿斋中。

十九日 王景洛去。与琴沚书并五律一；与少霞书并五律一；与杨香谷书;与张生敬铭书。勘朱楷课艺一本。看《朱子全书》。

二十日 勘表弟蔼吉课艺一本。邵立三来。

廿一日 看合药。选《国策》。为王姓作挽联。晚饮月江舅宅。

廿二日 收陈河稻、樊河稻。

廿三日 诸生课题:“五谷者”章;“牛羊又从而牧之”;红叶赋;“立贤无方”论;“有位佳人,在水一方”得“人”字。拟陶公《九月西田获早稻》诗一首。至舅氏斋。收陈河稻,两日所收共七十余石耳,不足以自食其八口也,何时方可为老农耶? 月江舅来。与董玉昭书。端弟至。

廿四日 接印辰侄书。延舅氏午饭。李郁文来。将暮与郁文西村散步。斜阳流水,心境颇旷,作五律一。邵立三、刘汇三来,留小饮。作《满江红·酒边感兴》一阕。董玉昭来,端弟入城。

廿五日 辰初二刻,立冬。至裴姓宅候董玉昭。至鲍西垣宅问疾。点勘张廷柱课艺一本。金希文来,至邵宅回候已行矣。

廿六日 邵孚安来。点勘邵宜昌课艺一本。

廿七日 为诸生讲黄陶庵时文一。勘邵寿昌文。李郁文来。

廿八日 诸生课题:“孔子曰道”一节;“知其罪者惟孔距心”;“四端犹四体”论;“黄叶下时牛背晚”得“时”字。勘寿昌文。作《春秋三传简正序》。邵佩阶来。月江舅来。

廿九日 作《春秋三传简正》四百字。勘邵保昌文。

三十日 写右军草字帖百二十字。勘保昌文,月江舅来。

十　月

十月初一日壬寅 拜家神龛,拜先师。勘庸敬文。晚至西村散步,风大遽归。至舅氏斋,舅氏来,月江舅来。

初二日 勘桂儿文。李郁文来,孙淳至。至艺辅弟宅。延董玉昭晚饮。

初三日 诸生课题:“不怨天不尤人”;“下学而上达”;“今夫奕之

为数”一节;“养以善则智”论;“灯花”得“花”字。看本朝《十二家时文》。董玉昭来。勘邵承志课艺。舅氏来,月江舅,艺辅弟来。

初四日 写右军草字帖。勘邵承志文。看《十二家时文》。郭翼来,舅氏来,月江舅来。留舅氏、月江舅小饮。

初五日 写右军草字帖。董玉昭来。勘商传易文。看《十二家时文》。邵羽吉来。月江舅来,与月江舅至舅氏斋。是日,大风。

初六日 鲍西垣来,李郁文来。为张荣安写扇一。勘商传易文。晚,与月江舅至舅氏斋。

初七日 看《十二家时文》。张荣安来,邵孚安来。至邵宅午饭,与邵立三奕。晚,仍饮邵斋。连日心怔忡不安。二更服远志、茯神等药。接胡湘南书,接大兄书。

初八日 诸生课题:“牛山之木”章;“人无远虑”章;“问西汉三杰、蜀汉三杰孰优”;“宵尔索陶”得“宵”字。霍生象渐来。看《十二家时文》。勘商传易文。

终

北行日录

潘德舆　著

道光己丑(1829)十一月

道光己丑十一月　大宗伯汤敦甫先生、少司寇锺仰山夫子驰驿赴闽办案，道出淮郡，予谒之舟次。仰山夫子以课世兄文字见属，约来春入都，义深情切，无可他诿。虽明年长儿应试，小女出阁，不能顾也。

庚寅(1830)二月

庚寅二月二十二日　两星使复命过淮，予携长儿亮弼舟次晋谒，并陈携次儿亮工(宗[校理者按，当为宗书，即陈畏人]按后易名亮彝)入都读书之议。夫子许之，即要同行。予以亮弼初入泮，考事未竣，束装亦未备，后十日乃可。夫子遂先渡黄北行，留二纪纲候予王营。

廿三日　亮弼进院覆试。

廿四日　雨，未克归车桥。

廿五日　归，摒挡行李，细碎纷杂。宾朋饮饯来话别者，自是多不可纪。

廿七日，雪　是日，集胡三蔗坪宅饮酒，甚欢。予为《留别》七古一章。次日，雨，遂连雨半月不止。

庚寅三月

三月初三日　遣仆至王营视道路可行，予即遄往，而泥没马胫，行客多不能出户也。

是日复集蔗坪斋。作七律一章,索同人赠别。

初九日 冒雨至亲故家为别。夜犹大雨。予为《留别甥侄辈》五律一章,七绝三章。

初十日 晓,薄云漏日,予即驾舟赴城,门前送者:胡问樵、舍南昆弟,鲍方周、衡士叔侄,刘盈初、汇三父子也。邵震寰、惟清叔侄则在第一桥西侧相候。舟既行,予犹回首睠睠难为别者,则予三儿亮熙、周甥子澈、郭婿相廷也。三儿年十一,颇聪敏识人意,他日读书成就当过于予,予此行剧牵怀抱者。然师友谊重,爱怜之私,姑忍而遣之耳。是日未刻入城,寓海会庵。同来者:鉴渑弟、元敬侄、长儿亮弼、次儿亮工,皆宿庵中。予赴李郡守石洲、盛广文子履署告别。周大木斋携酒来饯,同座则黄二少霞、丁三俭卿、郝三镜渠、邵立三、邵孚伯及大兄朗陵也。三更,客散,孚伯留宿庵中,喃喃至四更许乃寝。

十一日 早,出南门,携次儿遍拜本支墓,以清明节近,且拜别也。过朱翁硐南、黄二少霞、云衢侄家、朗陵兄寓辞行。硐南年八十,安贫健饭,以作画糊口,神气充牣,安闲劳劳,行客愧之多矣。抵寓饭罢,出西门登舟。送者周大木斋、丁三俭卿、郝三镜渠、方四云壑、李六少白、卢大苞元、邵佩阶、立三、王岳天、邱孚伯、朗陵兄及诸侄孙也。诸人视予解缆方散去。云壑至湖嘴别,孚伯偕至袁浦,予为《采桑子》一阕,赠孚伯乃别。同予渡黄者:亮弼、亮工、鉴渑、元敬也。申刻,抵王营,泥泞犹不可行。纪纲者择期十四日开车。晚,宿王营于姓店。

十二日 与鉴渑、元敬、亮弼、亮工闲话旅店中。风日晴美,兀坐而已。

十三日 清明。偕鉴渑辈游眺河堤。归寓,为五律二章留别。鉴渑、元敬素不读书者,亦皆有诗。剪烛话家事,至四鼓不休,仆夫诫明早行,乃就枕。

十四日 登车临歧,长儿涕泣以节饮谏,予答以刻骨识之。遂与鉴渑、元敬、长儿亮弼别。鉴渑辈复送二里许,始挥手去。次儿亮工年十六,初登车不耐颠簸,一日呕数次。过渔沟,道中泞不可当,三更抵众兴,次儿惫甚矣。

十五日 天明启行,未末过仰化,车夫欲不行,纪纲不可。道泥泞,车屡停,四更乃抵顺河。次儿呕晕不已,饮食皆不能进。予怜其稚弱,拟拨一仆送之归,以离郡甫二百里耳。儿不可,亦少小有志者,不得已听之。车夫告马瘏,欲为一日留,纪纲许之。各解衣卧,鸡已三唱矣。

十六日 留顺河,迟起如家常,次儿进糯粥。午饭有大鲫鱼数尾可噉。村人演剧,金鼓喧甚,偕次儿往观,破其离思耳。微雨点窗,安坐无事,次儿神气渐平,因为《遣兴诗》六章示之。自觉歌声琅琅,如出金石也。为明日三更登程,黄昏卧。

十七日 子正,出顺河,过五花桥。去年过此,诗云:"霜花滑桥如着雨,马蹄踏桥如击鼓。鼓音不绝二里余,宛宛长虹冠西楚。"因诵与次儿听之。桥以北泥泞不堪,马不可立足,车夫欲行河南岸入湖路,纪纲以山路为当,二者坚相持。各下车立至五更许,议犹不决。微雨大风,寒气竦毛骨。车夫又虑河岸雨滞,遂从纪纲议,驱马径行,天已明矣。午抵峒峿,草草一饭。黄昏,抵红花埠,峒峿以北路较平也。雨止月出,乡思盈盈,殊难聊赖。闲览村店门联云:"桃花柳絮春开瓮;细雨斜风客到门。"忆去年曾饭此店中,爱是联闲靖有味,本国初山东人诗。驿属山东,故人爱书之。然国初宿迁犹属淮安,则予今日始出郡也。

十八日 五更登车,巳初,饭于郯城十里铺。午后作七律一章。日未落,至李家庄宿。是日,行一百二十里,而宿店甚早,父子神气皆未疲茶,茗话至更余而寝。

十九日 黎明渡沂河。去年马亦登舟,今年水小,竟驱马驾车而渡。予与次儿仍坐小舟,水明岸阔,月皎星寒,境地清绝,然羁人当此,离怀愈不可堪矣。午前饭于沂州府城。登车成五古三章。西北风紧,垂帘假寐,飞沙满衣,路多小石,车声荦确,搅人轻梦,明日将入山矣。晚，宿半城。去年《过半城》诗："半城亦非城，避风姑小留。君试溯风语，舌卷砂入喉。"每过此必大风，亦一奇也。

廿日 行三里，便入山路，崎岖委折，形神兼瘁，遇险处必下，然足弱又不耐行也。饭于青驼寺。登车簸荡愈甚，然犹为七古一章，五律一章，盖假此自宽耳。晚宿垛庄，蒙山下小村也。

廿一日 行二十里天明。回顾蒙山，在背面烟雾中矣。辰末，饭于龚家城。去年过此诗云："人以风尘酬笔债，天将道路炼诗情。"亦勉作解嘲语。道途险巇劳顿，实无似也。饭罢，行五十余里，至敖阳而歇。敖必"具敖"之"敖"，俗写"鳌"字，未审何昉？作七绝三章，闲情苦思兼而有之。朗吟数过，不解愁者当亦愁也。

廿二日 月正南，升车。辰正，至翟家庄。饭罢，升车，望泰山遥立于正北矣。作《望岳示次儿》五古一章。未末，至羊流店歇。地名不省何义？问之土人亦不知。歇甚早，客思如麻，不能卧也。

廿三日 三更便行，辰正，饭于崔家庄。昨夜头风欲发，彻夜不安枕，卯正乃差。饭罢，倦，熟睡至泰安府。歇店直对泰山，屋爪墙角，皆峰峦也。去年未上山，只入岱庙，今日将暮，庙亦不可游矣，儿子殊不畅。然予为七律一章自遣。匆匆两度，诚不满此山，一笑耳。

廿四日 午饭佃台，晚宿章夏。先行泰山脚下，后则一路乱山。石势崚嶒。车轮如磨如舂，较前四日更甚。午后，雇小车与次儿并坐其上，气血少定，微嫌风大沙多耳。小车行三十五里，复入大车，又行廿五里，乃至章夏。是日晓行，作七律一章，坐小车，作七古一章。

廿五日 行三十里出山，路渐平，心渐宽。至杜家庙未午，而南风大作，沙起漫天，口耳鼻舌，皆贮沙之地，殊不适也。晚歇堰城。是日，作五古一章。

廿六日 四更登程。风定，路平，高枕至禹城而饭。此五十里中，乃一路极安善之境也。未末，至平原二十里铺歇。为《平原主人歌》一章。风尘役役，聊用自嘲。平原富庶为山东省冠，店中售杂物者纷扰可厌，挥之而去，自写诗也。

廿七日 二更行,至黄河古堤乃饭。盖九河入海故道,多在德、棣间也。未初,过德州,作五律一章。申初,歇刘智庙,此湖路、山路总会之所。刘智,不知何许人?晋刘实之弟,名智,管公明所谓"与刘颖川谈,神思清发"者。智尝为颍川守,或即此人欤?然颍川距此甚远,智又高唐人,不解庙何以在此?考景州有刘智社,距此只二十里,颇著名,元吕思诚尝三行田驻此,以"孝友"化民,是刘智又不独有庙也。姑阙疑以俟考。

廿八日 三更行,至漫河早饭,已七十里。晚,宿富庄驿。作《满江红》一阕。愁绪萦扰,道路甚平,心未平也。午余,日色干燥,车中渴甚,欲以梨汁解之,路偶无市此物者。歇店时,头岑岑然又欲痛矣。

廿九日 昨夜一更眠,二更雨,车夫不行,至天明雨止乃行。是日,犹行一百二十里。午饭商家林,晚歇河间二十里铺。竟日东北大风,不能起坐,惟蒙被鼾卧而已。被中作七律一章,七绝三章。诗情、归梦、睡魔,三者旋相为用,奔波之苦,聊遣十之一耳。歇店,则弹唱者坌集不可耐,北地恶俗,至使四五岁小女子学唱小词,伸手索钱,可悯可恶。为此地长吏者,宜痛革之也。

三十日 四更起行,北风未息,引被而眠。任邱早饭,饭罢复眠。至十二连桥,起而玩其风景,红桥碧水,柳色蔚然,渔舟三五,映带远近,北来第一佳处。是日,为五古一章、七古一章。晚宿雄县,县以出大、小雄山得名,在易水北,顾余止见水未见山也。晚餐大鲫,故乡风味。次儿曰:"不食此半月矣。"

庚寅四月

四月初一日 行七十里至新城早饭。风仍东北,惟便于卧耳。晚宿南高淀。店壁诗词甚多,有书"梦塘"者《金缕曲》一阕独佳,其词曰:"茆店斜阳外。揭帘钩、旧时题壁。模糊尚在。只有看花前度客。绿鬓丝丝先改。怕春梦、今宵无赖。多少天涯鸿爪雪,被黄尘十丈吹坏。往还路,又三载。　　乡心客思都难耐。况禁他风铃独语,月梆敲碎。一领牛衣平日话，有个挑灯人待。道词赋从今休卖。不信黄金重铸铁，到浇愁、有酒无从买。倚枕想，夜如海。”词作于丙戌四月，殆会试报罢而归者耶。声情宛转，耐人寻讽。仆不恨人，亦为此怦怦之心动矣，和作一阕，题其下并书云：“梦塘何人？他日相见，当话此一段翰墨缘也。”是日，并为《望西山》七绝二章。

初二日 冒雨至涿州，城门未开，叩门而入。雨滑道泞，午抵窦店，雨仍不止。饭罢，驱车竟行。下晚天晴，过良乡城。晚宿长兴店。是日早间仍和梦塘《金缕曲》一阕，午后为七律一章。

初三日 纪纲有杂事，明日入城。长日坐旅店中，更无情绪，为七绝一章。愁苦之旨，已不忍多读也。

初四日 日出行，过卢沟桥，作七律一章。午，入彰义门，复入崇文门，至仰山夫子宅。

终

苏余日记

蒋 阶 著

段朝端序

后己未闰七月十三日，吾友吴君温叟从大兴庄邮以清河蒋升之萃科《苏余日记》摘本见示，盖道光九年己丑迄癸巳五年之作。虽随笔记载，而征文考献，逸闻轶事，多可动心骇目：如左雨香之多才，卢涵九之耆学，高铁夫之宦迹，陈春台之隐居，吴古音之浩气高吟，方上人之释名儒行，皆足深人仰止。而卢芳谷为机坊崇祀，及以月中竿影验年岁丰歉，尤属创闻。时萃科主渔沟临川书院讲席，岁比不登，水潦暴至，本镇吴氏诸老先生好行其德，出巨金以振之，设粥厂，散豆饼，颁餐具，病予以药，死予以槥，萃科亲见其事，并为规画赞助，详述当日被灾情状，足补志乘所未备。间缀所作小诗，词气高雅，夙精壁帖，亦偶附焉。盖萃科与兰岑先生为石交，熏陶有素，初闻其没，为位而哭，既审知其非，白门握手，喜心倒极，爱才若命，性情之肫挚，不诚加人一等哉！先辈每有日记之作，排日登载，藉以自课。其中雅俗杂陈，诚有榛楛勿剪之叹，后人多以为虀盐簿而弃之。今此册于废蠹之余，得温叟精心抉择，渣滓既除，精华毕露。乡邦诸先达零巩断璧，亦与之俱传。温叟之心于是大慰，而予于垂尽之年获睹斯制，又未尝不自幸已。淮安七七叟段朝端书于叶打庵。

己 丑(1829)

候戴乔林，未遇。其斋中生徒甚盛，案头文史坌集，真用功读书气象。余见之，颇生内愧。昔尝赠句云：“马齿十年应让我，龙文百斛久输君。”亦吾邑奇才也。

由浦堤渡河至杨庄，得句云：“林壑宛存山意思，人家都带水声音。”

友松园，为郑佩常（达）所建，四面环水，障以笆篱，门设小红桥，其中亭榭幽折如画。余得句云：“满壁图书尽名士，四时花木有奇姿。”园后即其先墓，有松数百株，皆高四五丈，因名焉。

访陈春台（庆熙），由小巷入，扣其门，凡八九曲始得一院。对面厅事，中间一亭，亭下绿水沉沉，旁列盆花数十。厅四面皆窗，推窗观之，有芦草二亩许，皆野趣也。陈故袁江老画师，年六十余，貌古朴，有雅致，故其所居城市而有隐士风焉。

阅太仓盛小云（征屿）《啸雨草堂集》，清而不枯，华而不靡，似非不永年者。然境处穷愁，诗亦工于言愁。少年衰飒，或往往成诗谶矣。忆甲申岁试，于试院得一识面，长身玉立，瘦骨珊珊，虽一揖而外未交词组，而和气袭人，已如公瑾醇醪，不饮自醉。逾一年，闻以瘵亡。长吉年华，遽为夭折。今读其诗，想其人，犹不能无感慨云。

阅盛子履（大士）《蕴素阁诗》，骨格清苍，雅为当时所重。小云即其长子，家学渊源，有自来也。

过府署东宝翰堂，寥无院宇，堂徒四壁立。壁上石刻几满，风雨剥蚀，殆不可辨。仔细摩挲，始知堂之由来。先是，郡人掘土得李邕碑，为建此堂。年深渐圮，陶西园太守（易）重修葺之，为宴客所，距今又数十年。昔日饮酒赋诗之地，忽复变为败瓦颓垣，华屋山邱，令人增感。

临香光帖。香光原出于米，魄力似不及，而骨秀过之。王梦楼云:“欲学米,须先学董。”是过来人语也。

独坐斋中,偶忆礼闱下第诸人:泾县吴小舟(望曾)、小琴(欣曾)、盱眙戴香雪(之梅),数日前已得消息。独长洲安芝庆(诗)、盐城沈小庾(照),落拓三年,谁为东道?长安物贵,大不易居。遥望二千里外,不觉怆然!

《香山集》感时书事,寄托遥深。其意微以显,其音哀以思,其辞丽以则。观“编集拙诗成一律,一篇长恨有风情”云云,自负语,实苦心语。末学妄用诋诃,殆工部所谓“尔曹身与名俱灭,不废江河万古流”也。

读白太傅诗刻本,模糊舛错,更于要紧处往往缺损。东坡《瘦鹤》诗“三尺长胫阁瘦躯”,偶缺“阁”字,后人屡拟不合。寒士无钱买书,难得善本,每当高兴,忽复参禅,闷闷!

白《送萧处士游黔南》云云,音节悲凉,闻清歌应唤奈何也。《将至东都先寄令狐留守》第五句“诗境忽来还自得”,正萧子显所谓“须其自来,不以力构”也。杜甫“诗成觉有神”,亦是此意。《晚桃花》云云,比意深婉,总从一“晚”字生情。“寒地生材”句自是主,以“贫家养女”句更切桃花,故仍以上句作陪,律法极细。《阿崔》云云,写小儿初生,端详入细,一往喜极,不觉虑其将来,软语心酸,逼真老人情景。此种自让香山独步。观其酬微之诗云:“由来才命相磨折,天遣无儿欲怨谁?”又云“各有文姬才稚齿”云云,至晚年甫得此子,惟情真,故语挚耳。

戴铁夫(之梅,改名汉翔)自都门舟行至杨庄,古音著车来接,畅叙数日去。连日南风,遥忆铁夫,思乡情切,湖岸阻风,对月感怀,不知若何光景?一叹!

读古音《问津集》,有与余四月八日夜话于篨篨山馆之东斋诗云:“无端庭际树,四月作秋声。永夜惊风雨,连床话死生。共悲姜被冷,相对旅怀倾。莫更嗟身世,残灯不忍明。”不觉怆然。盖古音之兄早丧,余三弟履之亡亦四年矣。又秦淮与余夜话,得铁夫、厚村、广南消息，诗云："几树垂杨敞绮楼，小庭明月近中秋。桐阴满地如流水，一夜相思到楚州。""共指春衫认酒痕，秦淮旧事剪灯论。不须更听繁霜曲，衰柳啼雅已断魂。""岭海何人事浪游，金风玉笛晚生愁。明朝长板桥头水，更作沧江万里流。"意致缠绵，雅近渔洋风调。

庚 寅(1830)

正月二十三 在吴敬止小厅中饮甫罢，忽敬止自外来，大哭甚痛。询之，云其次女适沭阳钱氏，婿名照烜，文学生，年甫二十二三，才貌品俱有可取，于去年十月二十八日病故。女哀哭欲死，家人防之，未得遂，忽于昨夜殉夫雉经矣。因为历叙其生平为人，及目前苦况。钱故旧家，田产几鬻尽，惟余瓦屋百余间。女无子，无伯无叔亦无姑，惟翁及姨存焉。

吴靖宇(安富)昔随丁在珩(如玉)广东任，因谈陈烂觉氏之反，冠发上指，亹亹可听。

闻楚翘云，古音与其侄吴稼轩(大田)、王立夫(卓如)俱取诗，古清河向来未有之事，颇为欣快。

张蕴斋属作水月庵扁联，访方智上人(海藏)。至则禅院幽迥，花树清妍，鸟声之外，惟闻数雏僧宣佛号而已。时上人客堂趺坐，一见大喜，云："方思君来，君果来矣！"因言水月庵正殿所塑像乃释迦牟尼佛。即为作联云："五百圆珠，广布娑婆世界；八十种好，普行罗刹尘身"。额云"无如佛者"。复为上人题额云"得最上乘"。(蕴斋，名廷宣)

有故文生宗锐，年五十余。妻服卤殉节，年三十余，但情节未悉，亦不知报官与否？

二月二十二日 吴翁殿升七十九岁生辰，与敬止、楚翘同往庆寿。至则翁已于前四五日往游云台。

张蕴斋书来，册页临十七帖，苍浑奇秀，甚可宝。

临《九成宫帖》。此帖去冬临一通，今春又临一通。然其用意之妙,仍觉掩卷茫然,楷法之难有如是耶?

焚名香,对好花,童子扫地拂几,顿觉心神爽豁。月下与惠堂、柳圩散步,清风泠泠,有萧寥遗世之意。

又四月初三 中河水暴涨六七尺,众兴以下各坝皆撤。三更时,淮扬道沈命协防陈贯之(广学)、效用俞某(学淮)带领兵目拉杨庄坝,坝底刷空,顷刻倒塌,漂溺百余人。陈、俞俱河营有用人员,工务谙练,督河大吏皆器重之。一时死事,闻者叹惜。

十二日 闻徐茂堂云:张蕴斋于今晨大去。蕴斋神于医,亦精于书,旁及于欧阳《集古录》。订交二十年来,相逢谈论不倦,或至彻夜。一旦永别,殊为黯然。值余小病,回忆旧情,倍增叹惋。

蕴斋病革,托孤于吴三兄偲闻(以志)。嗣子甫十一岁,貌颇清俊。其兄侄俱不堪事。偲闻为营丧葬,极有条理,令人叹想古君子之风焉。

古音札寄《挽蕴斋》五古云:“惨惨日将夕,恻恻肠内热。与君平生欢,哀哀成永诀。夫子兰陵秀,清门累簪绂。弱冠登庠序,划如颖初脱。汪洋湖海气,皎洁冰玉质。于书无不读,济世见仁术。识高岂在艺?人每应手活。及公来兹土,霜蹄已屡蹶。颇为世人嗤,情性太迂阔。末俗敦古道,风骨何崪屼!许结忘年交,投报等胶漆。半生师友资,未忍任磨灭。自言少年事,壮游弃家室。扬帆出潇湘,驱马至吴越。览胜登日观,探奇到禹穴。秦盗昔跳梁,戎马四充溢。来往梁雍间,收罗汉秦碣。山川入壮怀,笑傲轻华黻。时平得纵饮,高歌气激烈。潦倒二十年,骤构不起疾。入门见穗帷,声吞不能说。老兄执我手,欲语先呜咽。幼子见我来,号啕绕我膝。弱女泣向隅,泪点时有血。平生所嗜好,一一犹罗列。昔君寝疾时,归计向我述。归亦无所依,以此计未决。儿虽未成立,朱陈既已结。女嫁亦在兹,可以相抚恤。我少初学书,为我论笔札。每叹兵燹余,金石半残缺。肥瘦既失真,古法遂沦没。酒酣一挥洒,满座看电掣。但伤知者稀,相肉不相骨。盖棺论则定,近人称三绝(谓人品、书法、医道三绝)。公弟先公丧，浮屠昔仓卒。亦以附公墓，泉下免萧瑟。君寿亦非夭，卒年六十七。但多未了事，胡不早剖析？失我直谅友，恐我多遗失。孤儿尚孩稚，成败那可必？世事若波澜，人心多曲折。恐负知己恩，感喟何时毕？”札称其诗任笔直书，略无诠次，要皆发乎情之不自禁。信然！

作挽蕴斋诗：“暗暗淡淡雨不止，簌簌辘轳泪如泚。行道叹息失斯人，吾辈古欢况复尔。君家旧在江之南，读书万卷群理涵。豪情一发勃难已，北窥华岳南湘潭。荡胸罗腹皆丘壑，诗情画意余囊橐。才名久已动公卿，独自清贫怀磊落。倦游邂逅息吾乡，两眼不肯垂青光。相逢一笑旧相识，情性契合年义忘。高谈碑碣追秦汉，远鉴金石齐欧阳。觏奇但买不论贵，好古绝俗何嫌狂？放歌最后尤豪纵，天生我材岂无用？余技亦足济当时，烧罢灵丹仙药种。昔我一病几垂死，累君十日扶床笫。我病君有不死方，君病胡无再生理？褵褷癯鹤神犹清，伸纸下笔龙蛇惊。为言此幅何足有，但留异日相思情。嗟我含情情转恻，叹君思归归亦客。有子真如犀角儿，无家空想罗含宅。呜呼！男儿落拓走天涯，何处藏身何处家？但得贤豪营墓地，道路闻风犹咨嗟。君不见刘伶荷锸随杜康，又不见梁鸿穿冢要离傍。”

过古音，出其春夏所作诗文观之，新警出色，真足推倒一时矣。古音与某某围棋，纵横胜负，有江东孙伯符转战无前气概。

五月十八日　四十初度。同寓人俱未之知。回念父母下世，已亦少壮全非，更念家中小儿女，一堂罗拜，欢欢喜喜，己亦不得亲见，为悒郁久之。

鲁兰岑来寓，携诗古文数册。诗如清水芙蓉，毫无雕饰；古文沈郁顿挫，几欲不让古人。奇才也。

二十二日　二帝祠纳凉。祠四面环水，境颇幽洁。有斗姥宫、妙云宫、梦醒轩、飞来阁，别有天地非人间，天光云影共徘徊。诸胜时青蒲拂拂，莲花半开，清风徐来，顿消热恼。观方老人静塘（国汉）与古音、兰岑围棋，俱受三子。

兰岑古文诸论，明快舒畅，的似长公哭徐汉卿文，曲折情至，令我一读一击节。叹为奇才,洵非溢美。

二帝祠中有小道士夏云峰者,年甫弱冠,出其诗册。调高响逸,飘飘然有仙意,亦大奇也。

宝应陆小岩(联桂)博学多闻,而尤绻绻于朋友。因举汪鸿庆诗云:“老去友朋真性命,狂来歌哭总文章。”亦足见其性情之真挚矣。

卢一枕遽来寓,与古音论诗甚洽。诵方象山(梦松)诗云:“千两黄金曾买赋,六朝红粉也怜才。”又诵淮关篆香楼僧渊如诗云:“不学枯禅仍纵酒,为谙戒律但工诗。”卢尝赠句云:“多情未必能成佛,度世何妨即用诗。”皆佳句也。

诣金城舅家。自少至长,多处舅家。今年以馆故,八月未至其地,觉村庄林木较梓里尤亲也。

寄泾县吴熊侯(望曾)、小琴(欣曾)、仙飘(慕曾)书:客岁河干匆匆分襟,怅望仙舟,恨不遣石尤风阻君等一程也。六月间读手书,并晤王荣堂先生,备悉弟等德星荟萃,共讲学于学灌园中。一代仙才,三生福地,真令下界人羡杀矣。愚今年馆于渔沟北二里吴敬止家,即古音伯兄。每与古音会时,花前酒次,同深寤想。明年馆于渔之临川书院,更与古音居址相近。潦倒寒毡,咿唔终岁,所可望者,惟此数知已耳。省闱转瞬,准当畅聚,先此订约,聊慰渴怀。

惠山携杨竹溪先生(廷暄)书扇,题云:“溪山最深处,吾亦爱吾庐。门外无车马,清闲可读书。”因忆琴南亦有竹溪先生画扇,题云:“雪满空山绝点尘,梅花三百自成村。老人爱享清闲福,绕屋寒香不出门。”画极精妙,诗更清绝。惠山云:“先生桃源岁进士,今年七十有二。中年无志进取,闭户读书,不与人事,惟以笔墨自娱,书法亦清苍有家数。”想其人品,殆秦以上欤?

录《文献通考·经籍考》书目。右录书目,不惟目所未寓,并为耳所未闻。下士家无藏书,秉资固陋,又无广博见闻。人为之朝论夕讲,茫然一生,与聋聩何异?书以志慨。

今年七月初旬,顺河集有丁姓者,使酒武壮,逼母雉经,报前县尹张，竟置不问。因念阮籍闻乡人有杀母者，叹曰："杀父犹可。"座中人讶问之，曰："禽兽知有母，而不知有父。杀母则禽兽不若矣。"此事与世道人心所关甚巨，若令漏网，天道何存？今县尹陶发之，被逮者数十家，株连亦或有无辜云。

古音读于忠肃传，诗云："建炎全局输南渡，雪窖何从问两宫？独建危言排众议，力拼孤注奏全功。夺门一夕成奇祸，诏谥千秋感至公。莫说西湖两少保，金牌遗恨更无穷。"（谨案，《古藤书屋诗存》作："建炎全局输南渡，辛苦何人问两宫？岂谓国家缘再造，翻因影响戮孤忠。风霾莫洗沈冤魄，徐石犹争复辟功。毕竟上皇无恙在，鄂王遗恨更无穷。"）

阅家侄（麟厚）诗集，全律甚少，间有警句。如《寒夜》云："酒味天寒嫌太薄，炉灰夜静喜犹温。"《高望》云："秋老人多为减色，云忙月亦不停行。"《小园晚步》云："鸟声隔树风偏送，花瓣邻墙蚁倒拖。"《感怀》云："酒因多饮翻忘味，诗为耽吟更觉难。"《秋江晚渡》云："帆影看移天地外，橹声听到有无间。舟轻直欲随风逝，客少偏能载月还。"《明月》云："不随秦汉更形影，常伴星河照古今。出处看宜升海角，明时只合到天心。"又《村居即景》七绝云："远山一角暮烟含，路绕花溪与菊潭。秋木不知深几尺，渔舟时到画桥南。"亦渐近自然。

赠敬止集句联：餐胜如归，聆善若始；和神当春，清节为秋。

观琉球贡使约数十人，正使耳目官（一名都通官）名相国壁，副使正议大夫名王丕烈，容貌衣冠略与中国同，言语亦无大异，惟不辫发耳。本县拜帖署云：天朝文林郎、知清河县事陶昆午拜。

作吴乐山君挽诗："文酒追欢久擅名，漫虚讲席待元卿。馆宾惭践生前诺，邻笛愁增别后情。一饭可能忘地主？九原应更惜狂生。年来绛帐调琴曲，总为相思作变声。""思君飞鹏岁将遒，值我黄杨厄未周。咫尺人天难一面，寻常萧葛易三秋。愁萦风雪悲凄紧，梦绕山河怅阻修。闲倚阑干待明月，相期野鹤在楼头。"

观僧人天庆度牒，略云："自唐麟德二年始，诏众僧设坛受戒，迄宋、元、明，历代皆然。关津桥梁持此为验，无得阻滞，任其四方参学。"天庆颇通佛典,甚与方智上人亲。惜未读儒书,文义不无讹谬处。

辛　卯(1831)

正月初十　赴临川书院。生徒九人。院中讲席久虚,凡几案、床榻诸器物,赖邻僧方智上人借给,稍稍应用。十一日,命家人置办家具及食物等事,柴米油盐酱醋茶,别作一番经理。回忆刘进南(肄升)于道光三四年间曾此主讲,尝叹为无主之宾,不堪终日。今岁进南若来,移宾换主,可以相视而笑矣。

皮老人(显谟)云:彭芸楣先生提学江苏时,许童生兼试文武艺,文武俱取。录者任呈请就文就武。乡试武生可入文闱,文生亦可入武闱,但文入武闱止许一次,防倩代也。老人本武庠,今尚能文。

闻方上人占月影,知今年三时皆正,五谷必丰。法以正月十六日用指南针定子午向,其夜取竹竿长一丈,候月当午,占其影之长短,定年之丰歉。影长二三尺,则其年多旱;长七八尺,则多涝;长五六尺,则雨水均调。昨所占六尺有余,是以知其吉也。

问占月影于方上人,云有彭城老翁屡验不爽,但其法不知载于何书,亦不知起自何人。又云月影以四五尺为雨水均调之年,短则旱,长则涝。今六尺有余,恐今岁又涝。前所记者误也。

吴石友(瑶芳)谈于清端公令罗城,其苦况几与《瘗旅文》所载龙场驿丞相似,令人增忠义之气。有仲焕文(贻炳)者,山东仲家浅人,以贤裔袭恩监生,曾与临雍大典,恩荣特隆,令人生门第之感。

方上人之徒令休(寂妙)住持桃源黄泥港夫子庙。庙中孔子及四配十哲皆泥象。缘明嘉靖七年诏天下圣庙改祀木主,有茂才朱老人(勋)者,具牒官府,愿请圣象私立庙祀,用牛车载之,行至黄泥港墩上,车忽止。祷之,车自转,面子午。朱即立庙其处,庙后一树,无种自生,莫识其名。每其年有花果,则朱氏必有入泮食饩者。久之庙圮，树亦自僵。自令休往住，请邑宰华修复，树忽旁生小枝，二岁而花香闻数里，朱氏亦有入泮者，斯亦奇矣。

赠殿翁联：得圣之和，以德为纪；惟仁者寿，在福则冲。二月二十一日往祝，殿翁已于月之十二日往扬州鱼湾，斋僧作功德矣。

刘进南挽吴母诗（古音之母），节录二首：“曾卧牛衣乐不支，忮求常咏国风诗。安贫元相添薪日，仗义黔敖食路时（道光辛巳，淮郡大饥，孺人力劝际翁出千金助振）。华屋山邱原转瞬，须眉巾帼有谁知？至今妇女舂歌断，话到慈颜泪尚垂。”“林宗当日识茅容，鸡黍流连每过从。赠缟不忘交以道，登堂曾拜女之宗。桑田未变麻姑海，太华先颓玉女峰。重过袁江问陶母，一坏马鬣已高封。”

赠杨竹溪（廷暄）：“人是羲皇以上，家居廉让之间。”

桃源卢涵九（德宣）目仅寸光，而好学不倦，精于易，复精于医。博通诸书，虚心考理，虽明眼人不及也。

梦中得句云：“棠梨叶战瞑禽呼。”呼拟作“飞”，方推敲间，为犬吠声惊醒。疑是成句，全不省记矣。

阅左雨香（逸民）《墨画山房诗集》，集高尺许。五古驳杂不纯，七律全无佳者。五律尚有可取处，其《雨夜醉吟》云：“楼高灯影寂，街静屐声孤。”《晚兴》云：“树低浮岸水，月上隔溪山。”《独宿栖霞禅寺》云：“入山一径深，幽意满禅林。竹影寒溪色，松声净道心。酒为落日醉，诗与暮蝉吟。向晚清琴发，谁知流水音？”《守夜》云：“萧瑟孤村里，安潜寄此生。寒烟无火色，枯竹有风声。岁俭空多贷，农贫莫共争。深宵传盗警，击柝过残更。”《登金山妙高台》云：“直上妙高台，登临亦壮哉。一山扶水立，万阁带烟开。鼓阵催潮急，钟声绕岸回。江南青不断，遥接乱峰来。”《寺夜》云：“闲行深院静，高寺出岩阿。月影西衔树，钟声南渡河。苍茫秋兴远，孤寂客愁多。不识浮屠子，忘家更若何？”

阅墨画山房七古，悲歌慷慨，不屑詹詹小言。但万里黄河，未免与泥沙俱下耳。左原籍安徽桐城，明季左忠毅公光斗，其兄光前，弟光先,不知是谁嫡派?雨香父作令江左,寄籍于此。集中有《九发悲歌》、《三加悲歌》,叙其先世之节义,己身之穷苦,情词凄怆,令人欲泪,有至性人也。

阅墨画山房杂体,亦有可取处。名不虚立,信然!

六月初二、初三、初四、初五　大雨,登方上人前楼南望,大水弥漫,深没牛马,秋禾已淹大半矣。初七,利宾乘船来,云家中四围皆水,秋禾湮没几尽。南去夏家湖、马麻桥一带,更不知如何光景,长叹而已!夜更大雨,飘屋洒窗,其声震耳。被衣危坐,魂梦皆惊。诗云:"天之扤我,如不我克。"此之谓也。

与卢涵九谈易,因读其所作《学易主艮说》。

三舅寄书云:仆老矣!岁值宾兴,观从壁上。回忆壮佼时,握三寸管鏖战锁院中,正如海上三山,可望而不可即。少不努力,贻误至此!小窗迷闷,作诗二首,用以志愧,兼为青年勉也:"年来无馆一身安,酸味从前已备餐。低首蛛丝檐下吐,感怀牙曲客中弹。自描彩凤成章易,代补茅龙免漏难。多少心思多少血,旁人只作等闲看。""平生几度鼪秋风,一病维摩万虑空。似我埋头甘屈蠖,有谁入耳听焦桐?色衰羞对菱花镜,战败虚张玉靶弓。且喜眼中人未老,龙门齐跃气如虹。"舅素以文名,年六十余,精气犹少壮也。若论生平功力,取一第如拾芥。然困踬矮屋约一百四五十日,今夏又以伤股,不欲再为冯妇。而谆谆属望余兄弟,冀一为吐气。不知一双钝汉,果能不负百丈婆心否?噫!

吴殿升、际泰、岳瑞清三老翁,谈六七十年前旧事,亹亹可听。

二十一　王莲生自浦来,云:高堰连日保险,自河帅以下,各厅营齐集守护高邮北三十里马棚湾,已于十八日决口,江北稻田尽已淹没。又云:江宁雨水甚大,贡院水深二三尺,街市行船。民间圩田皆破。省城现办抚恤米,谷价到处腾贵。将来年岁大荒,如何如何?

前县令张达泉(心渊)以去年拿获刘东升功,议叙升扬河厅。今以马棚湾决口在其汛地,投水寻死,被左右救免。复难经死矣。张为人贪酷恣睢，在官时怨声载道，佯若不闻。其妻尤悍妬，素虐其母，而渠置不问，甚或左袒焉，以此丑声四播。抚宪程公(祖洛)曾面数其不孝，诸大宪亦共恶之。决口后，禀启抚宪，复被让责。愧惧交集，自知不赦，遂无颜复处人世。天理昭彰，如是如是！

二十八晚 高堰头坝报险，清江河南各处惊惶。河督张芥航先生(井)亦将家眷送至王营，昨始稍平(七月初一)。

莲生仆人李寿儿云：前清河县张达泉，现在高邮。众灾民环守其署，詈辱万般，不令出入，其实未死。因历言其不孝事，与其伯妇情状，真觉无颜立天地间也。

方上人孙徒照离偕北茶庵僧纫秋(寂佩)，昨从茱萸湾高旻寺来，言扬州水势甚大，寺前后水深数尺，百余年所无。纫秋颇识儒书，亦解禅，理雅善清谈，微少沈静耳。听诸僧诵晚课，起止有节，亦足除人躁心。

正谈笑间，忽古音来云：山阳鲁兰岑(一同)已于今年某月日登仙籍矣。兰岑与余无平生交，惟去年郡城同场录科，一见如旧识，后遂每日相聚，踪迹渐密，而其风神之朗韵，气味之宽和，性情之醇粹，言论之清明，令人亲之、爱之，而不得不敬之也。年甫二十七，著作甚富。而汲汲考订若不可待者，古近体诗完好，虽不及古音，而气体清华、音节悲婉，往往过之。古文清空，矫变不落时俗。其《祭陆丞相文》、《祭徐汉卿文》，尤悲壮淋漓，曲折情至。围棋与古音相敌，墨画绝工秀。白田陆小岩赠余诗扇，即乞兰岑画，匆促未及就诺。以省闱见还，不知未画就否，其已画就否？其未画就也，将犹记忆余而不轻下笔否，抑竟忘之而置之否？其已画就也，将藏之箱箧不轻示人否，抑临殁时犹属亲人，俾异日见寄否？俱未可知。夫扇何足惜，有小严之诗与字与兰岑之画则可惜，有小严之诗与字、兰岑之画，而弃之败簏或入俗人之手，使吾不得见扇以见两友，则尤可惜！昔同年友嵇佩芝(兆珩)为余道兰岑才，亟欲见而不可得。及一见，遂时觉有一兰岑在吾意中，而又生不同倡和通音问，死不知其时日，且不知其诗文稿之存与亡,惟常有一兰岑在吾梦中矣。乌乎兰岑,天之扼才人如是其酷耶? 噫! 天之丧吾才友又如是其促耶? 噫!

连日估勘,自马麻桥达孙家冲,入包家河、正河一道,自渔沟南绕入马路沟,达包家河支沟一道,由项家冲入汪家冲,达包家河支沟一道,共计土方五万一千有余。

高铁夫言:从征川湖教匪,曾逐贼七昼夜,仅得三餐。面受矛伤,股受火枪伤,现有创痕。后又协捕贼首刘某,屡得大功,俱为有力者所夺。李广数奇,言之吁叹。

金陵访鲁兰岑于白酒坊,相见握手,喜倍寻常,方知传闻之误。

作诗书扇赠兰岑:“旁人都道青莲死,只我还疑李白生。却忆去年浑是梦,忽逢此地倍相惊。秦淮潮长添新恨,楚水烟高话别情。寄语袁江老词客(谓古音),莫教凝望石头城。”

八月二十二　风帆顺利,至召伯小泊。河水渐小,遂弃河而湖。弥望数百里,烟云一色,惟见落霞孤鹜矣。晚泊王家港大柳树北,登岸闲步。远望丛莽中灯光荧荧,寻细径,得一村,村屋壁皆倒塌,半以苇箔围之。中有新丧者,村人聚焉。稍薄与语,具言大荒之后,继以死亡,不觉声声欲泪矣。

忆场中至公堂抚军陈对联云:“矮屋策高文,九天升,九渊沈,九转丹凝,多士出身,在此九月九日;秋闱感春梦,三场净,三艺竞,三条烛烬,一官回首,于今三十三年。”

家铅山先生《高邮道中口号》云:“人与蛟鼍隔一堤,家家屋脊过凫鹥。竟从地穴开城郭,强就龙宫画畛畦。刁坎终凶防灭顶,升天何术可求梯? 只宜痛饮南皮酒,各击腰壶拜水犀。”顷南闱,来去经过其地,情景逼真,正如吾意所欲出也。

观《丁少溪先生行述》:自二十六岁中乡榜,三十后分发江西,历任州县府道。秉性刚正,尽职廉能,二十余年屡建军功。退归林下又二十余年,甘守清贫,不事干谒,而慷慨任事,义形于色,纸上犹凛凛有生气。书法摹颜鲁公。尝曰:“先生忠臣义士,吾欲效其为人。”余昔于吴君乐亭家见公手迹，极钦慕，求之未得，寻作古人，惜哉！

吴茂南(德音)气象温和，言论极有颖趣，谐语一出，无不开口笑者。

高铁夫之少君啸秋(虎榜)，言其少时曾随尊甫五台山巡检任。山分南北东西中，北台极高寒，六月飞霜，间亦有寺，罕留人迹。余台寺甚多，寺僧半喇嘛。僧衣或红或黄，别中国僧为青衣。僧喇嘛之尊者于文殊菩萨旁设宝座，每五六月间开香会，众喇嘛皆来膜拜。或摩其顶，则喜甚，倾囊布施，谓与佛有缘也。尊者出门，卤簿前导如大官状，榜其牌曰"堪布大师"。山下居民鲜少，但多流倡，喇嘛通焉。

《忠雅堂集·漂母祠》云："妇人之仁偶然耳，不遇韩侯何足齿？鬼神默相饭王孙，齐王不死楚王死。""千金之报直一钱，老母庙食今犹传。丈夫箪豆形诸色，饿殍纷纷亦可怜。"余昔有诗云："少年何可饿？一饭亦人情。不享千金报，何来身后名？"与此意略同。又《韩侯钓台》云："太公钓，致其身；子陵钓，全其身；韩侯钓，杀其身。钓者死，钓台存。鱼潜不深蛟龙吞，三十八世姜家孙。周武王，如其仁。"世作韩侯钓台，率以子陵相比，此独以太公作衬发，顿觉壁垒一新。

壬　辰(1832)

舅母李青年寡鹄，霜发孤栖。丁亥大比，辛筠如先生按临淮郡，乡绅士呈请题表。先生题"苦节修龄"四字，然至竟未获旌门，恐犹不足彰其志也。

作七律四首。《古井》："汲径苔封梗废园，尧民遗迹说山村。沈埋宝镜无精气，零落胭脂有旧痕。修绠磨穿阑石在，枯藤斜拗辘轳存。此间合住神仙宅，余泽还宜寿子孙。"《古鼎》："祥金瑞玉重摩挲，洛邑汾阴历岁多。加璧曾先吴寿梦，铭功犹见汉萧何。浮沉宝气归淮泗，出没神灵属尉佗。三足莫惊铭字简，龙文炳焕久赓歌。"《古琴》："鞠通啮后尚余痕，字识伊王待细论。焦尾曾经留爨灶，全身原未入王门。广陵清散凭谁受？祝牧遗音为尔存。若过龙门寻旧侣，高枝百尺总桐孙。”《古镜》：“凤舞龙盘旧入神，绣奁朱匣暗生尘。携归金井知何日？开老菱花不计春。知己尚余秦代月，同心惟许汉宫人。寿光岂止千年寿，白发看来几世新。”

与方上人谈，见其厌弃时俗，颇有入山之志，因口占一偈晓之：“性定何妨动？心空便是闲。但能成佛果，立地总名山。”上人大为首肯。

与莲生同饮，因言其少时醉酒之苦。余素不胜酒，亦不解醉中况味。偶忆旧作一联，云：“不饮自然醉少。”莲生曰：“下作何对？”余曰：“好诗为是情多。”莲生曰：“何如能闲，何碍事多？”盖莲生性本沈静，才尤敏捷。公务之余，寄情闲适，故对语有如宿成。然亦可知古来名句，多由阅历中来也。

县尹王辅亭先生，为人和平乐易，其所言皆至性至情，不言德而德无不周，不矜才而才无不足。席间言：浦中流民甚多，自去冬给衣给食，养活至今。然恃贫恃恩，无赖滋事。不得已，择其肥壮者加以小惩，其病弱者皆剃其眉之半，赏给盘费，予以箩担，遣往南方工所挑土觅食，并属乡地有再来者，即牵来惩治之，吾志其眉也。饭后即亲勘河道，定志桩，盖灰印克于二月十五日开工，似此勤于民事，至仁且明，近古无此循吏矣(谨案《清河县志·秩官表》：王名国佐，浙江人)。

二十二日 见涧桥司署前饥民鹄立，俱垂涎于卖饼儿。忽有攫饼而走者，卖饼儿突起追之，则已将饼唾而坐于股下，殴之不顾，饼已碎而沾泥。卖饼儿遂舍之。然后徐取饼和泥而食。似此情形，何堪目睹？拟作《攫饼行》。

二十四日 吴敬止家设厂放粥，每日约饥民一千五百人。景伊家亦设厂放粥，每日约饥民三千余人。闲步延寿庵前，见乞食者蜂拥蚁聚，携男抱女，皆自景伊家来。观其色如黄齑，多半人作鬼形矣。拟作《饥驱行》。

二十五日 午后，往看挑河。见人夫踊跃，指日成功。出数千顷之膏腴，免数千家之灾难，真一大快事也！

铁夫言昔曾莅任台湾，其地本属海岛，长八百里，气候甚暖，五谷四时皆熟，民多殷富。冬月不裘，元旦贺节有衣絺绤者，但俗名荷叶。地每三五日一动，卧榻前皆置一卓，以花梨紫檀为之，如地动时房屋坍塌，人即避于其下。中有一山，山南即平阳，其民为熟番，子隶中华。北山极险峻，其民为生番，子便为海贼。生番至山南则禽之，枭其首；熟番至山北，则杀而食其肉，以其头供几上。如数日不食熟番，则击其头以祷之。亦异俗也。

二十九日 至景伊家观放粥。设男、女二厂，饥民约五六千人。其声耳不忍闻，其形目不忍睹。张船山诗云“看到流亡我未贫”，不觉为之恻然。与景伊茶话时许，即至大南园。遇殿升长翁率家人种菜，貌古神闲，言质意雅，叹息而别。

书《癸辛杂志·养生方》后：余自去年修此术，数十年旧疾忽尔离身。庄子云“忘适之适”也，殆亦有仙乎之致欤？然流连花月，未免有情；遭遇温柔，殊难割爱。岂真谓男子好色之心，五十未艾乎，抑绝欲之难其人乎？老人所论，真阅历之言也。

孙家圩以下河成，晚看放水，势若建瓴。镇外积水一涸，几尽南去。长河亦不日告竣，将来顺轨畅流，必大有可观者。喜甚！

王莲生《芙蓉馆随笔》记有庐抱经学士卒于常州龙城书院，李申耆太史挽之云：“当代经师郑北海、马扶风，抗前贤为伍；此间旅殡荀兰陵、苏玉局，得夫子而三。”又某官寿母云：“八十年慈亲介寿祝嘏，何辞劲节凛如霜，试看取庭前柏树；一万里游子归来承欢，无物奚囊清似水，祇折得岭上梅花。”

闻吴生书田病革，莲生因叹曰：“医生之治病，譬如有司之治狱，如得其情，则矜而勿喜。诚以喜心一生，轻重必多任意也。吾观祝医趾高气扬，语言散漫，直以人命为儿戏矣。”余曰：“祝医误吴生，其罪诚不可逭，而误吴生一命，将来必伤数千人命。何也？景伊振粥之愿拟至四月下旬，若其家有大戚，则粥厂必收，此嗷嗷数千人不将俯首待毙乎？能不谓为祝医一人之罪乎？”大凡戚友相关，闻有夭亡者，不过曰“此子可惜”足矣。今闻吴生病革，不觉怦怦有动如骨肉相关者，此情殊不可解也。闻诸道路乞人有哭泣来者，愿各减算一日以活吴生，亦可闵矣。莲生曰：“闻人作善，冥间有增寿者，祖不可假孙，父不可假子乎？”余曰：“文王梦帝与我九龄，非父锡子乎？然须有大德，偶为天心所眷耳。不然，伯鱼早亡，子夏丧明，圣贤岂不慈耶？修短有数，亦俟之可矣。”吴生于二十六日死。

四月初一 天气甚寒，风声如秋。身御重裘，毫无暖意。饥民冻饿死者无算。书院门首死一人，天明遣人埋之。细思天之阨贫民，何如是其酷也？去年冬月奇寒，数十年所无。向来冻河不过十余日，甚及一月而开，今年自冬至至尽九日方开。山东、河南诸省，商船滞不得下，海州、盐阜诸邑，草船滞不得上，以致物价腾贵。而朝廷连岁大兵大役，糜费多帑，振银不足，穷民更无钱措买。延至今日，饥欲死矣。而又迫以寒，将来大荒之后，必有大疫。二麦且未知如何？即有丰年，恐不食新者多也。岂天恶生人太多耶，抑阴阳之气行乎其所不得不行耶？吁！可愍矣。

河工事共縻金六千三百余千，除已收捐项及本县借款外，景伊用钱三千贯有奇。其马麻桥以下工尚需钱六七百千。

书《东坡志林》“范蜀公呼我卜邻”云云后：余入春以来，与闻民便河事。斋中往来杂沓，酬应匆忙，案头课卷常丛集厚尺许。日夜劳心，曾无少倦，刁焉若忘。窃以为身加健也，而从前修养之术亦稍间矣。昨河工告成，诸客散去。清坐稍暇，复按法导气，而四体忽如肢解。东坡所论，真阅历之言也

四月二十六 闲步麦田。忆去年昨日亦与嬉游南陌，满目黄云，间挥短铚。今年荒而麦转迟，青青在望，何以济嗷嗷在泽者耶？

五月初三 家人报粮尽，适佃人来告东田刈麦。遥想南北数省饥民，俱可免不食新之叹矣。

初四 令儿童扫地净几，向邻僧乞得蔷薇、荼蘼二大枝，合供瓶

中，清香满座。欹枕读书，亦一快也。

至黄家桥勘河。其地居民鲜少，西南数十里水草掩映，真成泽国。因呼一小渔船，沿古民便河而南，较量所存水，不过一尺五六七寸。大约新河挑成，一泄可尽。船忽漏，遂回棹。询之，老渔父云：自嘉庆十六年至今二十余年，惟道光二年获一麦，余岁皆未见干地。以故居民逃散，存者皆取渔为业。

十八 内子为余作生日。忆自十六岁后于役于外，中间惟二十二、三十二初度日在家，今又四十二矣。十年一度作生日，将来五十二时，未知何如？且与妇谋酒，聊以博一醉耳。

赠崔朴荞姑父（伯淳）联：“种罢芝田商皓隐，淘余丹井葛公仙。”又为某书联：“诗到可传皆有癖，人非立品不能贫。”

为敬止署小轩曰“容安”，题其后云：昔东坡最爱陶渊明《归去来辞》，读其“容膝易安”句，尝欲作小轩以名之。吾意陶、苏二公皆啸傲不容于世者，独容人而不为人容，何其处季世遭放逐，怡然心安而体适欤？抑又思之，达人以天地为蘧庐，至人不愧于屋漏寄身之所，惟视其人之心以为广狭而安危之也，则吾之所谓“容安”，固在彼不在此。

六月二十 大雨。雨后，要方上人往院东桥上观水。其流甚畅，若得数日消涸，秋禾犹有余望也。

二十一 大雨，忽急忽缓，如见神龙翕张之势，岂或有水星下世耶？雨后，又要方上人门外观水。院中桐树一株，高二丈许，绿叶稠密，圆如张盖，蕊结累累，枝坠欲折，花大于桂，其香亦浓于桂，被雨零落满地。方上人云：如此盛花，今年他树所无，亦此树曩年所无也。

二十二 午后又与方上人往桥上观水，较前日已涸尺余，未始非疏挑民便河之功。

七月初一 作《晒书得春日寄题吴熊侯〈赏雨茆屋图〉》诗：“清风吹溪云，倏化为名山。云山渺何处？翘首茂林端。开图忽见君，结茆与之闲。披襟脱尘滓，徙倚红阑干。嗟余性懒拙，久慕田园安。辟地三五亩,筑屋八九间。老柳映疏帘,修竹排琅玕。当春及时雨,种药环林峦。君岂池中物,猥学蛟龙蟠。意将用作霖,布泽弥尘寰。和神寓春寒,同乐天宇宽。持此当广厦,旧雨时往还。坐我啜佳茗,晨夕追古欢。"

八月初八 入场。仍如去年分东、西、中三路点名,监临林公更以新法部勒之,酌各府县人数多寡,按其时点。某府某县以寅初开点,申正封门。各于要路悬灯旗监牌,俾人一望可知。鱼贯而入,毫无拥挤之苦。且严示约束,凡松盘发辫,手执粗大烟杆,攘臂而来有若斗很之恶状悉除,江南士习为之一正。

九月初三 闻桃源高家湾于八月二十日黄河决口,系民间掘放。河督已据奏此案,不知如何结局?然河湖之忧从此愈大矣。

高家湾挖堤案,河督奏云:"奸民率众硬行挖堤,全黄入湖,高堰危急。"上谕:"令将挖堤奸民无论首从,逐一拿获,无许一名漏网,并将桃源县桃南厅桃南营桃南主簿龙窝汛千总先行枷号,俟钦差会同督抚审讯。"总之,洪湖既已淤高,漕道万难复治,纵多杀官民,亦无济矣。

遇卢涵九。涵九身被衰绖,容色愁惨。云前月二十四日,黄水倒灌,冲其室庐。夜半时屋宇随水漂荡,全家升屋而号无救者。俄复大风,屋梁皆折,其母、其弟、其弟妻、其侄女、其幼子、幼女俱死,惟其妻、其长子、其女攀树得生,一家十三口丧其八人,犹幸母、弟遗骸寻得。语罢大哭,闻者酸鼻。

闰九月初二 方上人亲饷新茶一笼,即呼童烹,与共饮,味果剧佳。院中紫荆开数枝,艳如春日,观之骇异。方上人云:今年槐花于今已三开矣。

阅《题名录》,高邮高南卿同年(鸿飞)中第十五名,甚喜。高家极贫而品极峻,学亦素优。连年洪湖水灾,田庐荡尽,得此当有生路矣。

方上人欲往扬州宝轮寺了道,诸徒泣留不可。余稔其去志已决,因登其禅榻,共谈至三更后就寝。转侧无眠,为作诗一首:"孤云不恋树,野鹤岂依巢?游行任化宇,去住何逍遥?与君十年友,投契如漆胶。昨岁布讲席,钟鼓声相交。风雨数晨夕,花月同昏朝。谈禅会有契,酌酒时招邀。夜来忽告我,欲去扬子桥。君去了生死,岂为避尘嚣。一朝脱烦苦,万事轻鸿毛。我久识君意,此意谁能挠。对面各欢笑,挥手成无聊。已去忽复念,别泪如江潮。”

九日夜 属方上人置酒为饯,天明问之,去已远矣。辰时,诸人先后来,皆憾余未留方上人,为欷歔泣下。午同饮,言及方上人,俱凄然不能下咽。午后,吴景伊恩闻亦来云,殿升翁闻之,泪下如雨,若失故物,急欲遣人追之。晚作《方公生传》:公姓王氏,世本好道,不近荤酒。家于清河渔沟之北乡。年十岁,祝发于其乡之龙君庙,法派属海,名藏,字方智。幼而纯笃,尝自言质鲁,读儒书不慧,及诵经文,颇若有悟,是殆有宿根也。二十岁,持戒于扬州之宝轮寺。闭关三月,聪颖顿开。又参禅于高旻寺,寺主笃爱之,欲授以法,屡强不可,往来两寺者数年。后与其同戒僧静参投京城万寿寺,师莲筏道济,遂授以法。留之,又不可。自是,历游五台、九华、峨眉、天竺、云隐诸胜,笠屐几半天下矣。三十时,归乡省母,睹镇中关帝庙前戏楼圮坏,发愿募化,独力修理,成复弃去,乡之人莫不高其义焉。如是往来南北者又数年。年四十,复归省母。母时已八十。志欲终养。适镇北有延寿庵者,原名十家,久废圮。镇之荐绅吴公殿升邀同会郑君树涵等捐赀,重建于渔镇之西,以事属公。公披荆刈棘,累砖迭瓦,日则酷暑无盖,夜则露处无屋,凡两月,成殿宇六楹,于是有卓锡地。遂奉母至院,朝夕供养,亲为涤溺器,理发髻。母以天年终,而感吴公之厚谊与诸檀越之情缘,已不能复言去矣。公经营家事,一如常人,前后创造,动经巨万,虽甚烦剧,毫无匆遽。接人无贵贱,皆平等,容色和蔼,语言安慎,见之者如和风一吹,热恼自散。其居处甚俭,衲衣草屦,床不茵蓐,食惟蔬菜。尝谓僧家前生来历浅,今世福泽薄,若再享用,将召天谴。吾淡泊,分也。性至慈,遇贫乏乞钱物者,笑与之。四方行脚,望风投止,遇之如家人礼。饮食外,或给以衣屦。呜呼!可以风矣。

先是,刘子进南主讲临川书院,院与梵刹连,曲径通焉。余与吴子古音就刘结诗社,推公为惠远,每会必继以饮。时公年五十五六,偶病风,乃劝以酒,不辞;量甚洪,进以巨觥,亦不辞。竟亦不醉,即大醉,神色仍如常也。此其所谓内天外人,不定不乱者欤?去年,余复主讲于此,往来过从日数四,花晨月夕,瀹茗谈禅。余虽不甚解,而理语如雪,颇能发明心性,与吾道相吻合。公今年六十又七,步履强健,犹四十许人。窃窥齿发稍稍变矣。居平常自慨曰:"学道不入深山,与俗家相去几何?"固知其久有去志也。前九月九日,忽以庵事属其徒,凡所手创,皆笔诸书座,客观者如指掌。自后退暇,密缝衣屦。余笑谓曰:"行当告我!"公曰:"唯唯。"闰九月八日,治具要饮,情意肫然,言色洒如。夜半,行意始露。余登其床,大笑曰:"公已告我矣,余不悟耳!"问何往?曰:"仍扬州宝轮寺也。"夜,诸徒罗拜泣留,但笑慰之,勉以力行,无一语及他事。天明,将饯以酒,则去已远矣。呜呼!公智慧高超,气量宽厚,不质人短,不炫己长,处世如虚舟之触物,行迹如浮云之在天。余叹之羡之、思之悲之,不知涕之何从也。去之明日,闻者皆叹息泣下,以不得一见为恨。非公之盛德感人,何以至此?若但谓割俗情,慕高节,禀刚毅之性,有坚忍之力,犹未足知公尔。谨案:此传作于道光十二年。后公去而复返,遂终于渔沟之延寿庵。其寿藏今仍在庵后。卒年及生寿未详考。塔柱石刻云:道光二十六年孟秋建。距此传之作盖十四年,则公寿殆八十外矣。

尝闻南京织机人所供卢祖,疑是卢湛。卢涵九云:非也。乃其七世族祖讳廷兰,字芳谷者。芳谷为桃源廪膳生,尝乡试金陵,见机工织花者十人提一机,笑曰:拙矣。众工请之,因为变其旧制,照所织何花编为歌词,上唱而下应之。以一人十指代十人,其巧殆天授也。由是姑苏、杭城机工争相延聘,后卒于金陵,遂祀焉。若讳湛者,乃其□世族祖,字睿源,号逸樵,亦桃邑廪生。以博学鸿词征授某邑县丞,作《关帝志》者也。

闻大舅母讣(丁杏园叔母、卢涵九从姑母也)。三舅挽联云:"绿杖随身，八旬忽赴瑶池会；青松拟节，十月惊看岭上梅。”又：“八十年茹雪含霜，回头若梦；三千岁琪花瑶草，撒手长游。”盖母亦中年苦节者也。

至盐河，见河中盐艘数千，岸上车辆充塞。缘陶制军奏将淮北滞岸改行票盐，至今三月行数十万引，商民便之。

日闻四处贼匪抢掠伤人，又见市上乞丐形皆如鬼，饿殍横积，谷价腾贵，斗粟千钱。来春不知如何？可哀可惧！

省崔姑母。朴弇（伯淳）姑父年七十，敦朴强健，寡言笑。然善谈时事，无尘俗见。性笃喜种树，凡桃杏李梅，樱桃、碧桃、蒲桃，四时花木无不毕植，外种桑柘榆柳，四围无虑数千株。老人顺其性以养，度其材而治，其大小拳曲皆有至用。素善饮，岁取其直以为酒赀，颇有郭橐驼之风焉。归时，斜日西照，回视村落，蓊翳不见人家，更作桃花源迷津之想。

癸　巳(1833)

正月十八　闻景伊复设厂，以豆饼振饥民，日给几万人。然用心虽厚，立法未善。酌拟数条，将往说之。

二十三　过景伊南坊，见饥民携男抱女，大半鹄面鸠形，景伊自呼驱家人各给升斗而去。挥汗如雨，不惜勤劳。可谓有仁人之善行，而又有勇士之强力者。

丁得翁（大师）年少沉默，美风度，寡言笑。

抚宪林公（则徐）赠吴殿升翁额云“积善之家”，道路传为美谈。殿翁属镇中各店贮开水于瓮盎，置之门首，恐饥民生食豆饼，饮冷致疾。曲体人情，无微不至，可谓乐善不倦者矣。

二月初七　雨有雹，闻雷。院门首死一男子，以此地可避风雨尚且冻死，其露处者更可知矣。景伊自去年始，凡镇中无伤倒毙者，给芦席二张。扛尸者给钱二百，后减至六十。今闻此辈皆有余赀，而死者尚可数计哉。

范药公,溧水人。自言其地产玫瑰花,广省客岁来贩卖。当花盛开时,候露晞采之,贮以木桶。铺积寸许,洒以矾屑,再铺再洒,桶满封固,能经岁不坏。以制酒,或和茶食,临用时洗去矾屑,以物压之,令干香如新花。盖矾能敛其气不散也。又,莴苣长成时,去皮,加盐少许,曝至半干,每茎拴玫瑰花一朵,贮之瓮盎,用泥封好,亦能经岁不坏。冬岁出以供客,清香扑鼻,亦佳味也。

十一 连日阴晦多寒,饥民死者益众。景伊遣人择地一区,作大冢瘗之,存心忠厚,举动暗合古人。问渠云:"虽曰未学,吾必谓之学矣。"信哉!今日,福建学使陈硕士先生过此地,闻有振饥之举,特延见景伊。景伊他往,古音代见,可想其仗义之名,声闻上下矣。(谨案:硕士,当是名用光者)

十八 偲闻云:今日饥民为阴寒所苦,生食豆饼,恐不能生。昨议复放秫粥,择老弱疾病,无釜灶者与之。欲借书院为厂,词有难色。余亟应之,即命家童将什物移之方上人丈室。大兴庄自正月十七日始至今日,共计亦七十余万口。余嘱方上人将新旧竹树,或以木栏,或以枣棘,各各护好,毋令毁伤。晚,偲闻已率匠人来整墙宇,安门栏,设瓮盎,安排明日放场,其勇于为善如此。

有旧为焦山方丈敏耀慧灯,外号秋枰者,与方上人同参间来相访。其人颇通文字,谈言甚雅。自云能诗能书。昔曾接见王梦楼、袁简斋、曾宾谷诸老先生,退院后住持清江灵林舍,近又住持王营大王庙。

二十九 吴偲闻来,随渠到厂,观放粥。粥以秫面杂豆饼屑为之,甘香浓厚,颇足充饥。其法:每人各给一筹,钤以火印,俾无假冒。验收入厂,出复散给。众饥民各携餐具,俱足供其一饱,鬼也而人之矣。吴莘农云:此辈初来时,半无餐具,与之以盌,令其自食。有得食而不能行者,有置食于地而不能食者。近已生气渐复,俱能行步矣。厥功伟哉!为之太息。

昨与问源约，乡里贫民颇多瘟疫，某等力棉不能济远。彼施以方，余给以墨戳。凡遇乡中贫不能服药者，加戳于方，令到店取药。便过万药铺，给钱数千，属其认方应付。万亦长者，自言药价从减，当无欺也。

三十日 定更后，忽疾风甚雨。饥民偃卧街衢者多至千人。莘农急呼家人冒雨笼灯，送至书院安置，亦大好事也。

三月初三 族人不举火者十余家，即寻莘农商之，许借豆饼四十片。又嘱五弟分给粟麦各少许，令安心度日，未知终能保全否？

初十 饮食如常，而神气虚弱，如久病初起。涵九云阴亏之人，当夏至阳盛之时，易有变动。其理甚精。以吾数年验之，益可信也。

十四 甚寒微雪，有雹，又微雨。饥民死者无数。际此春末夏初，仍有如许风雪，岂斯人劫数不可逃耶？午时晴，天气清和，无复雨意矣。家人来报，族人有饥病死者，为枨触不安者久之。午后，与方上人门外闲步，见麦有秀者，甚喜。

方上人云：昔有人问吕仙，养生宜服何药？乩书答云："精乃身上宝，药是山中草。去了宝，填上草，问君好不好？"至理妙趣，令人解颐。

二十三 敬止来商振饥善后事。缘偲闻拟于四月初饼粥厂俱收，距麦熟尚十余日，谷价翔贵，必苦无钱买食。且饥民远来者，或百里，或数百里，沿途无处觅食，仍恐饥死。虽偲闻收厂之日，必仍如去年各给路粮，而人心难厌，得陇望蜀，匍匐哀号，遣之不去。若任其羁留此地，仍觉为善不终。今拟劝本镇商民，各捐钱米若干，俟收厂后补给外籍流民。明白晓谕，庶有业者得以复业，无业者亦可四散谋生。招古音、素修、问扬共议，俱称善。即将此议商诸各家，皆欣然乐助，计可得钱五百千，真快事也。

二十四 要偲闻，将昨日所议说知，为大喜称快，云："四月初旬，诸务坌集，饼粥厂势不能不收，得此一举，吾心慰矣。"

二十九 偲闻仓皇来告，景伊长子服文（康田）时疫十余日，现在危急。饼粥厂今日俱收,即属问扬将前日劝捐之项随厂给散。除给放三百千外,仍余二百千。即要敬止请马弁(殿元)率领兵丁保甲,将镇中露处流民一千二百余人驱入书院,复选精细老成者五六人,随同马弁清查有篷席流民,亦按极次贫,散以印筹,计四百五十余户。复召钱博士十余人,皆工于数钱者,至天明将钱数分别清楚。此皆问扬经理,其办事精敏,可佩!

四月初一日　出开厂给放,时许毕事。吴际泰翁亦顾而喜之。敬止属保甲将已死流民作七大冢埋之。午时,服文竟大去矣。吁!景伊真难为情哉。去年振饥,于三月二十六日收厂,其次子以即夕死。今年于昨日收厂,其长子又以今日死。皆以情势逼迫,志愿未终。岂作善降祥,斯理不可信欤,抑数各有定,天固欲俾数万饥民遭数日之劫,而故死其两子,以中阻其事乎?不可解矣。

十三　景伊使来告,偲闻于昨日即世。呜呼,伤哉!偲闻与余数年前止泛交,前年张蕴斋死,观其所为慎医药,治丧具,营墓田,厚待其子而善处其家,慨然有古人风,而后知其有真性情、真节概者。及今年借书院作粥厂,朝夕相见,事无大小必商之,其不惜费,不惜劳,不沽名,不辞怨,唯恐饥民不得实惠为憾。此等存心作事,则尤近今所罕见。前月二十四日晚,同人集斋中共饮。偲闻忽自言:"我生性刚直,遇事便一直做去,有话便一直说去。自己当时亦不能主张,故往往有不满人意处,然我全是一片诚心。当时人或怒我,究竟亦不恨我。"余曰:"君真自赞语也。"呜呼!由今思之,不且为语谶耶?夫以如是之人,吾乌知天不有以报其身,而因以及其子孙耶?吾又乌知其碌碌以死,不竟湮没以终耶?抑吾闻之,大兵不闻命,大疫不问行,不谨避之而日与已死将死之人相逼处,其不触臭秽而致疾疫者,与有几千金之子,坐不垂堂保身慎疾之道,亦圣贤之所重也,吾又岂徒为偲闻惜哉!

五月十七　家人为亡弟履之作四十生辰。屈指下世已八年矣。睹小儿女陈酒肴,焚纸帛,欢然罗拜,不觉怆然感怀,欲哭不可,为诗以遣之:"佯欢忍泪作生辰,卮酒空浇地下人。华表曾归千岁鹤,黄泉难续八千春。凄凉荆树阶前悴,冷落冰桃几上陈。儿辈联翩竞拜祝,娇痴犹索彩衣新。"

惶恐零丁

毛元征　著

民国九年(1920)二月

旧历庚申年二月十八日　交卸涪陵查验局事。替人直隶衡水王广秋,字鹿苹。移居征收局间壁王宅(主人为王韵秋)。刘觐虞以孥来(一婢者至,仆易鹤廷)。

三　月

三月十七日　陈六皆赴渝。纳妾高氏。高,青溪场人,年十七。二月十六日刘觐虞介以来,遂纳之。

三月廿七日　刘觐虞赴云阳,遂如夔。是日涪始乱,夜,黔军戍涪者尽去。知事兼征收局长聂亦行。由是二十日中连易知事者六。

郑东琴复为知事,邀予助理案牍。时周勉林为司法,亦为力劝,许之。

黔军将复至,郑东琴遁。涪人拟举予与高亚衡、徐子和三人,推予为知事。汪宪和代辞。涪人乃以典狱员王月生为知事。三日而陈新凡至,王卸篆。

苏酒局长戴嘘伯去渝中,任徐叙五为苏酒局长。戴先行。后二日,其同事等交印于县署而尽去。

滇军由万如渝,假道于涪,涪人拒之。滇军隔黔水而鼓噪攻城,由申至亥乃止。发大炮三:一击毁城隍庙;一击损县署(公生明坊);一落南门外教场坝民家,毙一人。

安康汽船过涪,涪人铳击之,死二人,伤三人。

张运使量移予为新津查验局长，道阻不克赴。张改委綦江查验局长，某为新津局长。

宋范九为奉节知事，五电相招，诺其请。有李征三者，为丰都知事，介周勉林以相招，谢之。

六　月

六月二日　刘觐虞之妻易卒于予寓。两电夔府告刘。

将去涪，饯者络绎。杨秉文、徐子和、汪宪和、施小棠、敖某、胡勋伯、张复光、方竹笙、刘某、杨某。独陈宝泉凡三饯。又有所谓玉石琵琶与铜丝床两妓亦饯行于秦义园，则尤奇也。

初八日　刘觐虞至。刘觐虞，名国璜，湖南湘乡人，刘霞仙中丞之侄孙。

初十日　附鸿江汽船，将如渝，谭福从行。陈宝泉亦附此船。

十一日　鸿江船首途，午后抵渝。陈宝泉登岸。

十四日　鸿江东下，午后泊万县。靠还涪时，刘觐虞携予所存箱笥来登。到万后，使谭福诣厉汝秉许，贷银币三十枚。

十五日　晨抵夔。范九使人迓于江干。入居县署（初与范九同屋，后移三堂侧）。

十八日　马范卿至。王旭九卒。替人张矩廉丐予为王行状，诺之。

廿四日　川豫军因争水起衅，哄于城内十字街，范九解之。

二十八日　范九生辰，避而入乡。是日，其大郎弄枪弹，贯入右膝，始终未取出。本定九月二十八日迎亲，因是议改期。

吴莼仙留夔，待予荐之。范九使任收发。同年余楚翘将以知事赴直隶需次，予遮留之，荐于范九，任司法。刘觐虞已由王继五任为稽查。予又荐于范九，使为警备分队长。俄升队长。

初识奉节鲍敬仲于马范明许（敬仲为忽壮之侄孙，兰舫军门之子，已酉科孝廉方正）。

夔地，川鄂豫三军逼处，时相斗哄。范九与王继五辄排解之（王，名楷,巴陵人)。至是川军将换防,讹言四起,客军汹汹不安。范九电致颜德基,婉留王继五,且日与客军诸将领聚,谋所以息谣言、弭衅端之策。已而新移戍之团长范海庭以众至,屯于县署侧故通判署中,而居孥于县署内。凡川军将领之孥多居县署中。予知难将作。宋范九与客军极洽,向来凡有冲突,均赖以解。至是为知事,凡有军民交涉,宋均与其总司令接洽。鄂、豫两军自团长以下,恶其挟长官以临己,积怨日深,鄂军赵、刘二团长尤切齿焉。

九　月

九月十五日　晨,以一衣箱送存邮局。

十六日　午,川、豫军果哄。鄂军助豫军,弹丸击县署如雨注。范九、王继五力解之。事定后,予送姬人入邮局,而自诣敬仲处宿,次日仍宿敬仲许。先屯夔者为川军,团长帅恭度,营长朱晖庭。帅、朱与客军颇相得,至是以曾纵队长吉五代。曾孥已至,曾则卒未来也。

十八日　事稍定,复入居署内。作书辞范九,以翌晨畀之。

十九日　颜德基之代表蔡至。范九享之。予与范卿、楚翘预焉。坐未定,闻枪声者二。予与楚翘亟奔范卿许。楚翘遂留,予至敬仲处宿。夜九时后,闻枪声数发。初次枪声,豫军击毙川军及警队各一人于乾沟所发也;次之枪声,豫军袭川军所屯通判署而发也。予与敬仲谈至三时后,甫就枕而枪声大作,满城震荡,子弹乱飞。敬仲宅内有川军萧营长、鄂军丁营长分住前后屋。予虑其哄,乃走入邮局。天明后果闻敬仲宅中枪声、叫嚣声,良久始定。而邮局门前军士往来不绝,大炮声、机关枪声,如新年爆竹然,四起互应。午后三时乃渐息,则川军已败走四散,县署毁劫一空。刘觐虞死,宋绍尧伤。署中伏尸三十九具。川军既散,鄂、豫两军乃大肆劫掠,独邮局则入者虽屡而均逡巡退去,秋毫无犯损。予仅存十五日所运出之一衣箱,旧物均失,日记亦无存。　萧营长中洋枪,断足,舁入红十字医院。张远与吴莼仙随范九夫人及诸川军官之孥于客军焚仓廒、破县署时逃至月牙街樊举人西光家。川军归至，客军亦从而闯入，击死川军二人，并毙樊家仆妇一人。掳川军陈连长之妻、范九夫人及诸川军官之孥，咸解衣缚索，仍欲枪毙，跪求乃免。邮局侧县署街转角处有小经纪人夫妇同时被弹死。　宋绍尧中弹后，或负以行。将入邮局，途遇客军，执负者去，宋乃匍匐行。邓工头见之，始使人负以入局。电局被劫，局中任事者之家亦多被劫。有报生王某于二十一日送孥出城，已登舟矣，豫军检查之，枪堕江，而怒刺王中脑。王自沉，其妻与仆妇从之而沉。王夫妇幸拯起，仆妇则无及矣。　监狱毁，囚尽逃。监狱员戴幼楼甫莅事，幸未被害。初，范团至云阳，不敢遽进，以电询宋。宋力保其无事。至是难作，豫军初攻团部时，范欲溃围出城，据山转攻。宋又谓如是则衅必成，且多杀百姓，戒范勿动，坚以调人自任。范从之。已而围合，军不得出，遂大崩。范恨宋误己，必欲杀之以为快。　范随众逃入樊家，又跳而出。客军识之，将执以为功。豫军营长夏月珊解之，曰："此非范某，奈何妄囚平人？"范始得免。或以夏纵敌告张矩濂，张诘夏。夏曰："纵敌何证？乌得以人言为足信？设人谓总司令纵敌，某等亦信其说而疑总司令乎？"张不能诘而止。

二十日　夕，豫军迫统捐局长向青云纳银币八百枚，乃释之。征收局长白听秋不知如何？

先是，县署中有鬼啸，宋绍尧及范九之次子均耳闻之。七月中旬，予闻署后鬼哭甚哀，至是果有此奇变，鬼殆先知之矣。民国五年冬，奉节刘知事夜攻颜德基之王团不克，王反攻之，署中死者较此次尤多。

自入川来，垫江则居围城中数月，梁山则寇及局门，墙外成战场，涪陵则滇军炮击，城内濒险者屡，然均未损失纤芥之物。独此次危迫愈甚，而衣物一空，十余年来随身之件均尽，计值三四百元，诚可惜也。

十一月

中华民国九年十一月一号（旧历九月二十一日），晴　劫掠未已。寄家讯。张远逃至。吴莼仙昨晡时逃来，与楚翘均居邮局左侧某肆中。是夕，莼仙别居他所，楚翘居敬仲所。存鲍敬仲，胡济安存予于鲍。

二号(二十二日),晴　予生辰。仍劫。蔡隆九来,鲍敬仲将附汽船如宜昌,汽船未至,不果行。再存蓝秀豪,均不值。予亦束装诣胡济安。胡之孥亦将东,许予结伴。乃使姬人如胡许宿,并运行李至胡处。予仍居邮局。寄家片。　客军仍迫使宋为知事,鄂、豫两军各以士卒二十人守县署,不知其为保卫,抑监守也?宋以二号入署,署中各物均无,薪米不给。

三号(二十三日),晴　晨诣胡许,遇范九于邮局之门,立谈片刻,遂与楚翘、孙啸屏、李镜清坐江干茶寮。十一时,隆茂汽船至。乘划船将迓而登,汽船不停,划船为浪所激,濒覆者再,衣物尽湿。蔡隆九赁民船而东,见予伫立江干,招使同登。楚翘赴之。予行李已载矣,姬人不肯,继以涕泣,不得已而辍行。乃携姬人憩于茶寮。复入城往来于胡漳安、马范卿许,遇吴莼仙于马许。晡,鸿江汽船至,不及碇而遂行,仍不果附。灯后予还邮局,吉庆汽船至,济安使来招,遂与济安之孥同出南门登舟。鲍敬仲先在。船中人满,无立足地。予以资斧不充,仅买统舱票。行李萧然,不给于用。宦蜀六稔,初不料归时狼狈至此。极可惨也。舟中遇李慕韩,知燕子才已旋渝。陈保全在巫山。

四号(二十四日),晴　晨首途,午后抵宜。初拟居吉祥栈,人满不能容,乃改入春元栈。寄家片。

五号(二十五日),晴　姬人病。鲍敬仲来。存鲍敬仲于义丰洋行。

六号(二十六日),晴　姬人赴胡济安之孥许,又赴鲍敬仲寓。鲍敬仲来,李镜清来。入电局探蔡隆九消息,又赴郭家巷十六号黄道远家,晤徐啸峰、蔡隆九。存鲍敬仲,偕游于市。

七号(二十七日),晴　存蔡隆九于内地会后面新高升栈。又存余楚翘于西门外同安号,有利川人冉君作霖,拉使书联。又遇恩施胡君凤喈。偕楚翘入肆进晡食。又偕存敬仲。李镜清三来,均不值,夕报谒之。

八号(二十八日),晴,暄不减暑　黎明即起,移居吉庆里吉祥栈。招李镜清来春元栈，与栈主交涉房金事件。存余同年，遇于途，偕入肆进晨餐。又偕存鲍同年，又偕余、鲍两同年游公园茗谈。又偕鲍敬仲旋其寓，餐。又独存蔡农九。又独入电局，再诣蔡、鲍二君。鲍君他出，不值。灯后，三过鲍同年。余楚翘、李镜清均于是日附大元汽船东下。

九号(二十九日)，阴　存鲍同年。餐飧。

十号(三十日)，阴。夕雨　旅邸无聊，资罄不得行，惟有过鲍同年闲谈消遣而已。是日在鲍所餐飧。偕姬人游公园，又偕诣鲍。

十一号(十月朔)，晴，寒　存鲍同年。灯时，鲍敬仲来。

十二号(初二日)，晴　携姬人过蔡农九、鲍敬仲。偕蔡农九入邮电局。寄家片。觅同乡颜暇侯，颜已回苏不值。又入中行觅同乡，亦无存者。闻川军与豫、鄂军争云阳，迭相出入，客军烧杀淫掳，无所不至，死者逾千。卒为川军所败。当二十日之变，夔府惟黄州街因蓝秀豪驻彼，免罹此难。二十五日蓝如施南，二十七日黄州街遂被抢。又闻川军已抵安平，夔城米升二千文，百物均无售者。城中客军肆行奸掳，以护法为名而不法若此。呜呼！尚复何言？夔城中偶有一二未被劫者，客军胁使纳保护金，数各不赀，人转以被劫为幸。

十三号(初三日)，晴　姬人再病。晨入肆饔。诣阅报室看报，又独坐茗楼进茗。灯时，江干独眺，鲍同年来。蔡农九来，不值。闻黎天才已附今日汽船逃来宜昌，夔城大乱，川军已入城内。

十四号(初四日)，阴雨　存蔡农九，偕存黄道远。途遇曾月波。灯后，鲍敬仲招，过其寓，晤皖人吴侠君。

十五号(初五日)，阴，间晴　存曾月波于波罗馆侧义盛永号楼上。曾留餐，遇王月生。灯后，曾送予回寓。修足爪茧。蔡隆九来，不值。

十六号(初六日)，阴雨　存鲍敬仲，偕入电局。偕姬人过曾月波，餐。易子明来，不值。存之义发荣客栈。亥，再存鲍敬仲。途遇高嗣孙、敖裕之。

十七号(初七日)，晴　蔡农九、易子明来。存曾焕文、何颐伯、屈春亭。屈入省，不值。存曾月波、敖裕之，敖不值。亥，存鲍敬仲，长谈。得宋范九电,知任伯光已回川。

十八号(初八日),晴　存曾月波、蔡农九。蔡邀入公园茗坐。存鲍敬仲、胡均叔、敖裕之。遇徐子和之甥程作砺于敖所。曾焕文、鲍敬仲来,易子明来。

十九号(初九日),晴　易子明来。存曾月波。姬人病。诣蔡农九寓,邀郑仲彬来诊之。亥,再存曾月波。蔡农九夫人卒,使人来告,且召余往。以夜深不克赴。寄家片。

二十号(初十日),晴　晨,赴唁蔡农九,视其夫人敛。蔡留餐。再存高嗣甲于泰安栈。曾月波来,不值。亥,存之。

二十一号(十一日),晴　存鲍心樵,已行。存胡均叔,又再存曾月波,均不值。灯时,附江通汽船,人满。赁房舱不得,改赁统舱。戴嘘伯存予于船。

二十二号(十二日),阴雨　上午四时开行,行百八十里,搁浅。午后三时,湘潭船过,曳之始动。夕泊沙市。翌日辰四时方行。

二十三号(十三日),阴,雨且风　夕过城陵矶。风雨大至,衣衾咸湿。

二十四号(十四日),阴　上午四时到汉,住万福楼客栈。赴法界海寿里十九号狄宅访胡吉如消息。狄被焚他徙,不克访。寄家片。

二十五号(十六日),晴　宜昌历旧历九月大建,汉口以下历日则小建,相较乃差一日,亦奇闻也。晨,移入太古公司大通汽船二十二号房舱,夕八钟开行。

二十六号(十七日),阴　晨七时过九江,夕八时过安庆。

二十七号(十八日),阴　晨七时过芜湖,午后一时过江宁,夕六时抵镇江,寓新三元客栈。镇江江岸水枯,汽船不能近岸。乃以小汽船运客,颇费周折。

二十八号(十九日),晴　晨诣新河街电局,访蔡农九之侄子香,又诣拖板桥旁李宅谒外舅,不值。外姑留餐。餐讫,偕刘祖燕至打索街洋货公所诣外舅,复不值。祖燕遂偕返寓邸,飧。飧后又偕游江干。

寄家片。

二十九号(二十日),阴,夕雨　谒外舅于洋货公所,餐。餐后偕刘祖燕至裕康祥觅胡健春,不值。又偕坐茗肆,招如璠侄来谈。灯后,胡健春来,璠侄来。

三十号(二十一日),阴,雨　胡健春来,邀入万华楼晨餐。将赴洋货公所,遇外舅于途而回。刘祖燕来,偕入市购物。璠侄来。

十二月

十二月一号(旧历十月二十二日),阴雨　晨附永和公司小汽船回淮。刘祖燕、璠侄送予至船。十二钟开行。

二号(二十三日),阴雨　水浅载重,每一小时仅行十里。是夜一时抵淮,不能登岸,乃径赴清江。

三号(二十四日),阴雨　晨抵清江,赁民船而南,十二时到淮。是日,杨申之借予寓行聘妇礼,伯舅、姑丈等咸在。

四号(二十五日),阴雨　不出,亦无客来。

五号(二十六日),阴雨　陈际云来,未见。丁全章、何少春、陈六皆来。作书寄各友人,并讯仲及、孟雍。

六号(二十七日),阴雨　不出。

七号(二十八日),晴　存王则先、吕子骏。餐王,飧吕。飧后偕丁荆章、何少春坐仁寿堂。

八号(二十九日),阴　存陈铁卿,餐。又存陈六皆,又谒姑丈,又过何少春,不值。又存王则先。丁辅唐、丁子绶、喻幼坡来。

九号(三十日),晴　姑丈来。丁荆章来,偕存杨绍老、丁子受、丁辅唐,两丁均不值。又偕谒姑丈,餐。又偕丁荆璋、王则先过陈六皆,又偕陈六皆赴洪道生夕飧之约于黄厨宅。又独存丁荆璋。

十号(十一月初一日),阴雨　曾儿二十生日。陈六皆、王则先、丁金章、何少春来,餐。偕陈六皆、王则先、丁荆章看曲巷王宅。

十一号(初二日),晴　头痛,卧至夕乃兴。陈六皆招飧。丁履谦移居,夜往贺之,饭。

十二号(初三日),阴　存汪禹仲、陈六皆、杜恕之、洪道生、秦襄虞、高余文、王蔚文,汪、杜、秦、高均不值。韦豫川再来,均不值。修足爪茧。韦豫川再来,均未得见。

十三号(初四日),晴　入河下孚佑帝君庙,拜叔舅榇。又诣伯舅,又存李伯延、王砚荪,餐于王。又存丁荆章,不值。韦豫川、何少春、丁荆章来,均不值。

十四号(初五日),晴　王则先、丁荆章、何少春、丁履谦、吕子骏、周少溪邀餐于绿霭亭。餐后偕子骏存秦襄虞。杨绍老来,未得见。

十五号(初六日),晴　过六妹家,餐。奠于郝砚樵处。又存杨绍老、王颂轮、喻幼坡,杨、喻均不值。邵六、七两表妹来。过少华叔居。汪禹仲来,未得见。

十六号(初七日),阴,夕雨　章式周、喻幼坡、丁子受、吕子骏、陈六皆、开叔和来。喻幼坡要餐于东来园。谒姑丈,飧。王颂轮来,未得见。

十七号(初八日),晴　陈六皆来,偕过其居。陶孟陬要飧于黄厨宅。存杨绍老。讯孟。

十八号(初九日),晴　谭氏从母六十生辰,往祝,餐。存秦襄虞,偕存吕子骏、王则先,均不值。讯雍。

十九号(初十日),晴　王季丈三周忌日,往奠,餐。偕王则先、陈六皆游勺湖。又偕王存吕子骏,又独存陈六皆。讯仲。

二十号(十一日),晴　存丁荆章,餐。晡出,诣仁寿堂,遇秦襄虞,偕存刘益之,途遇杨少亭,知刘方博,乃同诣杨居茗谈。姑丈来。

二十一号(十二日),晴　存丁荆章,遇何少春。偕祝任玉岑尊甫六十寿。诣何,飧。偕存王则先,不值。又偕存丁荆章。又偕丁、何二君步月,送何归其居。又偕丁再存王则先。

二十二号(十三日),晴　奠于郝砚樵家,餐。过刘益之,刘邀入肆啖馄饨作晡食。又偕何少春诣药肆坐。又过王蔚文,飧。

二十三号(十四日),晴　存杨绍老,报谒邵子宏,不值。又存陈六皆,偕存洪道生。又诣六妹家。灯后,何少春来。偕存丁荆章,飧于丁。

二十四号(十五日),晴　存韦豫川于汪禹仲许,偕韦过邱景韩。又偕存福本和尚。韦遂来餐。何少春来,亦餐。存王颂轮。

二十五号(十六日),晴　陈铁卿招餐于蓬莱草堂。餐后偕任阆仙返其居。又独存秦襄虞、陈六皆。

二十六号(十七日),阴　陈六皆来,偕存洪道生。又偕两君看三台阁旁王宅。又独谒姑丈,不值。又存西人艾某。过二从母居,啖水角。存陈六皆。

廿七号(十八日),阴,寒,夜雪　陈六皆、洪道生来。汪楚卿之夫人七十生辰,祝之。存吕子骏,飧。

二十八号(十九日),阴　何少春移居,偕陈六皆贺之,餐。又偕陈六皆返其居,雨作。存丁荆章、王颂轮。

二十九号(二十日),阴雨　邵子鸿、吕子骏来,餐。存陈铁卿,飧。讯孟。

三十号(二十一日),阴雨　存邵子鸿,又诣郭宅。

三十一号(二十二日),阴　诣吕十一,看证。又存王颂轮、丁荆章,丁不值。谭叔良来。啜药。

民国十年(1921)一月

十年一月一号(旧历庚申十一月廿三日),阴,雨雪　存王颂轮、邱景韩、丁金章、韦絜甫。邱、丁不值。

二号(二十四日),阴　开叔和来。韦仰周来。存丁金章,诣吕十一看证。

三号(二十五日),晴,寒　开生昆仲暨丁子受要餐于丁所。存郝砚樵。王光伯来,不值。

四号(二十六日),晴,寒冰　何少春、王颂轮先后来,均不值。存谭叔良、陈六皆、丁荆章,丁不值。得孟讯。

五号(二十七日),阴　谭叔良来。存丁荆章,偕坐仁寿堂,又偕返丁居。

六号(二十八日),阴　存陈六皆。又存丁荆章,偕存秦襄虞、吕子骏,秦不值。

七号(二十九日),阴　存王颂轮、陈六皆。王光伯来,不值。

八号(三十日),阴　存王颂轮、丁荆章,丁不值。陶运东来,不值。

九号(十二月初一日),晴　诣丁荆章,餐。诣陈六皆,飧。

十号(初二日),晴　贺韦养之嫁女,餐。偕吕子骏啜茗西门外。子骏要入肆啖馄饨。又偕贺赵丽生娶妇,飧。讯孟。

十一号(初三日),晴　晨,丁荆章、何少春来。存何少春,餐。吕子骏来,偕吕子骏、何少春、丁荆章等醵飧于东来园。

十二号(初四日),晴　晨,姑丈来。存陶运东。偕陈六皆看二条营宅,返诣其居。餐。讯仲。

十三号(初五日),阴　头痛,夕乃兴。得雍书。

十四号(初六日),晴　晨,存萧佑老,诣伯舅,餐。偕王光伯存季凤书、程景韩,均不值。遂偕王返其居。灯后,存陈六皆、丁荆章,丁不值。

十五号(初七日),阴　存王伯游、刘益之、杨少老。王、刘均不值。独入肆作晡食。灯后,地藏寺巷火,观之。讯仲及雍。

十六号(初八日),晴　晨存丁荆章,不值。观昨火焚处。存陈六皆。韦玉川来。

十七号(初九日),晴　踪丁荆章于仁寿堂,不值。存谭叔良、何少春,约何同回,餐。偕存丁荆章于丁履谦许,又偕存吕子骏,飧。韦豫川来。

十八号(初十日),晴　成葆之来,未见。三界寺方丈招餐,赴之。存王颂轮,飧。

十九号(十一日),晴　存丁荆章,遇何少春,偕存陶少棠,不值。又偕坐仁寿堂。要何及丁仲安、开礼老来博,飧。飧后送何少春归其居。杨瓒侯来。

廿号(十二日),晴　姑丈来。刘益之、陶少棠、何少春、成葆之来。诣姑丈居,餐。王蔚文来。存王颂轮。谭叔良来。

廿一号(十三日),晴　刘益之招餐于绿霭亭。存王占一,飧。存陈铁卿。

廿二号(十四日),晴　存郝砚樵,不值。陶运东招餐于蓬莱草堂。何少春来。诣王占一处酬应,遇何少春。偕吊于秦,又偕入聚珍园,作晡食。又偕至丁履谦家,独留丁许,飧。飧后,少春再至丁处,送予归。杨申之来。

廿三号(十五日),阴　存杨少斋。诣丁履谦处酬应,餐。偕赵丽生、吕子骏游东城。存王蔚文、陈六皆。洪道生招飧。

廿四号(十六日),晴　萧又老七十生日,往祝。存王光伯、谭子佩,谭不值。王伯申、吕子骏均招餐,辞王赴吕。夕,再诣吕,飧。存王颂轮。

炳烛录

毛元征　著

民国十二年(1923)七月[①]

七月一号(五月十八日)晴　存吕子骏、俞幼坡、王蔚文。

二号(十九日)阴　存吕子骏,不值。入肆啜甜粥。存陈铁青,飧。

三号(二十日)阴雨　存吕子骏。唐叔虞之阿郎明日纳妇,今日其妇家运奁饰至,往观餐。

四号(二十一日)晴　存邵天雷、吕子骏。邵不值,吕留飧。贺子唐。

五号(二十二日)竟日霖雨　存郝砚樵。

六号(二十三日)雨　存李石青、邵天雷、周蔚林,均不值。踪周子、郝砚樵许,亦不值。恶郝仆之简亢,遂不入。存洪道生,餐。"妈妈"字,见宋俞琰《席上腐谈》,谓俗称妇人为妈妈,乃取坤利牝马之贞意。《四库提要》斥其附会穿凿。尹心侣来,未克见。

七号(二十四日)阴　存周蔚林,踪见于郝砚樵许,偕周存尹心侣,又偕尹、周再诣郝,飧。尹心侣昆仲、金尹珏及侯、姚二人来,均未克见。

八号(二十五日)晴　尹心侣招餐,偕祝姑丈生日。偕杨渭人存周畏灵。存郝砚樵,餐。

---

① 原稿未标明何年,检郑鹤声《近世中西史日对照表》,毛元征去世前逢阳历7月1日、农历为五月十八日者,乃民国十二年(1923)。又,原稿本年日记附于民国十四年日记后,今依年代顺序移前。

九号(二十六日)阴　侯生杰，字敛云，姚生慕赵字抑友者，执贽于余。侯要餐于其居，坐有清河人王君义成，字怡甫。存秦相于。

十号(二十七日)晴　存金君珏，不值。存郝砚樵，飧。

十一号(二十八日)晴　存邵天雷。有王景于者，崔堡人，王志清之族子也，将以事讬于郝彦翘，遂相周旋。

十二号(二十九日)晴　王、蒋、周、郝四生来，未克见。谒王从甘。存金君珏、郝砚樵、侯生、邵天雷。

十三号(三十日)晴　谒王从甘。姑丈来。存吕子骏。尹心侣要飧。

十四号(六月朔)晴　存金君珏。谒王从甘，不值。存郝砚樵，飧。

十五号(初二日)晴　侯生要餐于其居。存洪和甫、郝砚樵，飧于郝。

十六号(初三日)晴　存杜澎之、洪和甫、金君珏、侯剑云。餐于洪，飧于侯。

十七号(初四日)晴　杨蔚仁要餐，偕存尹心侣，飧。

十八号(初五日)雨　存金君珏、吕子骏。

十九号(初六日)雨　存金君珏、王志清、杨蔚仁、周蔚林、尹心侣，王、杨、周均不值。飧于尹。

二十号(初七日)阴，间晴　存周蔚林、王志清。王留餐，偕王存郝星樵，看新纳之妾。又存王蔚文、喻幼坡、吕子俊、侯剑云，喻、侯均不值。

二十一号(初八日)晴，午后雷雨　存蒋泽贻，餐。偕蒋生存季凤鲁、王砚荪。姚生来，不值。

二十二号(初九日)晴　存金君珏、王蔚文、喻幼坡、吕子骏，喻不值。孙生来，未见。

二十三号(初十日)阴　存金君珏，偕入肆啜甜粥，又偕存侯剑云。

二十四号(十一日)夕澍雨　存金君珏、洪道生、王志清、吕子骏。

二十五号(十二日)晴　存吕子俊、秦湘渔。

二十六号(十三日)晴　存金君珏、王从甘、秦湘渔。

二十七号(十四日)晴,热　存金君珏,偕存侯生,飧于侯。王生来。

二十八号(十五日)晴,热　存程景韩,程要餐于季凤书所。偕秦相于存王砚荪、蒋生。孙遁弇来,未见。

二十九号(十六日)晴　王符伯来。热。存吕子骏。

三十号(十七日)晴,热　存金君珏、吕子骏、洪和甫,餐于洪。

三十一号(十八日)晴,热　开儿二十生日。存吕子骏。

八　月

八月一号(六月十九日)晴　尹心侣要荡舟勺湖。存吕子骏。王符伯来,孙生来,未见。

二号(二十日)晴,尤暄　存洪和甫、吕子骏,飧于洪。

三号(二十一日)晴　存洪和甫、吕子骏。

四号(二十二日)晴　存吕子俊。何少春来。

五号(二十三日)晴　吕子骏招餐。博,小负。

六号(二十四日)晴　姑丈招餐。风于节祠。存尹心侣飧。

七号(二十五日)晴　存金君珏、吕子俊。祝少华叔寿餐。存洪和甫。

八号(二十六日)立秋,风,阴,间晴　尹心侣招餐。风于节祠。存吕子骏。

九号(二十七日)阴,风　存洪和甫,不值。再存吕子骏。

十号(二十八日)阴,风　存秦湘于、金君珏,偕游于市,又偕存吕子骏,飧。

十一号(二十九日)阴,微雨,风尤大　孙生招餐,不赴。存蒋生,餐。晤卜同年之从弟霞峰。存季凤书,不值。

十二号(七月初一)阴雨　存吕子骏,餐飧。尹心侣、周渭林来,不值。

十三号(初二日)阴　存金君珏、丁鹤老、吕子骏。作文。

十四号(初三日)阴　邱沈挚之尊甫来,即报谒之,彼此均不值。尹心侣来,不值。存吕子骏。赴杨蔚仁许,酬应飧。作文。

十五号(初四日)雨　邱绳之之尊甫来。王伯符来。存韦仰周,不值。存吕子骏。作文。朱让泉来,不见。

十六号(初五日)晴　存吕子骏。

十七号(初六日)阴雨　伯威从舅卒,往吊。先存季凤书,餐。存王砚荪、吕子俊。

十八号(初七日)晴,夕雨　存吕子俊。薙发。李石卿来。

十九号(初八日)晴　再存吕子俊。偕赵伯平、周少溪、李文伯游虹飞阁,又偕存喻幼坡。尹心侣、邱绳之之尊甫来,均不值。

二十号(初九日)晴　丁玉章来,归女于杨,贺餐。再存吕子俊。尹心侣及邱绳之之尊甫来,不值。

二十一号(初十日)晴　存吕子俊。邱绳之之尊甫来。存秦湘渔。

二十二号(十一日)晴　再存吕子骏。金君珏赴上冈。夕,登东门外涧河舟,送之至河干,小憩茗肆中。

二十三号(十二日)晴　存吕子俊、秦相于、何少春,何不值。

二十四号(十三日)晨雨,午晴　存吕子俊。偕丁履谦欣阳、李文伯步月于市。

二十五号(十四日)晴　存吕子俊。邵天雷来,偕邵及马小堂存周衡老。又独存陈六皆。又过邵及马寓,马要飧于市。

二十六号(望日)晴,暄极　博于吕子俊许,负,飧。

二十七号(十六日)晴,夕雷雨,尤暄　周蔚林要餐。存洪道生、邵天雷、吕子俊。

二十八号(十七日)阴雨　存王志清、周衡老、邵天雷、陈六皆。

二十九号(十八日)晴　存吕子骏、陈铁卿。入邮局。

三十号(十九日)晴,午雨　马少堂招陪周衡老餐于绿霭亭。存陈六皆,餐。

三十一号(二十日)晴　慈疾,杨幼平诊之。邵天雷来。祝吕十一六十生辰,餐。

九　月

九月一号(二十一日)晴　存周蔚林,餐。偕贺于徐泽民许。再存邵天雷,邵再来,均不值。存陈六皆。夕,诣徐看新婶,餐。

二号(二十二日)雨　存邵天雷、周衡老、尹心侣,餐于尹。

三号(二十三日)晴　存邵天雷。

四号(二十四日)晴　存陈六皆、何少春、秦湘渔,何不值。徐哲甫自沪来,不值。徐老三来。再存吕子俊,飧。

五号(二十五日)晴　存吕子俊。喻幼坡来。

六号(二十六日)晴　周蔚林为子聘尹心侣之女,是日行礼,往为冰人,因餐尹飧。存许尹龙。

七号(二十七日)晴　往周蔚林处酬应,餐。存杨蔚仁、陈六皆。

光绪《湖南东安志》:"潘一晟,字愚溪。明末府学生,明亡不应举。才思敏逸,所题咏未尝署名。游东湖,题句酒肆,李渔物色之,知为东安人。渔游桂林,迂道访焉,莫能得。偶泊林林草屋,署一联,渔笑曰:'此有尘外致,殆是矣。'入询主人,相与拊掌,信宿而去。"注曰:《一晟集》,不传。其东湖句曰:"五六月间无暑气,二三更里有渔歌。"门联曰:"白云一片两片,黄鸟三声四声。"又,《官属表》:于兆熊,山阳拔贡,乾隆三十七年任。

八号(二十八日)晴　邵天雷来。存周衡老、邵天雷。徐立甫来。

九号(二十九日)晴　存吕子俊。偕周少溪存徐吉甫于文通寺,少溪要入肆作晡食。

十号(三十日)晴　存何少春、秦湘渔,何不值。修足爪茧。

十一号(八月一日)晴　邵天雷来,偕存周衡老、王志清。邵要入市,进晡食。

十二号(初二日)晴　入邮局。存秦湘渔。

十三号(初三日)晴　丁子受之太夫人七十生辰,往祝。存开生,又谒姑丈,餐。存陶次埙、沈小丞,陶不值。

十四号(初四日)晴　入邮局。诣韦宅,遇耿茂之,餐。何少春、徐吉甫来,徐不值。

十五号(初五日)晴　入邮局。整理书籍。何少春邀入鹤鸣园,以汤包代飧。

十六号(初六日)晴　诣韦。存郭小兰于警备队营,江琴生留餐。姚抑夷要飧。

十七号(初七日)晴　何子吉六十生辰,祝之。存许隐林,要餐于市。过沈冠卿门,拉入坐谈。头痛,未飧而卧。王生来,不值。

十八号(初八日)阴雨　尹韫华来,要餐于其居。　偕尹谒姑丈,不值。周少溪来。

十九号(初九日)阴雨　姑丈来。五房从侄女二十生日,往餐。入邮局。存秦湘渔。

二十号(初十日)晴　沈幼丞、杜恕之要陪周恒老餐于醉渌。

二十一号(十一日)晴　存季凤书、蒋泽诒、王砚荪、杨申之。季不值,蒋要餐。

二十二号(十二日)晴　存徐吉甫、王志清、徐凤楼。姑丈来。

二十三号(十三日)晴　存徐凤楼。吕子骏来。入邮局。周少溪要飧于市。

二十四号(十四日)阴,微雨　入邮局。存徐凤楼、陈铁青,餐于陈。存吕子骏,俄而吕君偕赵伯平、周少溪来,入市步月。

二十五号(中秋)阴,间晴　存吕子俊,餐。博于吕,负。吕子俊等来,要偕步月冶游。夜,月色澄洁。

二十六号(十六日)阴,间晴　周少溪、李文伯、赵伯平来博,餐飧。亥,独入市。

二十七号(十七日)晴　存尹韫华,遇杨蔚仁,要坐河干茗谈,又进晡食。复偕诣尹,飧。

二十八号(十八日)晴　餐于徐凤楼许。出城,存季凤书、王妍孙、杨申之,王飧、杨宿。

民国十四年(1925)七月

民国十四年七月一号(旧历乙丑年五月十一日)阴　徐南州之夫人悯忌,设醮于长春寺。往酬。酬后游万牲园,雍儿夫妇挈燕声女孙随侍。又存窦浩亭,未克见。从女弟适史者来,未克晤。

二号(十二日)阴　看燕声女孙。存邱沈之,不遇。陈继丈乔梓来,要飧于颐乡斋。

三号(十三日)阴,夕雨　存邱沈之,飧。王光伯来,未克见。

四号(十四日)晴　雍儿来。有蜀之梁山人黄秀眉者,其父名钤,侨居扬之仙女镇。黄与凌仁老(父名河清,咸丰甲子乡科)素稔,因缘入都,居扬州会馆。再向丁石庵称贷,均应其求。三乃不果允,黄遂憾丁,数牒警区,谓丁吸鸦片。警区未之理。是日,六赴警区,固请捕丁,末竟具切结,言如虚甘坐夜十二时。黄躬率巡官、警卒二三十人掩入会馆。予方与丁闲谭,猝见众至,不知何由。予欲回卧室,则二警卒守左侧,不得入。欲出,则恐被呵止。乃从间道逸至听事前,幸无见者,于是出诣徐南州。许时,雍儿夫妇已卧,骇而起,进粥,理卧具,遂眠于南州听事中。日出,傔人始迓予返馆。

五号(望日)晴　濮伯欣、王光伯来。雍儿来,侍游城南公园。存黄桐生,请其看气。黄名家瑜,赣人,年六十六。子字友仲,与雍儿善。黄为赣甲族,父官布政。己亦以道员候补。年十九,得奇疾,为蟒精所凭,蟒盖依以避劫者三年,蟒者疾亦瘳。黄故短视。蟒濒去时言,无以报德,请易子目。由是痒后目明甚,能见一切神鬼幽怪之状,尤能视人顶上所现气,而决其休咎。凡红主贵,黄主富,黧黑者贫贱。修炼有得之人,其气色白。不满十六龄之男女,色亦白。修炼有得则无嗜欲,与童稚等,故色同也。气宜长,极短宜过五尺,不及是者死;色宜明,焰宜直。予之气作粉红色,长丈余，焰多曲。雍儿气亦粉红色，第较予深长二丈；焰之曲稀于予。王生气黄多于红，长才及。又焰升迟速不一，第即速时亦较他人为迟焉。馆人醵诸同乡者为凌仁老寿。予与孟儿、渊侄未与。史介老来，并饷茶物，未克见。

六号（十六日）晴　凌宅之来，不克见。视燕声女孙，挈以游中央公园。雍儿夫妇随侍。雍又侍入第一春进飧。

七号（十七日）晴　视燕声女孙。存彭同年少衡长谈。王泽民来，未克见。

八号（十八日）阴，旰微雨　视燕声女孙。陈叔宾丈自保定入京，夕偕陈继丈来。阮乃谷要偕二陈丈飧于新湖春。王光伯来。

九号（十九日）雨　存陈叔宾丈，不值。视燕声女孙。作《赠丁石庵》二律："恋尔不能去，凄然了此辰。危时艰后约，衰鬓怆前尘。俯仰终违俗，沉吟各误身。有山无可买，空羡采芝人。""岁月消奔走，襟期极苦辛。无聊偏类我，不幸共为人。灵梦花能忏，秋怀酒可春。明知行乐好，独往倍伤神。"

赠涵芬："早年嗟辍学，客路困饥寒。当世荆榛满，衰宗振拔难。移山征志苦，量海扩襟宽。郑重吾期汝，重逢洗眼看。"

十号（二十日）阴　视燕声女孙。陈继丈昆弟来，要入肆吃锅贴。又诣叔宾丈寓小坐。彭少衡来，未值。郭湘泉自沩南来。雍儿夫妇挈燕声女孙，侍游中央公园。

十一号（二十一日）晴　视燕声女孙。丁铁庵来。郭湘泉来。薛曙星来。王光伯来，未值。郭与言来，未值。郭将如沪。

十二号（二十二日）晴　王光伯来。谭竟任来，要入澄华园浴。予畏热，仅薙发而出。游中央公园，遇郭湘泉。已而郭来。陈继丈来。

十三号（二十三日）阴　陈继丈来。视燕声女孙。

十四号（二十四日）阴，夕雨　视燕声女孙。旅邸无聊，且惮暑甚，出亦无所诣，惟藉含饴以遣日而已。

十五号（二十五日）晴　视燕声女孙。凌宅之来。王光伯来。

十六号(二十六日)晴　视燕声女孙。章叔惟来,未得见。涵芬侄赴郑州。

十七号(二十七日)晴　存薛铁铮,餐。凌仁山、郭湘泉均南旋。

十八号(二十八日)晴　视燕声女孙。韦幼渔来,未克见。

十九号(二十九日)阴,夕雨　徐南州、凌宅之均要餐于来今雨轩吃西餐,次第赴之。顾伯笙来,未得见。夜失眠。

二十号(三十日)午前雨、午后霁　存韦幼渔、窦浩亭,均不值。韦幼渔来,不值。郭敬甫南旋。

二十一号(六月朔)晴　韦幼渔要游中央公园,又要入华共啖西餐。许应生来,未得见。许,保定第三监狱典狱长。亥,涵侄由郑旋。午后雨。

二十二号(初二日)雨　视燕声女孙。

二十三号(初三日)澍雨竟日　中庭积水成沼,不能出户。端坐一室,闷极。

二十四号(初四日)雨　视燕声女孙,飧于雍所。

二十五号(初五日)阴,间雨　存窦浩亭。夕,丁石庵如天津。舍叔翾来,未克见。视燕声女孙,飧于雍所。

二十六号(初六日)雨　陈继丈来,飧宿。雍儿来飧。王光伯来。有苏人郑健翔字济刚者来存石庵,住兵部洼中街十七号,电话南局一零一九。

陈继丈言:有太平仓役夫,力兼数十人,每食恒苦不饱。或试之,啖汤饼使尽其量,其人连毕七十余器,每器储汤饼二斤,益啖三十余斤。尝有策蹇过桥者,荷重桥高,蹇力不任。其人负之而趋。有孺子旁观,不见为人,以为牛。或神其说,谓其人殆牛所转生也。

继丈又言:京师东城有车人孙库,虐其妻,日必箠骂备至。妻顺受之,不敢稍忤。偶有星者徘徊其门,孙妻叹曰:"命苦如此,何推步为?"术者曰:"吾知汝苦,故来此夙孽也。今夕渠归叩门,汝勿应。亟取笤帚置户侧,俟其三呼,然后启门,从兹无事矣。"从之。孙见不应,怒。既启门，遂以帚挞之数十下，已而怒骤息。由是极相昵，永不复如前之虐待矣。

继丈又言：金匮吴越扬旅沛南，其妹梦一女子谓己："予而房主女，与而姑稔。而姑屋漏，使予以告，亟葺之！"醒而叩其屋主，果有亡女如梦状。吴姑已久卒，亟视其圹，果有穴云。

阮乃穀言：僧道桥有孙养吾病，属纩矣。家人方环泣，孙忽苏，谓："曹媪卒乎？"曹媪者，阮之邻媪，年七十余，久病者也。家人使往视，则甫气绝也。孙曰："我顷见数人如鬼状，持一牒，首署曹媪。我欲审阅，匿不与。谓我：'汝十七年后方来此。'"孙由是遂瘥，阅十七年，乃死。

阮又言：其友之妻于两月前送其子出京，附煤矿公司汽船，由秦皇岛赴沪。又由沪附矿船自秦皇岛回京。友妻嗜佛，以沪上檀香值贱，购以备斋醮之用。同舟有一叟，由秦皇岛往山海关，见檀香，知为供佛用者，因询其能唪金刚经乎？谢以不识字，不能唪也。叟曰："是大灵异，不可唪也。"众叩其说，叟曰："予少贫，年二十余，无以为生，测字以糊口，孑然一身。或言某氏宅凶，扃莫敢居。予念贫窭如予，苟得庇身地，他奚足怖？丐于屋主，愿入供看守役。屋主正以荒废为虑，乐于有人之看守也，喜而假之。余喜，设测字摊于门，夕则入宿。既夜，方坐读，闻梁侧有声。仰视，有人髩下垂，徐及腰腹。俄翩然下，凤冠霞帔，以绛帛蒙面。既下，去其面帛，舌出于唇，目凸于眶，状至可骇。予不为动，读如故。无何，升入梁际而没。明夜复然，如此者三夜。予向空语曰：'君如是何不畏烦，予正沉闷，盍改容就予谈乎？'欻然一女子作常妆自梁下，曰：'妾非好为是恶态也，生前以此时作此状死，每际此时，不得不现此状。妾既不得已，亦至以为苦。君若垂怜，为唪金刚经百日，则超生矣。'予允之，自是女每届此时，必现恶状，过时则服常服如常人。百日既满，女曰：'大德何以报君，此去托生湘中某氏女，父何名字，母何氏族，居某地。其家极富，止此一女，年十六为君妻。君后亦将小小腾达。'予后遂为博士弟子，登贤书，令于湘中。四十许尚无妇。偶忆鬼所言，探之，果有某地某富室，无子。有女,年十六,择对甚苛。试以媒往,一请而诺。成礼后,予妻颇以年齿相悬为憾。予乃告以前事,予妻释然,情爱遂笃。今予年七十许,已有二子矣。”

黄桐生言:往生咒极能度鬼,若加诵“四生登于宝地,三有脱化莲池。河沙饿鬼证三贤,万类有情登十地”四句偈,则尤灵验云。

晓镜但愁云鬓改,夜吟应讶玉绳低(集义山句)。

地下若逢陈后主,人间唯有杜司勋。

不须浪饮丁都护,苦忆平生马少游。

谁解乘舟寻范蠡,独携大胆出秦门。

五更晓色来虚幌,万里归心对月明。

武帝祠前云欲散(岑),胡公陂上日初晴(岑)[1]。

素女峰前云未尽(岑),仙人掌上雨初晴[2]。

二十七号(初七日)阴间雨　游勤业街,雍夫妇挈燕声女孙侍。

二十八号(初八日)午前霁,午后阴间雨　持徐南州介绍函诣北池子五十五号觅粤人卢毅安,求相病,不克见。又赴东安市场,为朱让泉探某甲住址。又存薛铁铮,餐。又存余叔翱。又过适史从女弟。又存章伯思、伯可、叔薇,均不值。陈继丈来。

二十九号(初九日)午前澍雨,午后霁,复阴间雨,亥澍雨　视燕声女孙。存窦浩亭、许应生。许要飧于厚德福。又存洪子恒,阻雨。比归,已侵晓矣。

三十号(初十日)晴　陈继丈、章伯思、王光伯来。挈孟儿入肆购物。雍妇作水角,请往啖之。

三十一号(十一日)晴,夜雨　诣卢毅安求相,不值。存薛铁铮。高奭泰导游南海,进晡食,不饱,出。独入华美啗西餐。亥,存洪道生、

---

① 出句见崔颢七律《行经华阴》之颔联,非岑参诗。对句见岑参七律《首春渭西郊行,呈蓝田张二主簿》之颔联,岑作原为“胡公陂上日初低”。

② 作者自注出句来自岑参诗。检《岑嘉州集》,未见。

洪小衡。

八 月

八月一号（六月十二日）晨阴雨，午后霁，旰又雨，夜大雨　薛铁铮来。徐南州要游西山，辞。徐来约游北海，乃偕往。

二号（十三日）晨雨，午霁　视燕声女孙。燕孙思游北海，乃挈以往。飧于其中，看烟火。章伯可来，未值。

三号（十四日）晴　诣卢，求相，不值。存洪道生，餐。入同仁医院诊目。视燕声女孙。雍儿来。亥，丁书安归自天津。

四号（十五日）晴　诣卢，求相，言多奇中。存谭景任，餐。偕存邱沈之。洪道生来，要飧于通商饭庄。坐有宗人伯宗，渠居地安门外前井胡同甲九号，盖十二年不见矣。

五号（十六日）晴　存张志军、王少逸，均不值。有吕伯熊者要坐进茗。吕，杨申之之妻侄也。视燕声女孙。雍留飧。亥，洪道生来。雍来。王光伯来。

六号（十七日）晴　入澄华园浴。韦又余来。视燕声女孙。雍来。修足爪茧。

七号（十八日）晴　雍来。视燕声女孙。下午八时，附车至天津。孟雍、雍妇、燕声女孙、涵侄、王光伯均送至车。郭俊之后至。夜一时至津，寓法界长发栈四十一号，赁金日一元六角，饭顿四角。

八号（十九日）阴雨　不出。立秋。

附：丁石庵同年《咏驴》诗八首

十载奔驰太苦辛，那堪疲敝此精神。登场雅费回旋力，入世偏为负荷身。如汝才华皆令仆，更谁风雪伴诗人。会当得意长安道，一任高鸣趁好春。

回首东风梦已非，马蹄竟与此心违。悠悠身世惭龙种，草草功名笑虎威。踏处须防花影碎，舞时应诧柘枝稀。关山滋味都尝遍，底事征途尚未归？

行行无已更行行，世路崎岖总不平。马异卢仝谁合传，贼瞒奸桧幻前生。漫嗤人面长相似，却笑僧头浪得名。记得秋风吟落叶，踏来争说四蹄轻。

适当风雨漂摇里，怅望前尘感不禁。笑倒途中非易事，骑来湖上岂初心？驰驱有志空十里，声价无多亦百金。安得秋原同啸傲，相将远畅发高音。

短辔长鞦走九衢，气何神骏貌何癯！一鸣直痛斯人死，数典真怜博士迂。画壁谁为吴道子，登场我亦郑昌图。华阴县宰如相问，似此仙才识得无？

长行尽说意匆匆，途路虽危步自工。卫国有声应食邑，庐山无主合称公。鞭长心系斜阳里，道远愁生细雨中。休把飞星名羡汝，奔涛气势亦豪雄。

一鞭高唱玉关秋，得得闲情快远游。雨叶逐蹄轻似马，尘装压背稳于牛。耳长自具多闻质，尾秃应深后顾忧。知否元时张少保，命名以此又何尤？

此身怅怅欲安之，久客京华益自悲。拙技不堪贻虎笑，虚声无奈饰麐皮。参禅骑觅传灯戒，得句推敲主簿诗。但愿黄金多铸汝，直教鸣到太平时。

九号(二十日)阴，间晴　九时，附津浦普通二等卧车。九时三刻开行。午后一时到沧州，三时一刻到泊头镇，五时到德州，八时到济南，十时三刻到泰安。过泰安后，即安卧。

十号(廿一日)晴，暄　早六时到徐州，十一时到蚌埠，午后一时到明光，二时二刻到滁州，四时抵浦口，五时过江，住下关瀛洲大旅社第二号，赁金折足日三元六角。浦口有役夫，编隶五十六号。其人上次予入京时，侍候周至。此次复遇之。瀛洲旅社中有瓜洲人王赞臣者，丁石安与相稔，畀函使为予照料一切，此次居瀛洲即因此也。

十一号（二十二日）晴，间阴　晨入城，存邵骐超表弟。又存梁公约。公约蹶伤膝，就卧室见之。又存单允之、谭少南、郝砚樵。单不值，谭旋来。寓旧王府润德里旅宁扬属同乡会中。

十二号（二十三日）午前阴雨，午后晴　谒郑省长，遇汪剑池于客次。又存王慕庄，遇刘逊甫于客次。汪仅相稔，刘则挚友，十五年契阔梦想弥劳者也，无意邂逅，奇极快极。郝砚翘、谭少南来。汪剑池来，报谒之，彼此均不值。存梁公约，遇刘逊甫。逊甫遂偕返予寓。

谭少南言：浙严属某邑乡妇，颇娟慧。夫，农家子。妇每憾非偶，恒嗟泣。一日，正悲唏间，忽有人自称公冶长，要游园林。园中景绝佳，有男女多人。自是妇狂痫大作，夫以告令。令摄妇至，妇自称公冶长。使认其夫，则曰："我，公冶长，何有夫？"已而谓："我将他适，顷即再来。"言已，妇顿清醒。诘之，曰："某日我方啜泣，忽有自称公冶长者，要以游园，由是不知人事。"使认其夫，则亦以为夫也。令方无策，而妇又迷惘，则公冶长复至矣。令谓："汝，周贤人，何蛊惑一村妇？"辩诘之。令曰："与汝约，汝姑去一小时，俾我得详询此妇可乎？"公冶长许之。妇更清醒如平人，问答均不谬误。自言所适非偶，因自悼慨。令反复劝慰，妇意似少转。而公冶长又至，令拟之以铁，妇乃发狂，周室舞蹈。讯之，作女子言，谓："我非公冶长，乃公冶长使来者。我即居园中。"所言园中景物，与妇览者同。问园何在，则所言地址杳幻无征。问公冶长何人，则精怪所托名也。令乃以印印其身，跳舞遽止。妇疾遂瘥。

谭又言：直隶保定某县令治官书，得一牒，牒言：胡某久居邑城楼，因事暂他往。比返，则为常某所占，不肯让。丐官断曲直，牒：无因而至，莫知所由来。令乃使隶赴某城楼，向空呼曰："官准胡某牒，今摄两造庭鞫。"空中有应者。比隶返，两造已先莅庭，各有陈说，第有声无行而已。令断仍由胡居，常另觅邸。各诺而退。胡，狐；常，蛇，均精怪也。

谭又言:京官某一妻一妾,妻娴文词。正阳门楼有狐居之,延其妻课狐之子女。日必往,已数稔矣。妾有子,妻无之,居恒亦相安。已而妾死,临终谓:“吾所居各物勿丝毫动,吾死后不能忘情,日必一归巡视。”其夫从之。长日镉其户。家人数闻室中动作声,久亦不之异。偶保姆扑妾之子,嫡呵止之,曰:“此无母儿,何过督为?”室中忽有声谓:“夫人言误！正唯无母,虞失教,渠扑以正,非过督也。”举室耸然。一日,室中又有声,谓:“我今借城中某里某氏女尸还生,此女以某日某时死,我即以是时苏,务使仆媪以是时赍车马往迓!”是日,某氏女果以疾死。其家甫环泣,尸忽蹶然兴。众骇以为尸变,尸曰:“勿尔！我非尔女,某氏妾借尔女尸以复生者也。迓我者已至矣!”夺户出,及门,果有仆媪以车马至。女见而一一呼之某仆某媪,称名无少误。迓者无不愕然。女遂径登车去,至则升堂入室,如来故居。见大妇及其子,不待辨认,即曰“此某也”。众亦觉其声音态度与亡妾无异,唯面目则迥非矣。当女之出也,其家追之。比已至某家,又要之返。女固不肯,曰:“此我家也,无舍去理!”女家讼于官,官亦无可如何,遂为某妾以终。

高邮王蕴之言:有吴姓,为河南光州牧。其仲子与王友善,字挚甫,山东通判也。娶妻而死,再娶,均极伉俪。再娶者甫半稔,将届端阳,家人治角黎,新妇亦佐操作,疾骤作。由是神志昏瞀,所语均荒幻。月许,始辨为灵怪所托。大致谓此妇本泰山神姥绣女,以过谪人间,不应与世人配偶。神姥闻其嫁也,怒,故使一猿精一某精来监守,以待后命。时吴父正为州牧,乃作牒将投城隍。新妇在床,已知之,大言曰:“城隍如我辈何！敢受理乎?”此二怪者亦有离妇体,离则他鬼丛附。或索食,或索冥镪,纷沓不堪。时或食数壮夫之食而犹命进馔,时或涓粒不入。一日,二怪他往,妇作城隍隶语,谓:“城隍命传语,吾无如何。汝家吁吕祖转恳神姥,或可得当。”从之。妇又作二怪语,谓:“吕祖恐亦难转圜,吾曹姑去。”二怪去,而城隍之隶又来,曰:“此妇生魂已去体,被羁某不丛祠中,迅拾之!”招之,妇乃清晰如平时。妇病既久，其夫日夕将护，倦甚。偶寝别榻，沉沉睡矣，闻妇呼声甚异，骇语为谁？则曰："君乃不审我声乎？我，君之前妻也。"先是，吴前妻卒。吴念之甚，开精室，悬小像，夕必躬往炷香，三年如一日。至是，妇谢其念己，谓己亦西岳神姥绣女，死仍归旧籍，今奉命往某处。既因念君故情，且知新人病况，将来省视。新人与其姊皆隶泰山神姆籍中，今其姊数为妹哀吁，神姥未之许，殆不可活也。新妇姊盖未嫁而死者。妇又絮絮言家事良久，哽咽而别。吴方就枕，又闻新妇呼妹夫，则其姊附体而言。所言与吴之前妇同，且谓："吾辈分卑，不若君前妇位崇。崇者可驾车马，吾辈徒行而已。由岱宗来，长途跋涉，惫不可堪，弗克数来矣。"无何，二怪再至，言神姥果不允吕祖之请，使复来监其家。苦鬼物之久扰，曰："生之死之，片时可决，胡久溷为？"二怪曰："凡索汝家酒食财物者，皆无赖子也。已拘治之。至生死事大，神姥仅使吾曹监守，须俟神姥后命乃能决也。"阅三月，二怪言某曰："逮新妇往矣！"及期果卒，陈尸于床。俄而尸骤起，坐呼吴，其声又非所习聆者。吴至，尸紧握其手，曰："吾有祈于君，必允我！"吴曰："而何人？祈我何事？不明言，不能答可否也？"尸曰："我某牧婢，以冤缢于后圃某树下。神哀我，使我得借尸还生。今我欲借君夫人尸，务许我！"吴不可，曰："若是，则焉知曩者种种非汝欲死彼而为之者？吾许汝，何以对死者尸？"哀恳再四，吴固不可。久之，吴不得已，曰："汝借尸则借尸，吾不禁汝。但欲得吾允许，万万不可得也。"尸太息而仆，尔后了无他异。

十三号(二十四日)阴，间晴　郝彦翘要餐于第一春，同坐者：王蕴之、谭少南、刘玲生、臧佛根、钱立凡、徐遂庵。汪剑池来，未值。

十四号(二十五日)阴，间晴　存郝砚翘不值。存陶少堂。少堂为招刘叔平至。刘要飧于万全。存汪剑池。任玉岑来夜谈。

十五号(二十六日)阴，间晴　存梁公约、郝彦翘，均不值。晡即寝，未夕飧。

十六号(二十七日)阴，旰雨　存郝砚翘，餐，偕游秀山公园。存曹鹭于、梁公约，曹不值。

十七号(二十八日)阴雨　存王慕庄、郝砚樵、曹鹭于、刘玲生、梁慕韩、王曹，均不值。独坐得月室品茗，不入此肆者十有四年矣。俯仰今昔，唏嘘久之。

十八号(二十九日)晴，晨阴雨，午霁　存王慕庄，不值。曹鹭于、刘玲生、韦喆甫来，偕刘入绫庄巷济生会。

十九号(七月朔)晴　存王慕庄、郝砚樵。郝不值，已而来，偕返其寓。曹要飧于绿柳居，坐有赣人欧阳竟无，陕人冯超如、杨德纯，丹阳吕秋叶。张试吾、宗曼于来，均不值。

二十号(初二日)阴，间晴　单先功来，不值。存仇亮卿，亮卿来，彼此均不值。存韦哲甫。韦要入肆餐。又偕存曹鹭于，曹要偕韦游秀山公园，遇宝应徐某，海州武某、张某。武要进餐。曾赴通州，分电辽濮、沪冯。

二十一号(初三日)晴，暄　存梁公约。仇亮卿、张洁民、韦喆甫、乔序东来，张未值。

二十二号(初四日)晴，间阴雨　存郝砚樵、欧阳竟无，欧阳留餐。坐有八人。

《新义录》引《晓读书斋》曰：东方朔《七谏》：路室女之方桑兮，孔子取之以自侍。王逸《章句》：孔子出游，过于客舍，其女方采桑，一心不视。喜其贞信，故以自侍。

《冷庐杂识》：救火之器，古唯水袋、唧筒。顺治初，上海唐氏得水龙。土制于倭人，久而他处渐传其制。其行于天津者，法尤善。城内外置水龙四十八，各隶以二百人，人皆土著。按期练习武力，无事仍安常业，有事一呼毕至云云。

《三国志·周鲂传》：钱唐大帅彭式等，蚁聚为寇。又云：黄武中，鄱阳大帅彭绮等作乱。案，“大帅”字昉此。

《西云札记》引《西京杂记》卷四“真玄荒”事，以为算命之始。

二十三号(初五日)晴　郝砚樵要餐于致美斋。存乔序东、单喆甫，踪诸鉴园，又再诣二君旅邸，均不值。曹鹭于来，晡，报谒之，皆不值。刘启庭、陶少棠来。

二十四号(初六日)晴　存郝砚樵，不值。夕，再诣之。存乔序东、韦哲甫。哲甫坐奇芳阁，又偕游故督院。

二十五号(七夕)晴　存王慕庄，不值。途遇郝砚樵，拉餐于小乐意，坐有阜宁陈亚轩字象五。偕砚樵及其弟叔平游扫叶楼。曹鹭于、张试吾、尹心侣来，曹、张均未值。

二十六号(初八日)晴　郝砚樵来，偕游莫愁湖。不游扫叶楼者十四年，不游莫愁湖者殆十七八年矣。俯仰今昔，无任怅然。曾万里来，不值。

二十七号(初九日)晴，风　郝缉之、刘金台来。存曹露余、尹兴旅、韦节府，均不值。

二十八号(初十日)阴雨　郝砚樵来，偕游鸡鸣寺豁蒙楼。鸡鸣寺后山址有矮碑，刊永宁十二年字，是古物也。亥，郝砚樵再来。蒋皋秋笺成编。

二十九号(十一日)阴雨　存韦哲甫、曹鹭于、欧阳竟无。韦、曹均不值。得督办江苏军务公署牒，辟充秘书。

三十号(十二日)晴　存郝砚樵，要餐于小乐意，坐有泗州邓伯英。餐后，坐白鹭洲茗寮纳凉。徐幼兰、郭敬甫来，均不值。

三十一号(十三日)晴　谒郑省长，并王慕庄，均不值。存顾伯笙，亦不值。存陶少堂、梁公约，餐于陶。

九　月

九月一号(十四日)晴　谒郑省长，并晤秘书长刘文煜、秘书主任余建侯东屏、秘书傅钧选青，汤文镇尧丞、鲍志鸿懿生，此外仍有陈鹏骞喆溪、萧禀原钟英、冯祖植立之。又存曾万里。吕子骏乔梓及谷姓者来。乔序东来。疾作，未飧而寝。王占一来，未值

二号(中元)晴　存郝砚樵。午后，郝来，偕存陈石逸。偕游莫愁

湖。　黄少堂、汤㐹千来,均不值。存顾伯生。张养鹏、曹大仁来。

三号(十六日)晴　入署。存李佑生,餐。头痛,卧不出。刘金台、郭敬甫来。督署秘书收发王华,字槐青,桐城人。亥,郝砚樵来,要偕步月于市。

四号(十七日)晴　入署。凌植支介弟闰文亦寓同乡会中,始得晤之。存欧阳竞无、汪彝伯、刘启庭、郭敬甫、任玉岑、汤㐹千,欧、汪外,均未值。任玉岑来,亦未值。陈六皆自淮来,飧,送之至中正街汽车站。

五号(十八日)晴　入署。入市购闹钟一具。吕子俊来,偕游秀山公园茗话。郝砚樵要餐于致美斋,又偕风于秀山公园。曾自平望来。

六号(十九日)晴　星期,未入署。吕子骏来,餐,偕坐奇芳阁茗话。陶少堂来。顾伯生来,未晤。陶少堂、刘叔平要飧于长松,张试吾要飧于群乐园,就张,辞陶、刘。

七号(二十日)晴　入署。存梁公约、张子瑞、张试吾。子瑞未得其门,试吾也出,均未得晤。李佑生来。王慕庄来,未下舆,留刺而去,以贵下贱体宜尔也。顾犹行报谒之礼,其谦挹过于艾关督远矣。

孟蜀后主谓柴荣:“朕郊天祀地时,渠不知尚在何处狗偷鼠窃。”读史至此,无任喟然。

孙皓作《尔汝歌》,劝司马炎酒曰:“昔与汝为邻,今与汝为臣。”兹乃欲为臣而犹不可得。呜呼噫嘻!但有可啜粥资,誓不出国门一步,免使精神受无量痛苦也。

廉吏可为而不可为,自古已然,于今尤甚。鲜耻丧廉,赃污狼籍,均所勿论。但有多金,人自顶礼崇拜。怀芳履洁,砥行修名,不特无人旌异,且转为儿所揶揄。风俗人心颓敝至此,亡国夷种之祸,安暇逭耶?

谈石衫来。

八号(二十一日)晴　入署。李佑生来、汪剑池来,即报谒之,均不值。亥,独游于市。吕子俊来。

九号(二十二日)晴　入署。曹鹭于、张试吾来,偕坐奇芳阁茗话。

存郝砚樵。仇亮卿要飧于长松。吕子俊来。陈石逸来,未得晤。

十号(二十三日)晴　存郝砚樵。入署。独诣得月台,进晡食代餐。浴于三新池,修足薙发。艾亭之来,未得见。高寿征、洪少安来,均未得见。存高、洪二君,洪未得见。洪再来,亦仍未晤。亥,独步于市,入居片云、恒来两旅馆。

十一号(二十四日)阴雨,旰霁。　始凉,未入署。诣奉直会馆,祝刘聘卿太夫人六十寿,餐飧观剧。

十二号(二十五日)阴,间晴　入署。吕子骏来。曹天任来。开如沪。存刘子琨。

十三号(二十六日)晴　星期。存郝砚樵、曹鹭于、艾渟之。郝不值,餐于曹。尹心侣来,未值。餐后,存李佑生。

十四号(二十七日)晴,夜雨　郝少隆来,未值。入署。张试吾来,偕存张通之,不值。又偕坐奇芳阁茗话,遇试吾之戚谌树声。亥,郝砚樵及其族叔九之来。存郝子曹、少隆、汤仞千。存艾渟之,不克见。

石晋所割十六州:幽(顺天)、蓟(苏州)、瀛(河间)、冀(任邱)、顺(顺义)、檀(密云)、新(保安)、涿(涿州)、妫(怀来)、儒(延庆)、武(宣化县)、云(大同县)、应(应州)、寰(马邑)、朔(朔州)、蔚(蔚州)。

十五号(二十八日)晴　入署。吕子骏、艾渟之、王亚丹来,均不值。艾再至,晤之。存仇亮卿、刘辑之。郝砚樵要飧于群乐园,坐有周渭林。飧后偕郝子曹、少隆、尹心侣、周渭林入三新浴室,又偕诣子曹、少隆寓邸。吕子骏明日返淮,以罗衫托带回舍。

十六号(二十九日)晴　存刘玲生、米瑞丰。入署。朱祥甫来。刘起霆、曾万里要飧于群乐楼。存周蔚林。郝久之砚樵来,不克见。王亚丹来,亦未克见。

十七号(三十日)晴　入署。丁某自淮来。存郝少隆,偕郝踪周蔚林于万全,至则周之友闻浩然方要周飧,予与郝亦与焉。飧后偕周返其寓。又偕存郝祥甫于文明旅馆。王亚丹来。　署中书记官有历城李联杰字冠卿、永康胡伯棠字芰南,均同年生,今日始知之,因相过从。

十八号(八月朔)晴　入署。鲍懿生、胡芰南来,均未晤。存周蔚林,周适偕郝砚樵来,彼此相左。予在周寓久迟,周返,遂得见。郭敬甫、艾公哲来。以二五一号家信并洋画之包托丁某携回淮。存朱祥甫,不值。

十九号(初二日)晴　入署。李佑生饷牛肉。李佑生、汤仞千来。周蔚林存予于署,要予入奇芳阁进晡食。存丁慎旃。

附:丁石庵同年集李

美人结长想,朝驾碧鸾车。宝镜挂秋水,青轩秘晚霞。中原走豺虎,大泽绕龙蛇。郁郁独惆怅,燕支落汉家。

锦衾抱秋月,丝管醉春风。秀色掩今古,晴云散远空。开花向谁关,飞燕与君同。何日更携手,扁舟寻钓翁。

美人荷花去,静谈秋水篇。狂风吹古月,白日在高天。秀色空绝世,壮心惜暮年。粲然忽自哂,倚树听流泉。

流浪忆江乡,猿声梦里长。高歌振林木,春思结垂杨。露出草间白,风生松下凉。思归未可得,拂石卧秋霜。

借问关何人,风流贺季真。清琴弄云月,长剑托交亲。北斗酌美酒,南湖采白蘋。黄金数百镒,不惜买阳春。

击筑饮美酒,行行芳桂丛。心悬万里外,影在一杯中。石镜挂遥月,莲舟扬晚风。将随赤松去,流泪谢鸳鸿。

白发三千丈,风流五百年。举头望山月,携手弄云烟。石黛刷幽草,松风鸣夜弦。托心自有处,纵酒复谈玄。

笑吐张仪舌,虚传宋玉文。因夸吴太子,空忆谢将军。倒海索明月,开关扫白云。芳名动千古,可以蹑清芬。

别来能几日?舞袖拂云霄。秋发已种种,凉风何萧萧。手持绿玉杖,身着赤霜袍。天下伤心处,相思一水遥。

自笑镜中人，临行情更亲。宫莺娇欲醉，池草暗生春。送别枯桑下，归耕汶水滨。阿谁扶上马，潇洒在风尘。

凉花拂户牖，秋色老梧桐。泉漱阶下石，琴弹松里风。回头笑紫燕，举手指飞鸿。大运有兴没，吾寻黄绮翁。

意欲托孤凤，猿声碎客心。凉风度秋海，明月出高岑。莫学东山卧，时为《梁父吟》。知音未易得，浪抚一张琴。

二十号(初三日)晴　星期。郑省长五十生日，邓政厅长之妹亦是日生辰，次第往祝之。入济生会。存梁公约、朱祥甫、周蔚林、丁慎旃。丁君外，均不值。王君实来，即报之，均不值。邓伯英来，亦不值。亥，郝砚樵来，偕游于市。

《史记》："秦仲知百鸟之音。"《论衡》："广汉阳翁伟能听百鸟音。"《宋史·崔偓全传》："对真宗云：刀下用音摧，两点下用音鹿。"案：此谬说。

二十一号(初四日)晴　曹鹭于来。入署。渡江迓杨督办于浦口，再入督署。夕，张试吾来，偕存朱祥甫，不值。又独存周蔚林。汪剑池来。

二十二号(初五日)晴　入署。李佑生、张试吾来。惫极早眠。

二十三号(初六日)晴　入署。李佑生来，要入肆餐。存周蔚林、丁慎旃。汪剑池、郝砚樵来，均不值。得杨督牒，仍为秘书，月薪二百银币。

二十四号(初七日)晴　入署。李佑生来。张试吾来。淮人刘朝霖字沛芝者，为督署秘书处管卷员，偕一某甲者来，均未克见。存周蔚林，要飧于肆。

二十五号(初八日)晴　入署。李佑生来。张试吾来。胡芾南来。冯立之要飧，遇王君实于酒肆，偕诣其寓小坐。艾渟之、王则先来，均未得见。

二十六号(初九日)晴　入署。自二十四号起始，餐于署。下值后，存郝砚樵，遇王占一，要飧于致美斋。又偕周渭陵返其寓。张试吾、李佑生、王宅仙、王盛瞻、胡佛蓝来，均未值。

《耳谈》：京师瞽人李近楼善琵琶，能左右手弹新声古曲，羁愁哀怨皆于鹍丝铁拨发之。令人发上指，泪交颐。忽作鱼山梵呗，泠然孤僧云水；复作苏台围猎，凄然百兽鸣嗥。某公使蜀，苏公绅庵饯之，酒酣，曰："有丽人以侑觞，可乎？"公不可。忽屏内笑声出，如所谓丽人。别一老妓若嗔其笑，作声怒之。又若丽人不受教而碎语，掷器皿堕地，成碎瓷声。某公大惧，出走。苏令彻帷，独李瞽抱琵琶坐，诸声皆自琵琶出。今京师及大都往往有工此技者。

明季江天一尝授徒淮安，有孝妇割肝活姑。天一义之，又感其事与祖母胡类，毅然请郡守为旌表。郡守藐其隔郡诸生，不许。天一出脩脯资，刻楔自题名，往悬孝妇门。适守他出，相遇鼓乐，直冲其仪节，守亦义之不诘也。见《魏叔子集》。

以财乞文，俗谓润笔之资。隋郑译拜爵沛国公，位上柱国。高颎为制，戏曰"笔干"。答曰："出为方岳，仗策言归，不得一文，何以润笔？"唐柳玭善书，为泸州刺史。东川节度使顾彦晖请玭书德政碑，玭曰："若以润笔为赠，即不敢从命。"《容斋续笔》谓：文字润笔，自晋、宋以来未有之，而唐始盛。刘禹锡《祭昌黎文》曰："公鼎侯碑，志隧表阡，一字之价，辇金如山。"

焦竑《笔乘》卷四："葛常之云，僧祖可作诗多佳句，然读书不多，故变态少。观其体格，不过烟云草树，山川晴鸟而已。予谓数语中学者之病。世乃有谓诗不关书者，遂欲不持寸铁，鼓行词场，宁不愧死？"自注：世说王恭有清词简旨，能叙说而读书少，颇有重出。顷名能诗者一事累同，殊令人憎，弊正坐此。

廿七号(初十日)晴　星期。朱祥甫、陈宾于再来。张试吾四来。郝砚樵要餐于第一春。存梁慕韩。李佑生、王则先来。胡芾南来，不值。偕张试吾至花牌楼看宅。朱祥甫要飧于长松东号。偕朱祥甫、张试吾、曹鹭于存贾雪堂，不值。

廿八号(十一日)晴　入署。张试吾来。曹鹭于要餐于其居。存周蔚林。李祖年字观侯来，又存于署，均未晤。夜疾作。

廿九号(十二日)晴　疾甚，卧竟日，未进食。宗受于、王则先、李佑生、郝砚樵、贾雪堂、王占一、朱祥甫、陈宾于、刘湩芝、单味仁、汪啸士来。邵骥超为延淮医朱亦丹来诊疾，未服药。丁某、贾雪堂均要飧，不克赴。

三十号(十三日)晴　疾少间。王则先、曹露于、张试吾、刘启庭、朱祥甫、陈宾于、郝砚樵、周蔚林、郝少隆来。陈宾于要飧，不克赴。

三十一号(十四日)阴雨　疾又加瘥。濮伯欣、郝砚樵、张试吾、周渭林、郝少隆、朱祥甫、陈宾于来。夕，朱、陈二君再来。入市购冠。

十　月

十月一号(十四日)阴雨　病益瘥。濮伯欣、周渭林、郝砚樵、张试吾、郝少隆、朱祥甫、陈宾于来。夕，朱、陈二君再来。入市买冠。冯立之来。

二号(中秋)晴　张试吾、曹霁于、郝砚樵乔梓来，均不值。李佑生、王则先来，汪夷白招飧。夕，过李佑生，偕步月于市，遇王则先。朱祥甫、陈宾于馈月饼、茶叶。

三号(十六日)阴，凉　入署。艾公哲存予于署。张试吾要飧于海洞春。王则先来。

四号(十七日)雨　星期，未入署。罗凤洲来，未克见。王则先、汪小士来。存梁公约。

五号(十八日)晴　入署。牙痛。夕，张试吾来，要飧于随谱居。又诣华文书局买书。

六号(十九日)晴　入署。耳痛。金戈止来，未克见。张试吾来。

七号(二十日)晴　入署。牙痛，就花树人诊之。余东屏要餐于汤垚丞寓。艾公哲、张试吾来，均未克见。李又升来。

八号(二十一日)晴　入署。张试吾来，要入东坡居飧。又诣华文书局买书。艾公哲来。

九号(二十二日)晴风　入署。张试吾代租文昌巷宅成,是日立约。夕,试吾来。李佑笙来。汤忍迁来。遇盐城门人张祉宜于途。

《制义丛话》卷廿四:乾隆戊申江南乡试,一生祷于韦左司庙,梦一黑衣真人来,谒韦曰:"不可以为道。"醒而不解。是科领荐磨勘而罚停一科,以次艺"日月星辰系焉",文有"于穆"二字犯下,《孟》艺:"孔子登东山"一节,文有《道》字,犯下故耳。旋就幕淮安,暇过关庙,见悬牌书"神机详梦"。生以前梦请详,其人笑曰:"黑衣真人者,乌木道士也;'不可以为道',歇后语'伐柯伐柯'是也。君殆有美中不足乎?"生始悟黑衣为"于穆",伐柯为"罚科"之转声。韦公之意元妙乃尔。

《光绪宝山志·职官》:王鸿训,字子蕃,四川井研人。道光癸卯举人,同治初任山阳令。总督曾国藩特器重之,念宝山为海疆要地,题请以鸿训任县事,十年抵任。

又,洪基,字莲川,稷人其号也,山阳人。以岁贡生选宝山训导。时庙学未建,士之励学行者,靡所程式。基学问淹博,勤于课士。甫至,即遣人持启,约诸生为文会,兼勖以立品。知县赵酉创建学宫,基实赞其成。复与知县田联芳捐建黄、陆二公祠于杨行镇,春秋致祭。称师表者,必以基为首推焉。在任几二十年,升吴江教谕。

十号(二十三日)晴　双十节,例假。张祉宜来。张试吾、丁慎旃来,均未晤。存郝砚樵、郝心源,已由盐城返,留餐。张祉宜要餐于万全,坐有阜宁吴激新,字警波,曾为陕西沁源令;盐人沈士璜渭城。

《谈异》(道光、咸丰时人著,大约江苏宝应人,自署伊园,不著名氏)有京江棋子一则:面一握,加以酵,令浮以火炙之,如菊花形者,味甘;如六角形者,味咸。而辛咸者为胜。其制法起自镇江,谓之京江棋子。乾隆中,有候补通判某者,贫甚。值高宗奉慈舆南巡,得巡江差。以一叶扁舟往来江上,携京江棋子以代粒食。其日皇太后渡江,江心浪涌,胸次不安,思得饼饵之。属镇之乃膳房别为一舟,适不在侧。内监传呼甚急,通判舟适来。舟中有京江棋子六枚,遂以手版代膳牌恭进，圣体遂安。俄迁南岸，上亲问安否？因得某通判进食事。至行宫，召见江督，语之故，俾予以好官。数月，连保为姑苏太守。圣驾旋重复浙江，皇太后因语及前事，问某今何官？上答："今为知府。"问："几品？"曰："四品。"皇太后曰："官固不易至三品也。"上又答："行将升转矣。"未几，遂超擢按察使。

又，宝应祭圣庙之胙肉，例以太牢送大绅家，而牛首为尤贵。和卿侄言：某年大祭后，以牛首送某绅。其家素不食牛，受而置之门旁。仆某窃食焉，数日后，忽寒热大作。延山阳名医刘金方治之。刘曰："此时证也，势颇不轻。如未食牛肉而可活；否则不治，数日必死。"问之果然，遂不立方。坚请之，终不肯。未逾旬卒。盖牛头瘟也。

十一号(二十四日)晴　星期，假。存郝砚樵子郝心源，留餐。偕砚樵存欧阳竟无，再偕返心源许，飧。艾公哲、汪笑士、张试吾来，均不值。

十二号(二十五日)晴　入署。张试吾、朱奎兹来。夕，郝砚樵、心源要入第一春吃西餐。餐后，偕余东平返其寓。

十三号(二十六日)晴　入署。王则先来，未值。郝少隆来。存李观侯、郝少隆，均不值。

十四号(二十七日)晴　孔诞例假。王则先、李佑生来，偕李餐于肆。存余建侯，踪至陈喆溪寓，又旋余所，均不值，遇诸奇芳阁。偕余至益仁巷刘宅看家具。王则先来，偕存梁公约，又偕飧于肆。

十五号(二十八日)晴　入署。汪禹仲来、曹露隅来，均未克见。王则先来。再存王慕庄，均不值。见许维周。郝书曹来，未得见。郝少隆、金戈止来。

十六号(二十九日)晴　入署。贺朱瑞丰任警厅长，不值。夕，出存李佑生。李适偕王则先来，途遇之。李要入奇芳阁茗话。顾竹侯来，不值。得财厅牒，辟充秘书。存梁公约。

十七号(三十日)晴　入署。曹鹭于来。曹天任来。王则先来。陶次埙来。彭云伯要入第一春啖西餐。存汤仞千、余东平、汤垚丞、陶少堂。仇量轻来。

十八号(九月朔)阴　星期,假。沈士瑜字渭城者来,曾万里来,均未克晤。王则先、李佑生来。存郝心源,踪至秀山公园,不遇。遇汤仞千。偕李佑生、王则先觅王达五医士。存梁公约,飧。夜三时后,枪声作于北方,逮明方息。时已睡,复起。日出时乃再睡。

十九号(初二日)阴,风　曹鹭于、郝少隆、金汉霄、王则先、李佑生、艾公哲、冯立之先后来。存汤垚吕、梁公约,汤出,梁眠,均不值。周渭林偕洪某来要飧于肆。何湘石来,不克见。

二十号(初三日)晴　存金汉霄、陶次埙、陈哲溪、陶少堂、冯立之、何湘石,二陶及陈均不值。周渭林、洪某、王君实、李鹭宾父淳之、仇亮卿、王则先、胡芾南先后来。陈喆溪来,偕存汤垚臣,不值。飧后再往见之,返途遇周蔚林、郝少隆。要入肆啖粥。再存梁公约,不遇。

《容斋续笔》十六卷"忠臣名不传"一条载南唐汪焕直谏及李雄、吴某事,不知吴任臣《十国春秋》及三家《南唐书》注采否?容俟检之。

二十一号(初四日)晴　入财政厅,取门证。李佑生来。王则先来,偕王存刘季若、江小楼,均不值。再存梁公约,不值。阜宁吴激新字警波者来,不克晤。汤仞千来,亦不克晤。

二十二号(初五日)晴　陶少堂、周渭林、曹鹭于、郝书巢、江小楼、王君实、王则先来。偕王则先入奇芳阁。存许维舟、梁公约、李佑生,许、李均不值。俄李来。汤仞千来,曾入陶少堂处译电。

二十三号(初六日)晴　再存梁公约。存李佑生、曹鹭于、郝心源、陶少堂,曹、郝均来道相左,不值。周蔚林、张试吾来,不值。王则先再来。

二十四号(初七日)晴　存王达五、梁公约。公约之友刘要公约飧于聚兴楼,予亦与焉。胡芾南、王则先、周渭林、汤仞千来。

二十五号(初八日)晴　存梁公约、李佑生、刘季若、江小楼,自李外,均不值。胡芾南、王则先、汤仞千来。张试吾、许鹤臣来,均不值。即报谒许。

二十六号(重阳)暄,单衣犹汗　朱擢侯来,未得见。宗受于、王则先、王君实、汤仞千、张试吾来,偕张诣王达五,取药,又偕存曹鹭于。存刘季若、江小楼,刘不值。头痛早眠。得督署门证。

二十七号(初十日)晴,暄　存梁公约、朱擢侯。诣王达五,取药。刘季若来,不值。夕存之。王则先来。郝书巢来,不值。再存梁公约,不值。始服王医药。

二十八号(十一日)晴　存许鹤臣、梁公约、郝书巢、曹鹭于,餐于许,曹不值。偕郝餐于小乐意。亥,再存公约。张试吾来,不值。王则先、汤仞千来。诣王达五,取药,遇朱擢侯于途,因诣其寓小坐。晡,阴微雨。存陶次埙。

二十九号(十二日)晴,凉　郝书巢、张试吾、李佑生、曹鹭于、胡芾南、王则先先后来。汤仞千再来。存陶次埙、仇亮卿,陶不值。诣王达五,取药。

投子,一名博齿。刘禹锡《观博》云:主人陈握槊之器于庑下,有博齿,其制用骨,觚棱四匀,镂以朱墨,耦而合数,取应日月,视其转子,依以争道。

胡应麟《笔丛》卷八引宋人《墨池编·薛仁贵碑》云:名礼,字仁贵。其人在天宝间。案此,则唐有两薛仁贵也。

《笔丛》又谓:唐两薛仁贵,一武将,一文人,注《易》,见《唐书·艺文志》,次第在王士艾前,陆德明后,盖亦高宗时人,与征辽建功者相去不远。唐世,河东之薛文学最盛,盖一时名姓相同,决非为将之仁贵也。用修执此,以仁贵为文武兼才,误。

案:《笔丛》中有秦琼用简与尉迟斗鞭,乃委巷小说平话中语云云。盖驳杨用修"唐秦琼尤善简"之文者。观此则世传谈唐之书,明已有之矣。

案:今之茶食有饽饽,当作"波波"。《丹铅新录》"毕罗"条:北人呼为波波,南人讹为磨磨。

三十号(十三日)晴　诣王达五,取药。入署,遇胡芾南,偕游西园。又存陶少堂,陶眠不值。王则先来,曹鹭于来,不值。餐后存李佑生、梁公约、许鹤臣,李睡,梁出,许行,均不晤。

三十一号(十四日)晴　汤仞千来,偕存许维周。存陶少堂。诣王达五,取药。王则先来。

十一月

十一月一号(九月望)晴　朱擢侯来,未见,即存之。胡芾南来。曹鹭于来。诣王达五,取药。存梁公约、汤仞千,梁不值,汤要餐于东牌楼小乐意。

二号(十六日)晴　谒徐代省长,迟,不克谒。独饔于松鹤楼。存梁公约。诣王达五,取药。修足爪茧。汤仞千要飧于东牌楼某宅。

三号(十七日)阴,微雨,凉　蚤起,谒徐代省长。存李佑生、梁公约,均不值。诣王达五,取药。独饔于松鹤楼。存朱擢侯,留飧于其寓中。曾来。张试吾来。

四号(十八日)晴　诣王达五,取药。再存朱擢侯。陶次埙、何明甫、梁公约、王则先来。存何明甫,不值。

五号(十九日)晴　诣王达五,取药。存梁公约。汤仞千、王君实来,均未克见。独入奇斋飧。

六号(二十日)晴　诣王达五,取药。入署会议。曹鹭于来。汤仞千来。王则先来。曾来。存陶同年,不值。李佑生来,不克见。

七号(二十一日)晴　诣王达五,取药。存陶同年。江筱娄来㐫谈。王则先来。电郝砚樵。　得昭女十七日书,清淮军事紧急;慈亲淹床榻间,不能移避;病妇相侍不去,儿女辈均遁匿他许。又得雍京师讯,燕声女孙病剧。心绪万劣,寝食俱废。有生以来,未有如此之境遇也。《苕华》、《苌楚》之诗,不啻为予今日咏矣。

八号(二十二日)阴雨　存梁公约、李佑生、许维周,均不值。曾来。王则先再来。是日为予生辰,人无知者,想曾亦忘之矣。

九号(二十三日)阴雨,凉　久晴甫雨,暂必不能晴霁。羁愁枯坐,益复无聊。存梁公约。

十号(二十四日)阴雨　诣王达五,取药。存刘玲生,不值。又存凌植支,亦不值。

十一号(二十五日)阴雨　张试吾来,未克见。存梁公约、刘玲生,刘不值。

十二号(二十六日)阴雨,间见日　诣王达五。存凌宅之、仇亮卿、曹鹭于、梁公约。自梁外,均未克见。曾来,将以明日行。

十三号(二十七日)晴　许维周、凌宅之来,均未克见。李佑生来。张试吾来,偕诣王达五,取药。又偕存曹鹭于,不值,踪见于奇芳阁。

宜兴吴德旋仲伦《初月楼闻见录》:嘉庆丙寅、丁卯间,予亟游淮阴。淮阴数被水患,贫者至室家不保,然故名郡也。予族弟德安客淮阴久,予尝就询淮俗,因得闻周贞女事。周贞女者,山阳县板闸人,周宁之女。许字同里徐良才。良才贫甚,不能备婚礼。故贞女年虽长,犹未行也。无何,良才病瘵。一夕,贞女得噩梦,心固知其不祥,旦则赴者在门矣。贞女请于父母,欲奔其夫丧。父母怒,不许。贞女泣请曰:"大人幸听儿,则儿生,否则死耳。"父母度女志终不可夺,遂归之徐氏。至则鬻其衣服簪珥,为夫营殡敛具。既葬,具女红,以所得供舅姑食,孝敬不衰。初,贞女之来也,时值盛暑,母家送帷帐至,以奉于舅姑。舅姑辞焉,曰:"吾家素不具此,已安之,新妇恐不惯也。"贞女闻言,即返之。其孝谨皆此类。德安既以语予,予书而藏之箧衍,时丁卯四月也。后一月,如皋黄沄来为山阳县学教谕。

十四号(二十八日)晴　存刘玲生、许维舟、李佑生、梁公约,梁外不值。刘玲生、曹鹭于、张试吾来,均未克见。仇亮卿要飧于小乐意,飧后,试吾偕返寓谈。凌宅之来长谈,亥乃去。

仪征汪鋆《十二砚斋随录》(同治间书):淮安郡署治事堂后有铁镬,以水之增减验洪泽湖水长落。曾宾谷都转有记云:镬不纪代,亦不勒铭水经阁焉,郡乘无考。盖斯器入土逾尺,铁绣斑驳,有水数斛,莫知谁何所注。天雨不增,岁暖不减。增减之分,惟与洪泽湖遥应:

彼长一丈,此则一尺,落亦如之,历验无爽。

又,墨盒便于场屋,不知创自何人。近读方子箴伯《二知轩墨盒诗序》,略云:磨墨以砚,未免劳甚。矧风檐寸晷间,时虞燥烈,无怪其潦草涂鸦也。自祝蘅畦(庆番)年丈创为斯制,人皆便之。数十年来,金马玉堂之客,虎闱雁塔之英,对策大廷,构思矮屋,笔酣墨饱,运腕若飞。又曰:舍银而范铜,直廉而用溥,举凡占毕穷儒、钞书小史,并藉染濡之妙,倍形涂抹之工云云。不特表创始之人,且曲尽体物之用。

十五号(二十九日)晴　早起,赴张试吾长松东号晨餐之约。餐后,偕试吾过曹鹭于,午膳。又偕张、曹二君坐奇芳阁茗谈。汤仞千来。仇亮卿来。

胡应麟《笔丛》:"《能改斋漫录》曰:按姚宽《西溪丛语》,《酉阳杂俎》有《诺皋记》,又有《支诺皋》,意义难解。《左传·襄公八年》中行献子梦与厉公讼,弗胜。公以戈击之,首坠于前,奉之以走,见梗阳人巫皋。他日,见诸道,巫言如梦。疑此事也。晁伯道《谈助》曰:灵奇秘要避兵法。正月上寅日,禹步取寄生木三寸,咒曰:诺皋敢告,日月震雷,令人无敢见我。我为大帝使者,急急如律令。仍断取五寸,阴干百日为簪,置髻中,可以隐形。晁说非也。以上皆《丛语》。余以《丛语》未尽得之。盖段氏所载,皆鬼神事。虽献子所梦,有巫名皋,而献子诺之,亦自可证。然《抱朴子·内篇》载《遁甲中经》曰:往山林中,当以左手取青龙上草,折半置天蓬星下,历明堂入太阴中。禹步而行,三咒曰'诺皋'。太阴将星见甲者,以为束薪;不见甲者,以为非人,持草自蔽而行,到六癸下闭气而住,人鬼不能见也。以此知诺皋乃太阴之名,太阴乃隐形之神。晁说非无所本也。"

又,"案《漫录》解诺皋之义,最为明了。惟支诺皋,不知何义?考《酉阳杂俎》,止有诺皋记上、下二卷。《说郛》所采《酉阳续俎》乃有支诺皋之目。又有支动、支植二目。因悟'支'者,干支之'支'。盖《杂俎·诺皋记》之外,更出此条。犹今类书者,以甲、乙、丙、丁,乾、兑、离、巽分配。洪景庐《夷坚志》有甲至癸一百卷，又有支甲至支癸一百卷，三甲至三癸一百卷，四甲至四癸二十卷。所谓支甲、支癸者，即支诺皋之支。洪、段好奇相类，故门目亦仿之。近王长公作长短句，以旧无此调，因自谓《小诺皋》。”

“《汉书·艺文志》有《隐书》十八篇，今不可见。大抵欢谑幽奥之词。书曰：‘时日曷丧！’其始也，《左传》之薳扬求救于楚师，喻眢井而称麦曲；叔仪乞粮于鲁人，歌佩玉而呼庚癸。伍举刺楚王以大鸟，齐客讥薛翁以海鱼。庄姬托词于龙尾，臧文谬书于羊裘。《檀弓》之蚕绩、狸首，淳于之蟹螺、瓯篓，杂见《礼记》、《国策》、《说苑》、《列女传》诸书。至方朔、舍人之问对，直俳优之雄耳。”①

《丹铅录》引岑参诗，有“雁塞通盐泽，龙堆接醋沟”(醋沟，杨谓出阚骃《十三州志》；盐泽，胡应麟谓出《竹书纪年》)。案，“醋沟”二字，新奇！

《晋书》大鸿胪陈留江泉能食，为谷伯；豫章太守史畴大肥，为笨伯；散骑郎张嶷狡妄，为猾伯；羊聃少不经学，时论鄙其凡庸，为琐伯。

《笔丛》解古乐府《双行缠》，谓妇人以衬袜中者，即今俗谈裹脚也。案：据此则裹脚布之名，明时有之矣。

《笔丛》：“杨修黄绢、李彪金钟，虽捷冠一时，而义非玄妙。至贾渊之辨墟墓，束皙之诵古文，则文无假思，惟但凭考质而已。惟郑钦悦推绎铭记，异哉！渊思睿测，一至此乎(见《新唐书》郑本传)！”

同上：“王实甫‘晚风寒峭’词，末句‘不想跳龙门，到来学骗马’。今俗说以骗为窃盗之义，非也。程泰之《演繁露》所载甚明，实父盖用其意。今录于后，曰：尝见药肆鬻脚药者，榜曰‘骗马丹’。归检字书，其音为匹转。且曰跃而上马而已。又见唐人武懿宗遇敌而遁，人为之语曰：‘长弓度短箭，蜀马临阶骗。’言蜀马既已短小，而又临阶为高，乃能跃上。始悟‘骗’字之义。《通典》：武举制土木马于里间，间教人习骗(胡自注：以上俱《繁露》说)。据此，则骗本非盗窃之义，与今俗

① 此节文字见《升庵集》卷四十六，非自《笔丛》。

说全不同。实父用之于词者,缘张逾墙楼,崔故以骗马对龙门,均主跳跃之意,益见措意之工。又,《东京梦华录》载古戏中有骗马等戏,字义悉与前同。乃知宋、元间'骗'字音意如此,今率以为盗窃,举世一词,殊可笑也(自注:今琵琶戏中有用此字者,流俗妄增)!"

又:"今世传衔谈巷语,有所谓演义者,尤在传奇杂剧下。然元人武林施某所编《水浒传》,特为盛行,世率以其凿空无据,要不尽尔也。余偶阅一小说,序称施尝入市肆,细阅故书,于敝楮中得宋张叔夜《禽贼招语》一通,备悉一百八人所由起,因润饰成此编。其门人罗本亦效之,为《三国志演义》,绝浅陋可嗤。"

十六号(十月朔)晨雨,俄霁。暄　诣王达五,取药存刘玲生,不值。王则先、李佑生来,偕王赴李约于奇芳阁。张试吾招飧于东小乐意。

《容斋三笔》"七夕用六日"条:"太平兴国三年七月诏:七夕嘉展,著于甲令。今之习俗,多用六日,非旧制也。宜复用七日,且名为七夕。而用六不知自何时始,然唐世无此说,必出于五代耳。"记放翁《入蜀记》有六夕事,俟检。

又,《三笔》"国家府库"条载:"至道三年,天下赋入之数,凡收谷二千一百七十万硕,钱四百六十五万贯,绢䌷一百九十万匹,丝绵六百五十八万两,茶四十九万斤,黄蜡二十万斤。自后多寡不常,然大略具此。"下言"今之事力与昔者不可同日而语,所谓缗钱之入,殆过十倍。"是南渡后岁赋钱四十万贯有奇矣。

《三笔》"太守刺史赠吏民官":"汉薛宣为左冯翊池阳令,举廉吏狱掾王立。未及召,立妻受囚家钱,惭恐自杀。宣移书池阳曰:'其以府决曹掾。'书立之柩,以显其魂。师古注云:'以此职追赠也。'后魏并州刺史以部民吴悉达兄弟行著乡里,版赠其父渤海太守。此二者皆以太守、刺史擅赠吏民官职,不以为过。"

十七号(初二日)晴　存许维周、梁公约,许不值,夕来。

十八号(初三日)阴雨　诣王达五,取药。存梁公约、汤仞千,梁不值。王则先来。

《光绪宝山志》：沈仰山，文辉后裔也。万历间解饷北还，至淮安，绝资斧。闷坐舟中。忽有峨冠博带者五，持牙筯银酒器数事登舟，揖而赠之。方辞让间，五人忽失所在，遂赖以济。即宅后立庙祠之。事载《东阳家乘》。

十九号（初四日）阴雨　存梁公约。曹鹭于、王则先来。

二十号（初五日）晴　存曹鹭于，偕坐奇芳阁言谈。存梁公约。客窗宵坐，薄寒中人万感环生，凄其欲绝矣。刘辑之来，未克见。王则先期而不至。亥，郝少农自扬州抵宁来。

二十一号（初六日）晴　李财政厅长莅事。既为幕僚，分当往谒，以贱事贵也，地义天经也。厅长倦于应客，谢不见。郝少隆、汤仞千偕来。郝要偕汤餐于西小乐意，又偕郝入三新浴池堂。郝浴，予薙发。金汉霄踵至，郝又要餐于肆。李佑申、梁公约来，均未克见。曹鹭于来。胡芾南来。

二十二号（初七日）晴　曹鹭于来。入财厅存许为舟，又存李佑生，不值。刘辑之要餐于长松东号。再存李佑生，返寓，李来。郝少隆要入肆啖烧鸭。王则先来。得李财厅长辟充秘书牒。

二十三号（初八日）阴，夕雨　曹鹭于来，偕入财厅，又偕坐奇芳阁茗谈。郑绎如来长谈。王则先来。

杜常，非唐人。《三体唐诗》之误，明杨升庵、焦弱侯均详辨之。焦撰《笔乘》第三卷言，尝见一碑刊常诗数首，华清宫一绝冠之。列衔作殿中丞，年月题元丰，其诗作：一别家山十六程，晚来和月入华清。三句同，四句"都向"，向作"入"。

茶酒书，《笔乘》卷三详列之：唐汝阳王琎《甘露经》。王绩追焦革酿法，为《酒经》，又采自仪狄、杜康以来善酿者，为《酒谱》。窦子野亦有《酒谱》、《酒录》一卷。胡节《还醉乡小略》五卷、《白酒方》一卷、《食图四时酒要》一卷、《藏酿方》一卷。刘炫《酒孝经》一卷、《贞元饮略》三卷。皇甫松《醉乡日月》三卷。阳曾龟《令圃芝兰集》一卷、《小酒令》一卷，同尘先生《庭萱谱》一卷。宋朱翼中《北山酒经》三卷。李保续《北山酒经》一卷。近有《酒史》三卷(案该书不著何人)。田汝成《醉乡律令》一卷。陆羽《茶经》、《茶记》各三卷。皎然《茶诀》一卷。陆鲁望《茶品》一卷。温庭筠《采茶录》三卷。张又新《煎茶水记》一卷蜀毛锡文《茶谱》一卷。宋丁谓《北苑茶录》一卷,又《北苑拾遗》一卷。蔡宗颜《茶山接对》一卷,又《茶谱遗事》一卷、《北苑煎茶法》一卷。曾伉《茶苑总录》十四卷、《茶法易览》十卷。蔡襄有《进茶录》,黄儒有《品茶》五卷,熊蕃有《宣化北苑贡茶录》,熊客有《北苑别录》,田艺有《煮茶小品》。

二十四号(初九日)阴雨　入厅,存梁公约不值。

二十五号(初十日)阴雨　入厅。谒杨小荔丈,不值。见于厅中。要曹鹭于诣听雨泉啖蟹包。李财厅长要餐于其居。存梁公约。曹鹭于来。

《酉阳杂俎》:西王母姓杨,名回,以丁丑日死。

二十六号(十一日)晴　入厅。存欧阳竟无、郑绎如,郑不值。张试吾、王则先来,张不值。存郝少隆,郝已旋淮,不值。

二十七号(十二日)晴　曹天任送寒衣至。入署。入厅。汤仞千存予于厅,不值。

二十八号(十三日)晴　入厅。张试吾来,偕入肆购毡袜、毡鞋。王则先来。入听雨泉啖蟹包。胡芾南来,未值。梁公约、李佑生存予于厅,均不值。

二十九号(十四日)晴　星期。存杨小荔丈,踪见诣厅中。张试吾来,偕坐奇芳阁茗话。曹鹭于踵至,偕二君入听雨泉进晡食,又偕游白鹭洲,又偕存张小瑞,不值。途遇许云卿,居钞库街九号。郑一儒来。

三十号(十五日)晴　入厅。许云卿来,不克见。夕,鲍录事来。存梁公约。王则先来。张试吾来。

民国十五年(1926)①

二十一号(初八日)晨澍雨　入邮局。金君珏要入肆进晡食。

二十二号(初九日)晴　存邵天雷,要入肆啜甜粥。存尹韫华,飧。王蔚丈来。

二十三号(初十日)晴　诣华宅。存张伯生、郝彦樵、秦湘渔,飧于郝。

二十四号(十一日)晴　存张伯生、金君珏、郝砚樵、周蔚林,飧于郝。

二十五号(十二日)阴　存郝砚樵,未得见。存吕子骏,要飧于肆。又偕存秦襄虞。王、田二生来

二十六号(十三日)雨　存邵天雷,又入邮局飧。

二十七号(十四日)阴,间晴　孙宣三来,姑丈来。存邵天雷,偕坐西门外茶舍,又诣邵寓飧。潘子詹送予回,遂来小坐。

二十八号(十五日)晴　谒王从甘。存吕子骏,飧。

二十九号(十六日)雨　入邮局。邵天雷要飧于蓬莱草堂。

三十号(十七日)阴　存郝砚樵,飧。

---

① 原稿未注明何年,检阳历二十一号、农历为初八日者,乃民国十五年(1926)一月或三月。

蔗叟自编年谱

段朝端　著

道光二十三年癸卯(1843)正月初三日辰时，朝端生。　一岁

段氏本蜀人。明初有讳谦、讳让者，以从龙功授淮安卫左所镇抚，由巴县之凤凰村迁淮，传至河南沈邱县丞有成公，牒谱始可叙。又六传为曾大父树堂公，讳培本，生子二：先生大父邑庠生善亭公，讳韶成，居季；长即先大父丰亭公，讳宝成。丰亭公生先考蓉溪公，讳逢恩，未娶，卒。先生大母杨太孺人生家大人。朝端溯县丞公为九世孙。时生方新岁，先生大父命名曰"端"，娶端正月义，长定今名。甫周月，先生大父抱诣先考木主前，祝曰："汝，吾犹子。可使汝无子，不可使我兄无后。吾使端子后汝！"自是朝端遂出房，以后履历俱用先考讳矣。　吴县蒋清翊拜填讳。

二十四年甲辰(1844)　二岁

二十五年乙巳(1845)　三岁

二十六年丙午(1846)　四岁

二十七年丁未(1847)　五岁

是年三月二十六日，三妹生。

九月，先生大父卒。

朝端少微敏，家人教字，过目辄记。极蒙先生大父钟爱，日必赐钱果以为常。平居颇勤，诸物之当晾者，遇日出则布诸庭，微暗则移归，日出又布之。尝曰："我是能干人。"先生大父闻之喜。

二十八年戊申(1848) 六岁

王氏延陈禊亭师淞课学,家大人命朝端附塾。

二十九年己酉(1849) 七岁

从陈师附王氏学。

是年正月初五日,四弟朝弼生。

三十年庚戌(1850) 八岁

从陈师学,读《四子》及《诗》、《书》、《易经》毕。

咸丰元年辛亥(1851) 九岁

归从家大人游。暇时即讲说故事,并教以作诗。予赋《城头行》,起云:"君不见城头击鼓将军行。"大人击节叹赏,评云:"髫龄得此,大是隽材。"

二年壬子(1852) 十岁

秋,大人赴南闱,留日课数十事。予时读《礼记》,日三十行,积数十日未读。大人猝归。夜乘大人熟寝,一宵而办,次早朗背如平时。

是年始作文。

三年癸丑(1853) 十一岁

二月,粤逆掠扬州,淮城震恐。家大人命朝端从张星桥舅氏避地北乡潘家圩,圩为安东潘阆仙先生所居。先生名秀登,与先生大父同补弟子员,又与家大人偕应秋赋,与舅氏亦相得,故至彼暂避。

四月,归。自此,淮城戒严,人各废业,予亦从兹荒嬉矣。

四年甲寅(1854) 十二岁

是年秋,奎学使按临淮属。时方尚幼童,有怂恿家大人命余应试者。案出,不售。然淮人啧啧咤怪,于是郡中始知有余矣。

五年乙卯(1855)　十三岁

从清河汪舜臣黎献师游,附范氏学。

六年丙辰(1856)　十四岁

仍从汪师游,学渐进,每课一艺成,必易稿数四。

冬月,篝灯储炊饼,坐椿花阁中,撚管涂抹。尝尽夕不止,饥则啖饼,困则假寐,醒仍改削如前,无就寝者。天色明,即起赴塾。自此始稍知向学。

七年丁巳(1857)　十五岁

仍游汪师学。

是岁,临川李小湖师联琇按试吾郡。以第二十名入县学,科取一等第十二名,补廪。

家大人始为朝端定字曰"笏林",勖腾踏也。

八年戊午(1858)　十六岁

汪师移砚林氏,予往附学。

夏,思创宗谱,甫定草,以他事辍去。

秋七月,先生大母杨太孺人卒。

是年交宿迁陈采山先生瑞芝。

九年己未(1859)　十七岁

仍从汪师附林氏学。

秋,奉旨己未科江南乡试,借用浙闱于十月举行。端与星桥舅氏于八月启程,至十月方归,成《南游笔记》一卷。榜发不售,汪师中正榜。

十年庚申(1860)　十八岁

汪师赴公车,浼家大人代主塾。予仍附学。

浏览群籍,慨然有著作之志,成《椿花阁随笔》四卷、《续笔》四卷。

秋,师不售归。

秋,家大人为予聘杨定庵世叔季女为室。

是岁,从太老师徐海峰先生论文。

十一年辛酉(1861)　十九岁

汪师辞林氏,就吴道宪馆。林聘家大人主塾,予仍附学。

文送海峰师阅。

闻吴门蒋敬臣(清翊)有好古癖,欣然请交,多所裨益。冬,敬臣之山西。

是岁,成《蹄涔小识》二卷、《楚台见闻录》四卷、《淮人书目》一卷。

同治元年壬戌(1862)　二十岁

仍从家大人学。

正月,捻匪窜清江,淮城戒严。

三月,成《淮苑》六卷。

四月,内子杨氏来归。岳父定庵先生爱予甚,至九月间溘逝,殊可痛惜。

冬,编诗为《弱冠集》,就徐宾华抉可否。

是岁,从海峰师论文,间就质江宁王善之先生肇元。

二年癸亥(1863)　二十一岁

汪舜臣师延余至其家,课二世兄际运。

二月,孙学宪试淮,伯兄入学。

四月,与徐宾华等结文会,就正于高紫峰师。文日进,师大加激赏。试书院亦有声,然课文仍送徐师阅定。

八月,与丁景韦赐绶、景周元坤两表兄、孙一臣子庚案兄偕,夜读书于楚元王庙后殿,境颇幽僻,率至四更方罢。景韦定于明岁北上,余亦雅萌此意,藉以自勖。诗古文辞废焉不讲矣。

三年甲子(1864)　二十二岁

馆汪师处。

三月,孙学宪按临岁考。文极为师友所赏,案出,列三等,遂愤然捐贡,定北上志。

五月,偕秦文伯先生及刘佩生、徐宾华就道。六月初,抵都门,寓宣武门外麻线胡同淮安会馆。从文伯先生论文,间赴同乡鲍氏、震泽沈氏文社。间日一课,推勘加勤。复交清河张应图(骏)、刘燕宾(衎)。场毕出都,因车价极昂,兼之齐河水决,纠友由通州雇船,行二十日,始至临清。河闸下水浅,不能进,复买车遵陆。于泰安道上晤阜宁裴越岑工部,知榜发,不售。燕宾中正榜,佩生中副榜。余取誊录三十五名,景韦及何竺卿亦蒙挑取。房师为编修黄公槐森,广东香山人,壬戌进士。

九月末,抵家。南京新复,曾制军奏请开科。十月中旬,买舟赴试。十二月,榜发不售。星舅、景韦俱中正榜,得隽者半皆戚友。孙山折翅,自觉无颜矣。

是岁,交贵州刘小松邦庆。

四年乙丑(1865)　二十三岁

馆汪师处,仍从高、徐二师论文。

前著《淮人书目》分韵排姓,不便稽覈,因按时代重加纂订,广为搜罗,得四百余人。又以不缀事实,终难明晰,复采次其事,作为小传。自秋徂冬,渐有成绩,匆匆未卒业也。

五年丙寅(1866)　二十四岁

馆汪师处。

徐师自去秋间卧病，文俱呈紫峰师阅定。殷殷训诲，赏识甚至。

六月间，淫霖浃旬不止，街市成渠。淮地市河、新河、涧河俱有决口，运堤岌岌不保。西南乡无圩不决，无堤不沉，淹没田庐、人畜无算。兼之清水潭漫掣，水由荡倒涨入涧，淮地田禾只存十成之二，于是水荒兼告，寒暑失调。高师肝阳大作，遂至不斟，而徐师亦极委顿，遂于七、八两月间，二师相继溘逝。门墙无主，曷胜浩叹！

秋杪，诗兴勃发，偶有所作，均入拙集。间借友人书翻阅，并录淮地人诗。为刘晓渔孝廉、许莘农萃科编集，各成一卷。

六年丁卯(1867)　二十五岁

馆汪师处。

四月初，偕方小樵(承基)及孙一臣子(庚案)，至奎文书院之悦道楼夜读。每早起，率拈笔作一艺。

七月，侍家大人应秋赋，归舟成诗十余首，书于箧。报罢后领卷，蒙第七房同考官吴子彦师呈荐。师名承潞，浙江归安人，乙丑进士，江苏候补直隶州，拟通书未果。

九月后，校勘《袁文笺正》。补所不及有缺漏者，应时改定，用朱笔书于上下方，题曰《袁文拾沈》。

十月，汪师自闽归。十一月，三妹适杨氏。

七年戊辰(1868)　二十六岁

馆汪师处。师砚田无秋居于家，无日不见，相得益深。

秋七月，笏翁病殁于阜宁途次，与同人公祭于地藏庵。予用骈体作祭文，颇为同辈所赏。

八年己巳(1869)　二十七岁

汪府辞归，馆于家。二世兄仍来执业。

四月，弼弟迎娶。

五月,学宪童薇研先生按临,弼弟入县学。汪师于是月十三日病卒。师性恶湿,入闽后疥癣遍体,受患最深。近又失馆,薪桂米珠,支持不易。朔日得疾,为庸医暴下峻剂,遂以不起。扪心纳手,辄唤奈何!

秋,以诗稿就正高子上,大加点定,属誊清本。送吴稼轩先生阅,所见与子上同。

清河王玉航先生博雅好古,折节下交,今岁来访益频,商量古义,几忘年齿之不齐也。

冬,与顾子青、裴越岑盘桓十数日。

九年庚午(1870)　二十八岁

是岁解馆,往钟山读书,为秋试计也。正月杪,附韦寿颐舟至金陵,借寓金子禾家,兼应钟山尊经书院试,膏火所入,足资薪水。遂与寿颐及仁和吴君尔康(承勋),同联文会,就正王善之师。李小湖主讲钟山,间亦请见,殷殷道故,和蔼可亲。

秋试后,买舟归里。闱艺出,颇为时辈所许。榜发,竟落第。自是,功名之心亦稍稍淡矣。

大兴丁研香(恩诰)就幕江宁,一见如旧相识,遂与订交。

十年辛未(1871)　二十九岁

馆汪耀湘表叔家,从游者四人。

夏暮,汉阳吴生尚贤来附塾,古学颇佳,虚心请益。予乃大加激励,其学锐进。前数岁名场奔走,砚田荒芜,生计颇窘。既而连击不中,不得已为青毡之守,予之甘心授徒自此岁始也。

十一年壬申(1872)　三十岁

仍馆汪氏,从游者六人。

吴生回湖北应试,县试取第一,府试取第三,科试入学。

吾邑志书不修者百有余年。漕宪张公拨款，延邑绅纂修，设局于二帝祠。献翁、子上俱与其事，以予粗识文献，拟约入局。会为当事所龁，不果。二君遂私约相助，予亦略不芥蒂，有知必告。献翁纂《淮安艺文志》，所献替者尤多。

是岁，与丁研香、韦寿颐及浙江潘怡樵(福辰)通谱。

十二年癸酉(1873) 三十一岁

仍馆汪氏，从游者六人。

间偕曹子求丈，与阮铁庵昆仲同举文会，互相评定。

七月，赴试。予又下第，家大人与弼弟俱获房荐。顾子青得湖南学差，函邀襄校。以家慈下痢未愈却之。母疾旋瘳。

十一月杪，敬臣由都过淮，快叙五六日。敬臣出示《王子安集注》三十卷，颇称该洽。予稍有驳正，敬臣感佩不已。

十三年甲戌(1874) 三十二岁

仍馆汪氏，从游者七人。

邑志书于是岁刻成，予就初印本校之，凡得百十处。王、高二君急属匠人剜补。而《艺文志》讹字最多，不及覆校，遂以印行。予又细阅，是书体例简洁，自较原志为胜，而诸君雅有略观大意之癖，故所脱佚甚夥。宾华属为《山阳志刊误》而未暇也。

秋，撰《昭代舆地碑目》十八卷，至冬成。又撰《凤凰村笔记》五卷。

十月二十日，杨仰之妹丈病卒，予哭之恸。

光绪元年乙亥(1875) 三十三岁

仍馆汪氏，从游者七人。

秋，偕弼弟南应秋试，未中。刘鼎臣中式。

是岁，与杨怡亭鼎定交。怡亭善绘山水。

二年丙子(1876)　三十四岁

仍馆汪氏,从游者六人。

三月下旬,三妹病殁。遗二女:一七岁,一四岁,以犹子璧嗣。

五月,敬臣从苏州来,无日不过从,相得乐甚。聚十四日,别去。

秋,往应试,又下第。

六朝骈文,王、庾为大宗。庾集有注,王褒集注无为之者,因博检群书,成《王司空集注》若干卷。敬臣来,曾出就正,颇有增益。

冬杪,纳妾黄氏。子青自湘归里。

三年丁丑(1877)　三十五岁

移砚丁西圃表舅家,课其子迺嘉读。渠为星桥舅氏之婿。从游者六人,而以文就正者颇夥。

三月二十三日,月珊兄病卒。兄少婴潮湿,瘫痪多年,家务一切赖以坐理客。冬肺虚咳甚,入春未痊,渐以成损,遽尔怛化。悲恸殊深,而予亦至此多事矣。

七月初,黄妾相继病殁。予方欲解亲忧,安敢稍形悲戚?然吊影惭魂,情况可想。

十一月,敬臣自浙至,出《王勃集注》条例十则见示。聚八日,归苏州。

是年,成《凤凰村笔丛》第六卷。

四年戊寅(1878)　三十六岁

归馆于家,从游者六人。

晋、豫频年大旱,民不聊生,东南诸善士助捐往赈。予因怂恿城内外诸君起而应之,竭力输将。群情踊跃,特举行院试,复设鲘桶于考棚前,除官捐外,约得二三千金。朝夕奔走,不遑他顾。

秋,沪上友人函托捐募保婴。予复广为敦劝,又得三百余金。清夜扪心,觉比登孝廉科者乐过十倍。

十一月，纳妾朱氏。

五年己卯(1879)　三十七岁

仍馆于家，从游者六人。

三月，家慈七十寿辰。予报捐试用训导，为祝嘏计也。

七月，循例秋试，又下第。

嘉平月初三日，买舟往金陵，就督宪考验。时署制军为吴子健先生，传见之顷，词气谦蔼，并询及文渠事宜。后悉试卷取列一等，向来所未有也。祀灶日，从省解维，行至邵伯，舟子牵延不进，遂于彼度岁。至次年正月三日始归。

六年庚辰(1880)　三十八岁

移砚清河王寿萱家，课其从弟锡九，无附学者。书斋多暇，因取《汉书》频频阅之。其中多古字转注，通段深合六书。标摘两帙，旁加考证，题曰《汉书字诂》，以俟增益，不敢云定本也。

冬，为淮城文渠淤塞，请款疏浚，与同人屡屡集议。时分段兴挑，予与张在新丈振起分得第四段，自上马桥起，至依岱桥止。两岸多园田，逐年侵占，河窄如线。因督夫开宽挑深，昕夕从事，任劳任怨。在翁亦极认真。复重建上马桥。时有献议，谓此桥不宜复者，予辈断断力争。畚锸甫下，基址宛然，皆系石墙，并极宽广，可见旧制如此，浮议始息。计自十月兴工，岁杪工竣，论者谓此段为全工之冠。

是岁，交海州邱履平心坦。邱本淮人，因其叔居海州，遂占海籍。初从军，见赏于曾文正公，积功至游击，弃去，改就文职。好为诗，著有《归来轩诗稿》，时出就正，推敲甚苦。为余言其友通州张季直(謇)、泰兴朱曼君(铭盘)，均博雅好古，予心仪之而无由见也。

十二月，献南先生卒。予以长联挽之。

七年辛巳(1881)　三十九岁

仍馆王氏家。

大人素患痰饮，近益加剧，动辄喘咳，行步维艰。去岁归馆于家，犹日为生徒讲解，迭复导引之剂，不见大效。本年正月，愈形委顿，而神明不衰。不孝朝端侍疾之顷，辄以家事请训，一一条答，俾书于册。月杪，食益少，夜不能寐，恒与不孝互背唐诗、古文，朗诵如平时。至二月初三日，神色大变，延至申刻，遂弃不孝而长逝矣。呜呼痛哉！不孝少为先君所爱，弱冠后督令朂学，不以家事纷其心，故经营部署，先君与先兄力任之。自遭此变，俗冗遂多，吾其无意于学问矣。

冬，葬先君于汤庄之东北，艮山坤向。

是年，成《凤凰村笔丛》七、八两卷。

八年壬午(1882)　四十岁

仍馆王氏。

文渠自大挑后，郡尊谕予及他友共六人董其事。春初，因小八字桥南河道为沈姓侵占，公同禀官清理，相势兴挑。自此城河小舟可直至桂花闸，俗因有八字通之谣。

三月，星舅谢世。

夏，清理河西义地。见庵观无祀，木主抛弃甚夥，恻然伤之。公议于城北地藏寺内创建绵泽堂，收齐供奉。程西屏镇藩雅称同志，尤为踊跃而附和之。俾克底于成者，张在新丈及王锡之(范)也。

秋，应乡试，循例下第，几有司空见惯之意。

初，郡尊孙海岑先生议修府志，延吴稼轩、高子上两先生总纂，而以予及潍县陈逊之(家让)充分纂之役。秋冬之间，从事于此，日间课徒，夕抽暇为之。喜告成之期约在来春，尚可不受迫促也。

是年，成《凤凰村笔丛》第九卷。

九年癸未(1883) 四十一岁

仍馆王氏。

重修府志,予分得数门。以尘冗牵率,仅将《选举》、《艺文》两门编就。而子上急须成书,余者取回,归彼编纂。其实《艺文》一门,予本分四部,以类相从。子上谓不便检阅,改复旧式,非予之原稿也。予于此门颇费经营,凡书之存佚及是书大意,略载序例,以存崖略,予不忍弃置,将自为一书,以为私家之撰述焉。

三月,淮、徐、海三属斋匪岌岌欲起,四乡迁者纷纷扰攘,十数日始定。

弼弟、弟妇俱有疾,闻孟河费绳甫精于医,赁舟就诊。家慈游兴勃发,亲率渡江。自三月二十六日起身,自四月二十一日归里。叩谒后,精神康健,欣喜异常。

文渠沟墙,自府学东牌楼起,至桂花闸止,两岸计长四百余丈,大半倾圮。上年大挑时,因恐将墙基淘虚倾倒,此段概未挑深,故全河仍少上通下彻之观。急须重建沟墙,趁势落深河底,俾全河一律通畅,而需款甚巨。巧值谭序初方伯来护漕督印,下车之始,同人首以此事具禀,请拨银二千两整,以便重修。序帅于淮人士本所留意,而文渠大挑即系序帅拨款,此事实为前番未竟之功,故此禀上后,序帅照章拨款。夏间料理定砖、购灰各事,将于冬间兴工。

偶检《广韵》,见所载姓氏甚详,间有未备,而其说亦颇有谬误,因摘出另录一帙,旁览各书,逐条考定,名之曰《广韵姓氏补编》。子上、敬臣俱大为怂恿,大约来岁可望成书也。

是年,成《凤凰村笔丛》第十卷、十一卷,又成《广韵引书略》一卷。

十年甲申(1884) 四十二岁

仍馆王氏。

文渠自去岁十二月开工,逐段挨砌,至闰五月蒇事。因所购之砖尚有赢余,遂以余力升高最要之桥,以便舟楫。自壬年将大八字桥南河道清出，舟可直至桂花门，予因将门以西之珠联璧合桥重建。从此，小舟可直至西水关。时湘山已从朐归，建议欲重建白虎桥，予附和之。中支小舟可直至范巷极乐社前。复又将小八字桥东河挑深开宽，小舟可至尉西桥。计通城河道，惟由尉西桥迤东，过县署大门内之软腿桥，经三思桥，再东为关公祠后檐，此数十丈中尚须开濬。能将此段开辟，东西南北，一苇可航，岂非一大快事哉？

《广韵姓氏补编》一书，计分十卷，作辍不常，至冬间始有清稿，手自誊写。

是年，成《凤凰村笔丛》第十二卷。得交桐城姚小坞(镕)。

十一年乙酉(1885)　四十三岁

仍馆王氏。

内子感狂易之疾，六月愈甚。时将秋赋，蒋敬臣之子黼先已在淮，托予絜往，不能却之，遂于七月初买舟南下。家慈以衰迈之年，猝遭此事，委曲调护，心力交瘁。予在金陵亦猛受暑热，遍体红点，奇痒难禁，赶即服药医调。幸湿毒萃于左手，皮破甲脱，水流如注。三场既毕，予亦痊愈。榜发，仍下第。

小坞天性亮直，隐于卑官，秋间一病遽卒。予稍为之部署后事，其家感予甚。乃兄幕庭大令濬昌，石甫先生之子，前曾于小坞家见之，至是亦投书作谢。予益滋愧已。

冬，从友人处得影北宋椠本《邵氏姓解》，即《古佚丛书》之第十七种，诧为得未曾有。因据以增订《广韵姓氏考》。复成《姓解辨误》一卷，附《凤凰村笔丛》第十三卷中。

十二年丙戌(1886)　四十四岁

仍馆王氏。

吴生少卿别已十年，前闻浪游燕豫，未得确耗。去年见于金陵，盖已就粮道马公恩培馆也。六月至淮，盘桓匝月，旋回金陵。

《广韵姓氏考》未有清本，课徒之暇，手自缮写，有不合者，应时改定，晨夕抄纂。闻王文宗先谦搜求异姓，期以全书就正。奈俗务倥偬，至十月文宗按临时，仅缮成上下平四卷，不获呈进。

十一月二十一日，子上先生病卒。予以长联哀之。

成《凤凰村笔丛》第十四卷。

十三年丁亥(1887)　四十五岁

仍馆王氏。

春间，重建县大门内东西两桥。此段河势深畅，惟由此迤东至极乐社前，两岸民居侵占，碍难开宽，以致小舟不能来往，实为憾事。

七月杪，敬臣絜其子觐宸来淮，寓文昌宫内三五日。后觐宸病痢，敬臣一身作仆，不能出门。予解馆后，必诣谈，率三鼓方归，日以为常。至八月下旬，觐宸病良已，始买舟归太仓。计与敬臣定交后二十六年中，盖莫如此次往还之密矣。

八月十六日，黄河决于郑州，江浙募赈纷纷。十一月间，方小樵承基、邱佐中宝生、杨耕腴八元邀同劝募。予因为部署一切，制缾桶，刊捐启，四出驰募，托裕源钱庄代司收解。截至年底止，已募得英佛千五百尊，汇寄上海豫赈处，群情踊跃，殊非意料所及。

成《凤凰村笔丛》第十五卷。

十四年戊子(1888)　四十六岁

仍馆王氏。

正月，大甥女适程氏婿名业勤，已入郡庠，为后起之俊。

金楚卿自和州来。楚卿，金陵人，乃翁字子禾，避兵来吾邑，居吾家对门，因相往来。其母旋拜家慈为干阿奶，情谊肫笃。金陵克复，阖家南返，其时楚卿只十龄，今则几及花甲之半矣。现就典业，少年老成。家慈见之，喜动颜色。二月初别去。

《姓解辨误》稿本，敬臣携至浙，为邵武徐小勿大令(干)所见，大加称赏,因刊入《丛书》二集,并印多本相赠。旋致一书,知亦小湖先生门下士,自认同门,情词笃实,殊可感也。

豫赈于夏间截止,计获二千余元。编刻《征信录》一册。

七月初,往省应试。八月杪归,复下第。丁生宝铨中正榜。

先慈素有腹疾,夏间尤甚。不孝南下时,即患下痢,时剧时愈。适二甥女病殁,时时哭泣,正气愈亏。九月后,日渐沉重,遂于十月十九日辰时弃养,呜呼痛哉!时内子癫疾复作,俯仰一身,益无聊赖矣。

是年秋,以堂弟朝纲次子大文嗣伯兄月珊为后,携归读书,时年十四岁。后易名炳荣。

十五年己丑(1889)　四十七岁

仍馆王氏。

自先君葬后,家运颠沛,戚友俱归咎于地脉欠吉。复再四相度,卜穴于汤庄大路北。敬于五月初四日奉先慈柩权厝,乾山巽向,将于来岁迁先君柩合窆于是焉。

山东连岁荒歉,本年又遭水灾,惨不可言。耕腴、佐中、小樵三君拟循前例,邀募赈捐,于七月望日焚香告神,择期开办。

先是春闱,丁生宝铨中进士,观政吏部。本科秋闱,周生铨中正榜,丁生佑申中副榜,胥足为吾门光。

九月,何庾香自华亭来,持《冷斋别趣》一册,丐予抉择,盖其自撰廋词也。

十六年庚寅(1890)　四十八岁

仍馆王氏。

十月,敬臣自武义卸篆来淮,拟即息影于斯,买得东门水巷口北一宅,晨夕过从,其乐无已。

十二月,奉先慈柩合葬于先君柩侧,墓在汤庄东北,辛山乙向,兼酉卯分金。

十七年辛卯(1891)　四十九岁

仍馆王氏。

四、五两月，天气亢旱，河水浅涸，虽西乡最洼之区，亦皆变成平陆。飞蝗四起，人心惶惶。幸六月初，连得透雨，始可栽插。旱谷结实时，又受风灾，秋成通计不及十分之三。而县主不许报灾，各户俯首完纳。淮民之醇可敬，淮民之骙亦可悯也！

敬臣因疾里居，藏书极富。时往翻阅，盩厔路山夫岯、吾邑邱于蕃松生、上虞罗式如振玉，均博雅好古。因介之交敬臣，酒赋琴歌，快乐无已。

十一月十一日，秦文伯夫子下世。计自桂臬卸砖入觐，舟至黄州，失足伤骽，遂告病回里，于上年六月抵淮。不及再期，竟尔溘逝，老成凋谢，思之黯然。

冬，无雪，蝗子遍地，岁事可忧。

是岁，成《凤凰村笔丛》第十六、十七两卷。

十八年壬辰(1892)　五十岁

仍馆王氏。

敬臣自庚年十二月即患痰喘，后又变为沉溺重膇之疾，时发时愈。上年秋间，喘止肿消，惟饮食减少，气色黑滞，予心焉忧之。而渠谈笑风生，兴不少减。本年二月二十八日，予诣抱布新筑(敬臣书室名)，与之剧谈，至二鼓始归。评论金石，鉴赏极精。濒行时，并谆约初六日治具为予补祝，乃即于次日亥刻暴患气脱。予闻耗，急往趋视，已撒手长辞矣。蜉蝣身世，电火光阴，可为太息。

夏，晴雨不时，飞蝗成阵。秋稼减色。

入冬以来，人心盼雪甚殷。十一月中，连得快雪。持白邀同宾华、山夫、式如为消寒之饮，首倡一律。予和至十叠。嗣互有酬唱。

嘉平十九日，偕顾竹侯(震福)同为坡公作生日。同人皆有诗，持白为之尤勤。予和至除夕乃已。

是年,成《凤凰村笔丛》第十八卷。

十九年癸巳(1893)　五十一岁

仍馆王氏。

元旦,得持白和作,予走笔成一诗报之,俱用集中《王颐赴建州钱监求》诗及《草书》诗韵。后同人俱有和章,予遍报之,凡九叠韵。

四月二十一日辰刻,朱姬举一子,合室欣喜。是日大雨如注,因呼曰"雨儿",而名以承祖。惜两大人皆见背,不及抱孙。然有此一线,仍先人之余荫也,可不强为善以培之哉?

九月,携王生赴清河应县试,取列第七名。计在浦勾留二十日。高丽进士赵荆峰(玉坡)由持白介以见我,善草书,好诗解,说官话,人尚可谈,盘桓数日始去。

十月十四日,为阎百诗征君生辰。与同人设祭祠下,山夫出张叔宪度所绘《拜师图》长卷属题,并拟仿京师顾祠例,另裱一卷题名,遍觅征君像不得,事遂终止。

雨儿硕壮逾恒,渐知学语。每至馆归,辄抚抱为戏,差足自慰。

是年,成《凤凰村笔丛》第十九卷。

二十年甲午(1894)　五十二岁

仍馆王氏。

二月,教职抡委到班。奉署藩宪胡檄委,署仪征教谕。

四月,溥文宗按临科试,王生进入清河县学。遂于初四日买舟赴仪征任,旋赴泰州办科考。本学训导蒋君琳老病,浼予禀请兼理。同寅送考者十二人,过从无虚日。而府学詹小坡(坦)同乡旧雨,往还尤密。文宗为文伯先生门下士,以予在门墙之末,颇承青睐。考毕,于五月望归仪,暂寓乐仪书院。同乡林介眉寿康任奇兵营守备,常相往还。

七月初,正任刘燕宾回任,予遂鼓棹言归。在家只一夕,携王生赴试。炎热异常，酷不可耐。

九月杪归，人事繁冗，不常到馆。海氛不靖，陪都戒严。东望扶桑，杞忧曷极？

二十一年乙未(1895)　五十三岁

仍馆王氏。

寿萱比部既为柘翁刊《山阳诗征》，复有赓续之举。予旧辑《山阳诗录》未成，因以畀之。复为网罗放佚，约二百余家，辄符私颂。

入冬，偕友为沪上之游。腊八归来，惊悉室人于十一月二十九日戌时病殁。渠久病狂易，近亦少瘥，然日朘月削，遂以下世，哀哉！

二十二年丙申(1896)　五十四岁

仍馆王氏。

新正五日，炳荣入赘朱府。

三月十二日，葬室人于朱庄西，壬山丙向。

四月，奖励到班，奉藩宪瑞檄委署甘泉训导，遂命康弟暂摄馆政。

五月八日，买舟赴扬。十三日接印。前任程景川(祖伊)丁忧未去，不能入署。暂寓小坡府学署中，晨夕聚首。江学曹镜海(汝霖)亦颇相得。部选崔君聘臣(朝庆)八月来扬，遂于十九日交卸。旋于月杪返里。归后无事，复行到馆。

十二月十九日子时，炳荣生一女，名毓芝。

是年，成《凤凰村笔丛》第二十卷。

二十三年丁酉(1897)　五十五岁

仍馆王氏。

二月，接藩宪松檄，仍委署甘泉县学训导。三月，请丁生万煦摄馆，月杪赴扬。正任崔君商请稍缓。复返淮，絜雨儿母子一同赴任，于四月二十六日接印，即行入署。本年轮管梅花书院，事务烦冗。商之守白，延清河吴汉卿(廷隽)帮同司放银卷。入夏以后，又经管广陵书院，尤为丛脞。兼之扬城士习浮刁，领卷取银，不循规矩，动辄号呼，形同无赖。予惟据理力争，冀以稍挽颓习。

仲冬，月当头夕，邀守白小酌。守白首倡四绝，予和之既，镜海和之。同乡姚翰园(武陵)适在詹署，亦和之。镜翁之弟衡甫明经(汝金)过江小住，复偕赓和。大张壁垒，各至十五六叠，值衡甫小极归里始已。

抗贡不出，扬属痼习已深。本年，龙学宪去任时，凡恋栈者，通饬开除。甘学三人，赵荣曾、詹介臣、李道根。既赵于八月十三日丁外艰，詹为赵所压，情愿赴考，势难跨越。李亦求展限，因代详请求考。旋接新学宪翟公来文，著令赶紧来考，詹应提考十五年恩贡，李应提考十六年恩贡。至二十年岁贡，则以蒋彭龄补考。詹即遵札起文，李、蒋二人声名本劣，素昔狼狈，至是更加观望。初次，两人同来禀谒，口称愿考，惟须有人认费。蒋索价三百两，予付之不答。次日，蒋一人来见，面递九月游学禀帖，并许酬银三十两。予峻拒之，将禀掷还。嗣著斗传催，李避不面，蒋言刻须设法，转瞬逾限，迟延之咎，惟我独承。因草一禀，不由书房，自缮封发，请勒限严催。十四日出门，十九日已奉批回，著将李、蒋二人前开廪缺查明，科考应补之。生迅速详补。可谓洞见症结，公事神速。至此，洵足寒神奸之胆矣。讵李、蒋又别出花样，捏名登报，任意诬蔑。礼义不愆，何恤乎人言？直可一笑置之也。

王氏之馆于岁底辞去，如释重负。

二十四年戊戌(1898)　五十六岁

正月二十一日，炳荣偕丁生新甫来扬省视，顺应梅花书院甄别。二十七日回淮。

四月，举行县考。正任王仲英轶士到扬，予遂于二十六日交卸，买舟而归。五月初七日抵家。

十月，学宪按临淮属。炳荣考取一等二十二名。

十一月初十日冬至，四弟妇刘氏猝患痰厥，气息仅属，延至十二日卯时去世。自甲午赴仪征后，家务皆康弟经理。渠性挥霍，亏负颇巨。猝遭大事，渠更五中无措。予不得不力肩其任，雨儿兼祧成服。明岁年庚不利，遂于十二月二十一日出柩，实葬于朱庄之东，乙山辛向。丧葬一切，皆从罗掘而来。任重力緜，如何如何？

二十五年己亥(1899)　五十七岁

正月初五日，接署藩宪胡檄，委署兴化教谕。十一日，买舟赴任。十九日抵兴化。原任周月波(焯)病故，府委溧水郃汝霖代理，甫于去腊二十四日接印，见余至甚速，大为怫然，逐节延宕，于二十六日始接印。时张健伯之子懋森随来读书，周月翁尚未出柩，衙署荒秽。兴邑向无公所，不得已借用南门内之文昌宫，湫隘殊甚。副斋程锡如(康祺)，苏州人，谈次尚洽。此间人情，士习刁狡异常，而武生尤甚。间与程君同谋整顿。

六月，为炳荣补廪，往复电商，颇殚心力。

七月十八日，县考，正场童生共四百三十一名。

八月，行府考。十八日下船，二十一日抵扬，寓府东大街义仓后巷内张宅，与副斋同寓。二十七日正场，各学送考强半旧交，惟仪征副斋丁秉衡(国钧)、泰州学吴源之(鉴三)初次识荆。吴则面朋丁，颇相得。闻学宪按临，由淮而扬，因拟暂归。

九月十六日上船，十九日抵淮。时炳荣患烂喉甚剧，朝夕检点医药，至二十四日始有转机。二十九日，瞿学宪鸿禨按临淮郡，考试甚为迅速。

十月初六日，山阳正场。初八日，挂牌提覆。张生及炳奎均未入选。随冒雨买舟即行。探知扬属于十三日取齐，因兼程而进。十一日向晚抵泰州，寓招招汪清净庵对门陈宅，与副斋同寓。学宪公事认真，册卷各件皆须依限赶办，刻无宁晷。二十日，兴化正场。二十七日,考毕起马。予辈亦联楫归兴,移寓学宫旁之仓颉祠,地颇幽洁。

张生于夏间归淮应试未售,仍随之而来。冬季无事,间与讲贯而已。

二十六年庚子(1900)　五十八岁

二月,天气晴和,常出游。接家信,知炳荣于初六日举一子,名之曰毓琦。正任胡绥之玉缙,苏州人,到兴,二十六交卸。是日过印后,即与锡如往上方寺看牡丹。寺在东门外之大徐垛,去城约二里许,然非船不能至。花只一株,高可四五尺,已大放。游人多折取以归,尚存二百余朵。并敬观宪庙宸翰两轴,及赐物方竹杖、季红钵等。予各事退让,故与锡如极称水乳。同学中亦多相钦佩,闻予归,皆依依不舍,而黄伯明、顾策六、赵端卿、陈伟臣诸君,尤为肫挚。临歧饮饯,相视汍澜,可感也。

四月初二日登舟,初五日抵宝应,初六日过堤买舟,向夕抵里。

五月,义和团匪藉仇教为名,纵横畿辅,延及都城,遂与西人开衅。当道无识,阴为主谋。至七月下旬,联军入京,两宫西狩,淮地一夕数惊。幸西人专力北方,未遑南牧。至十一月初,和局始经开议。淮虽年岁告歉,比户奇窘,然较之京津一带惨被兵劫,秦晋凶荒,以人为市,则不可同年而语矣。

二十七年辛丑(1901)　五十九岁

三月,接藩宪恩檄,委署海州学正。

四月初赴任,十三日接印。衙署为前署任刁舜卿(云庆)所居,暂寓石室书院,庭宇轩敞,面对朐山,日与云气相吞吐,与南方生面各别。其时,蝗孽丛生。代理州牧汪鲁门(咏沂)委设局,定价收买于南门外之碧霞宫,间日至局稽察。

五月杪,正任郑蔚南(乔龄)回任,遂于二十七日交卸,六月初旋里。

淮城义学积敝太深，邑尊李星五(明垣)属予整理，至为劳攘。

七月，接吴少卿自直隶磁州来书，知渠举家就馆，幸免兵火，且修羊甚肥，子女成行，代为欣慰。

时和约已定，两宫于八月二十四日启銮，绕道开封，十一月二十八日抵京。薄海臣民，同深庆幸。惟赔款至四百五十兆之多，剜肉补疮，点金无术。且新政虽迭诏举行，亦以无款未能即时举办。中国人心嗜财忘义，此则大可忧耳。

二十八年壬寅(1902)　六十岁

五月，奉藩宪吴檄，委署仪征训导，丁秉衡(国钧)大计参劾遗缺。

六月初，买舟赴任。十一日接印。仪，旧游地。正斋清河刘燕宾，同乡旧雨，相处反甚淡漠。惟时与秉衡过从谈艺，稍慰岑寂。

夏秋以来，读前《汉书》，校订考证，成《真州学舍》八卷。接校《后汉》，方成百余则。

十月，新选常州陆君鸿申到任。遂于十六日交卸，急买舟归里。

是年，补行庚子、辛丑恩正并科乡试，山阳南北闱共中七人。而丙卿嗣子亦奇(邦伟)、虞生邦献分道获隽，与清河王登云父子同榜，均为乡邦佳话。虞生曾从予游，尤足为吾门光宠也。

二十九年癸卯(1903)　六十一岁

正月十六日，接吴少卿自保定来信。十七日，金陵金楚卿(善宝)往青口，过淮来谒。计自光绪十二年在此，不见十七八年矣。渠已四十五岁，其妻于去岁病卒。二男，长名孝悌，字慕君，年十七；次孝思，年十三。女二，长字许姓。惜匆匆别去。

五月，淮城因房捐催缴过急，致有罢市之举，经五日始定。

九月，宾老新选昆山谕任，过十二圩，谒总办蒯礼卿观察光典。蒯公延询人才，宾老以贱名对。时鲍紫来亦在蒯幕，互相推毂，遂有延主家塾之约。

十月下旬,丙卿以简放云南遗缺知府,便道归里。十一月下旬,述斋亦自陕归。方幸老友同归,可常把晤,讵述斋归甫十数日,猝于十二日痰喘暴卒。予制联挽之,有"得正首丘便是福"句,亦不幸中之幸也,然亦惨矣。

三十年甲辰(1904) 六十二岁

正月,买舟赴江宁,就蒯馆。既见礼翁,清谈累日,大相器重。学生只二人:一五公子彦先,一六公子秀先。第中教习极多,予与兴化李审言(详)课中文,上海黄乙琛(钟)课图绘,上虞蒋伯崧(峻祚)、无锡薛仲华(光琦)课算术,合肥刘访渠(泽源)课字学,殷孟乔(晋龄)课小学。每日各认钟点。午后无事,多与审言、孟乔入市选书,所得甚夥。

忽于四月十三日,右大腿反面红肿作通,不良于行。十日后始延医诊视,误服去湿之剂。迁延两月,仍是一步不可行。

七月初,请假回里就医。迭更诸医,迄无大效。是月,奉藩宪黄檄,委署江浦教谕。予既病莫能兴,只得束之高阁。

十二月,朱妾肝气冲胃,大为举发。

三十一年乙巳(1905) 六十三岁

予自病足以来,日坐板床,意兴灰懒。朱妾三月病势加剧,后虽略减,迄未除根。

炳荣本怀四方之志,迨八月诏停科举,乃浼其岳翁谋得靖江盐店一席。十月,为雨子文定曹甸镇郝七芝之女,长雨子一岁。

岁暮,宾老自苏归,无日不见,计盘桓二十余日。

三十二年丙午(1906) 六十四岁

三月杪,趁张楚卿赴沪之便,附舟至彼处求东医诊治。服其药水,仍然无效,匝月而返。

闰四月中旬,偶串至中庭看花,跌伤右胯,自此屈伸举动较前尤艰。

朱妾四月后居然大好，冬又发作，岁暮不瘳。

荣侄十月自靖江归，在家六十日，仍返靖栈度岁。

是年夏秋霪雨，西北两乡淹没成灾，薪米油盐，无一不贵，寒士度日不易。徐、海、安、桃尤重，灾民麇聚浦垣至五十余万。幸江督端公、提宪荫公、扬道杨公办赈得法，次第资遣回籍待赈。然山阳荒歉情形已不可终日，贫病交加，奈之何哉！

三十三年丁未(1907)　六十五岁

予病体如旧，老友方小樵、任子城、朱以庄常来聚谈。朱妾病时发时愈。

七月，炳荣生一男，名之曰毓琨。

八月，炳荣自靖江归。十月返栈。

三十四年戊申(1908)　六十六岁

正月五日，康弟六十寿。予病体如旧。

夏间收拾房屋，瓦木漆三匠朝夕聚处者，凡两月。余暇即以小书遣日，成《半人琐记》二卷。又见淮多画家，复网罗群籍，成《三洲画史》二卷。

五月，宾华自昆山归，虽言语蹇涩，而精神尚健，常与子城以庄聚饮予家。

朱妾病不时举发，较前为剧。炳荣留靖不归，其媳亦多在母家。家事仍归予料理，家境日窘，煞费支持，思之泪下。

九月，小樵下世，年七十七。予以联挽之。

宣统元年己酉(1909)　六十七岁

予病体如旧。阳曲傅青主征君《霜红龛诗集》，原编芜杂。丁衡甫书来，浼予重加编次，冠以年谱，将重付剞劂，诺之。

亲友因予夫妇多病,属为雨儿授室,子城赞助尤力。遂于九月二十一日入赘郝府,十月初二日偕归。

炳荣辞事回淮。夏间,朱慕良代理桐乡,招渠相助。渠往浙一游,随入都就银行事。

十月,毛申甫卒,予以联挽之。

秋,雨儿入青云高等小学校肄业。

宣统二年庚戌(1910)　六十八岁

咸丰三年,粤逆陷扬城,淮地岌岌不保。承张舅母陈太宜人携至北乡潘圩暂避,时予方十一岁,太宜人视之如子,不久即归。嗣是由少而壮,情意肫挚,数十年如一日。迨自扬病归,关切尤甚。二月间病卒,予以长联哀之。

六月二十九日,雨儿举一雄,大小平安,合家庆幸。取名肇庚,志岁阳也。

是年,病体如旧,家境奇窘。子城以庄外秦君剑青常来聚谈,藉以破寂。

宣统三年辛亥(1911)　六十九岁

予湿热本重,春间感受重寒,外邪内郁,冲入脑部,遂成鼻渊之症,屡治不瘳。

七月,肇庚殇。雨儿咯血。此数月最为拂逆。

九月十五日,十三协兵变,清江抄掠一空,淮城戒严。二十八日,民军自南来,淮人欢迎入城,户悬白旗。

十月下旬,荣侄自京归。南北皆乱,淮人多出走。予家惟坚坐待死,岌岌忧生命之不保。至病体之复杂,家境之窘迫,皆所不计矣。

民国壬子年(1912)　七十岁

二月,荣往沪就银行事。

五月，子城病卒。予以联挽之。

是年，予病体如旧。房老亦然，境更奇穷。外事则人心风俗日益刁敝，燕雀处堂，是可忧已。

是年七月，炳荣生一男。

癸丑年(1913)　七十一岁

二月，毓芝适闽郑氏。婿名崇光，字君复，久居淮。

四月十二日，炳旭生一女。

六月，江宁独立，淮又戒严，逾月始定。

田鲁玙(毓璠)前从荆州购得宋本《徐节孝先生集》，曾属予一校。予因为撰年谱，排比岁月，未遑增益，爰辍，赠鲁玙，浼从事焉。长夏无事，略加笺注，成《徐集小笺》二卷，他日将附徐集以行。

自六月后，逾三月不雨，为从来未有之事。

九月五日，宾华下世，年八十矣。予以联挽之。

甲寅年(1914)　七十二岁

夏秋，水旱频仍，蝗孽遍地，萑苻不靖，岁事大损。薪米翔贵，生计更窘，惟以哦诗遣日。

李审言馆上海，得予诗，谓老笔不懈，刊登报纸，倾倒甚至。与清河吴温叟(涑)邮筒唱和尤夥。顾竹侯属人将予诗别抄副本，谋广其传，情厚可感。惟病体如常，进退不一，温叟为作生诔。

是年，成《跰躄余话》六卷。

乙卯年(1915)　七十三岁

是岁，病体如恒。沈珏生、朱以庄俱病卒，惟剑青常来共谈，鲁渔、鲁山、竹侯亦间过叙。暇则拈弄笔墨，藉以遣日，得诗二百余首。丁衡甫欲为代刊，予以无副本谢之。搜罗杂文，得八十余首，自缮清本。时述旧闻，陆续编成《跰躄余话之余》四卷。

家境日窘,将随船安东下田售去,得价四百千,由康弟作主,三分均分,得以支持度日。

十一月初十日戌刻,雨媳举一男。

丙辰年(1916)　七十四岁

正月,复将泾河田售去,得价均分济用。

自二月起,腰胁作痛,旋患腹胀,饮食懒进,肌肤锐减,医治数月,入夏始瘳。

六月,大雨匝月,河湖涨满。西北两乡被淹,岁仅半收。而淮人不知悔祸,华衣美食,举动阔绰,相效成习,殊可骇怪。

秋,成《示儿浅语》三卷。

康弟年来渐形衰迈,精神恍惚。冬月,陡患温邪,服药不效,惨于十八日巳时下世。当循前例,令旭儿兼祧成服。

是年,兴会不佳,仅得诗八十余首。

丁巳年(1917)　七十五岁

淮城半岁不雨,麦与玉秫俱已失收。幸五月初两得快雨,岁事稍转。

予暇仍弄笔自娱,编成张虞山、张力臣、吴山夫、周白民四先生年谱,各一卷。

剑青于七月二十八日、少藩于九月十日先后下世,老友日渐零落。

癸丑曾编《节孝年谱》,归诸鲁渔。鲁渔不有,略为增益,代缮清稿,寄求归安朱古微侍郎祖谋订正。蒙作一跋,极荷奖饰,予滋愧矣。

冬无雨雪。

是年得诗七十余首。

戊午年(1918)　七十六岁

是年,精力日差,目力、耳官均逊于前。齿牙脱落龃龉,肴膳俱不能咀嚼。意兴索寞，惟见异书则开口而笑。有人过谈，神为之王。新交邵君叔武，精目录之学，多藏书，肯借人。屡从乞假，藉破岑寂。

江苏重修通志，金坛冯蒿叟总纂，聘予为淮属分纂。予浼审言、温叟先后力辞。蒿叟亲以书来，只得敬诺。然须心绪稍宁，方可动笔耳。

温叟游广州，书来属为万年少年谱。又因为作四谱序，念及任东涧先生不可少，此书并属推广。适鲁玙新得杨禹江太史《景姚堂全集》，中多顾在瞻先生轶事，因据以成顾、杨两谱。任谱亦经削草。明年当为李公凯阁学撰一谱。合为《习隐簃后四谱》，未始非不朽盛业也。

十一月，炳旭又得一女。

是年，得杂文二十余首，诗八十余首。

己未年(1919)　七十七岁

重修《县志》，聘予总纂，固辞不获。鄙人又担任艺文、人物两门，抽暇为之。《通志》勉为其难，亦编艺文、人物数十纸寄去。幸蒙冯蒿叟、李审言许可，余者拟归他友办理，亦未知可舍我否也。

丁默存久有代刊拙集之说。本年正月，默存被祸，此事遂从搁置。田鲁玙、顾竹侯锐为料理，复纠同顾秋岚、裴梓青、周次蘅，各有所助，付上海聚珍仿宋印书局排印三百部，计需一百三十六元，尚短二十余洋。适温叟从广州赠我番佛二十尊，遂以充之，始得蒇事。诸君之赐我，可谓厚矣。

岁暮受寒，小病数日。

是年，得文诗数十首。李谱亦有底稿，惟懒于缮写清本耳。

庚申年(1920)　七十八岁

去冬受风，即患咳嗽。入春未愈，饮食懒进，肌肤瘦损。二月，两足肿痛，皮破出水，久乃就痊。温叟自粤病归，十六日猝殁。失此益友,良可悼叹!

《通志》力难兼任,当即辞去。《县志》访稿已齐,量加编纂,闲就鲁渔、少泉商订,于中秋先后,写样上版。

七月,如皋冒鹤亭(广生)来任关监督,不由介绍,轻骑过访。握手一叙,欢若平生。初欲撰《钵池山志》,为之商订条例,蒐访故实。予久抱葺刊《楚州丛书》之志,鹤亭毅然担任。先从《枚陈合集》、《渭南集》刻起,区为正集、别录两门,将来刻成,必大有可观,允称盛举。

嘉平二日,毓琦迎娶韦氏女。荣侄归里。

辛酉年(1921)　七十九岁

足疾如常。校《县志》之暇,课棪孙读籍以遣日。

六月以来,霪霖匝月不止,沂、泗下注,河湖并涨。四乡被淹,西乡尤重。漂没村镇田庐、牲畜人口不少,闸坝溃决,多处运堤岌岌欲崩,到处抢险。邦人士沿堤帮宽加筑,子堰幸未漫决。兼之各邑土匪蜂起,七月初六日陷泗阳之众兴镇,距淮只百二十里,风声鹤唳,一夕数惊。喜督军调扬州兵来驻防,白露后,水势渐平。

此数月皆在忧患中,无暇旁及。邑志于十月印成,散布志局。尚有余资,接刻《徐节孝先生集》及《山阳志遗》,予仍司校勘。

入腊,连得大雪,奇寒。颇患咳嗽。荣侄春初赴皖,至是为予生日又归里。鹤亭丁内艰,辞职,幸《丛书》已刊成,凡若干种,特未印行耳。

壬戌年(1922)　八十岁

新正三日,八十初度。先期粘小启门外,一概辞谢。至期毫无豫备,赐祝者仍不少。荣侄欲代散寿碗,予峻拒之,至于旦旦。因以碗值相献,固辞不获。亲友诸生亦有所馈,且有以联语、画幅、诗文及果饵远道相贻者,受之有愧。

自去腊咳嗽,饮食大减,肌肤柴削。春来食量复旧,而瘠仍如故。